Postscriptum

PIETER ASPE

Postscriptum

THRILLER

Met dank aan Nathalie Lippens.

'Drie mensen kunnen een geheim bewaren wanneer twee van hen dood zijn.' – BENJAMIN FRANKLIN

© 2011 Uitgeverij Manteau / WPG Uitgevers België nv,
Mechelsesteenweg 203, B-2018 Antwerpen en Pieter Aspe

www.manteau.be
info@manteau.be

Vertegenwoordiging in Nederland
WPG Uitgevers België
Herengracht 370/372
NL-1016 CH Amsterdam

Eerste druk april 2011

Omslagontwerp: Wil Immink
Omslagfoto: © Wil Immink Design
Opmaak binnenwerk: Crius Group, Hulshout

Alle rechten voorbehouden. Niets uit deze uitgave mag worden verveelvoudigd, opgeslagen in een geautomatiseerd gegevensbestand of openbaar gemaakt, in enige vorm of op enige wijze, hetzij elektronisch, mechanisch, door fotokopieën, opnamen of op welke wijze ook, zonder voorafgaande schriftelijke toestemming van de uitgever.

ISBN 978 90 223 2606 0
D/2011/0034/159
NUR 330

1

'Zeg die madam dat ik geen tijd heb.'
Saskia drong niet langer aan. Ze knikte en liep stilletjes de kamer uit. Van In was vanochtend duidelijk met het verkeerde been uit bed gestapt en dan kon je beter niet aan zijn hoofd zeuren. Zelfs Versavel, die al meer dan een uur voorwendde in een dossier verdiept te zijn, deed er voor één keer het zwijgen toe, een bewijs dat ze de juiste beslissing had genomen. Anders had hij wel een poging ondernomen om Van In op andere gedachten te brengen. Saskia nam de lift naar de begane grond, waar de vrouw voor wie hij geen tijd wilde maken zat te wachten. Eigenlijk kon ze Van In geen ongelijk geven. Tegenwoordig namen de meeste mensen geen genoegen meer met een medewerker, ze wilden de baas zelf spreken. En o wee als ze hun zin niet kregen. Gelukkig werkte Saskia niet bij een commercieel bedrijf. Ze hoefde zich niet te verantwoorden tegenover lastige klanten, een korte mededeling zou volstaan. Toch haalde ze diep adem voor ze de wachtkamer binnenging. De jonge vrouw die met gekruiste benen bij het raam zat, draaide bruusk haar hoofd. Ze keek verbaasd, het was duidelijk dat ze iemand anders had verwacht.
'Commissaris Van In kan u helaas niet ontvangen', zei Saskia voor de vrouw iets kon zeggen. 'Kan ik u misschien helpen?'

De verbazing sloeg om in ongeloof. Zo keek ze waarschijnlijk ook als ze in een sterrenrestaurant van de ober te horen kreeg dat alle tafels bezet waren.

'Hebt u de commissaris verteld wie ik ben?'

Ze heette Livia Beernaert en haar oom was stafhouder bij de Brugse balie. Saskia had die informatie met opzet voor Van In achtergehouden, omdat de vrouw anders geen kans had gemaakt. Hij had een hekel aan mensen die dachten dat relaties in hogere kringen hun het recht op een voorkeursbehandeling gaf. Waarom zou zij nog beleefd blijven?

'Het maakt niet uit wie u bent, mevrouw', reageerde ze bits. 'Als commissaris Van In het te druk heeft om u te ontvangen, dan hebt u zich daarbij neer te leggen. Ik weet zeker dat uw oom daarvoor begrip zal opbrengen.'

'Wat bedoelt u?'

Livia Beernaert richtte haar bovenlijf op en gooide gnuivend haar hoofd in haar nek, een zielige vertoning die zelfs een tweederangsregisseur niet had kunnen bekoren en die niet de minste indruk maakte op Saskia. Het mens schreeuwde gewoon om aandacht.

'Als ik u was, kocht ik straks een nieuwe Delvaux. Wie weet voelt u zich dan beter.'

De repliek sloeg nergens op, maar Saskia had blijkbaar een gevoelige snaar geraakt. Livia Beernaert barstte uit haar beschaafde keurslijf als een vlinder uit een cocon. Ze begon te schelden als een ordinair viswijf en het scheelde niet veel of ze ging Saskia te lijf. Een collega die in de gang stond te telefoneren, stak zijn hoofd naar binnen.

'Problemen?'

Saskia maakte een afwerend gebaar, terwijl ze zich afvroeg of hij ook zo behulpzaam zou zijn geweest als ze dertig kilo zwaarder had gewogen.

'Ik red me wel, Dirk', zei ze. 'Mevrouw was toch net van

plan om op te stappen.'

Livia Beernaert slikte haar verontwaardiging in, wierp een giftige blik naar Saskia, griste haar dure handtas van de stoel en liep met nerveus tikkende hakken de kamer uit.

'Zo,' glimlachte Saskia naar haar collega, die een stap achteruitzette om de furie door te laten, 'die zien we niet gauw meer terug.'

Rue des Capucins. Eindelijk. Jean-Pierre Vandamme bleef op de hoek van de straat staan en glimlachte. Zijn voeten deden pijn, de riemen van zijn rugzak sneden als messen in zijn schouders, maar hij had het gehaald. Vijftig meter verderop lonkte het schaduwrijke terras van Le Soleil d'Or, het hotel waar hij via het internet een kamer had geboekt. Hij veegde het zweet van zijn voorhoofd, fatsoeneerde zijn haar met zijn vingers en trok zijn T-shirt naar beneden. Het vooruitzicht op een stevige maaltijd en een bed toverden een tevreden blik in zijn ogen. Je moet eerst afzien om te kunnen genieten, jongen; het waren woorden van zijn vader. Jean-Pierre liet de rugzak van zijn schouders glijden en keek een paar seconden voldaan om zich heen, voor hij hem met een diepe zucht weer van de grond tilde, tegen zijn borst aandrukte en als een hoogzwangere vrouw de straat in waggelde. De klok van de dorpskerk sloeg zes keer. Op het terras zat een paar van middelbare leeftijd Ricard te drinken. Ze knikten allebei toen hij hun tafel voorbijliep. Binnen was het heerlijk koel, hoewel de voordeur openstond. De kleine balie was geen toonbeeld van orde en netheid. Er slingerden overal papieren rond en het gastenboek lag open naast een schaaltje met olijven. Fransen waren van nature nonchalant, maar toen er na vijf minuten niemand kwam opdagen, begon Jean-Pierre zich een beetje te ergeren.

'Is hier iemand?' riep hij in het Frans.

Ondertussen was een blonde vrouw op het terras komen zitten, wat voor enige afleiding zorgde. Ze had mooie, gebruinde benen en een scherpe, ietwat hoekige kaaklijn. Hij bekeek haar, zij bekeek hem, en ze glimlachte naar hem.

'Bonsoir monsieur.'

Een kalende man in een dure spijkerbroek haalde hem uit zijn wensdroom. Jean-Pierre wist wat van kleding af, hij had het merk van de broek onmiddellijk herkend. Een blik op de schoenen bevestigde zijn vermoeden. De kalende man die hem net had begroet was waarschijnlijk de baas.

'Ik heb gisteren een kamer geboekt via internet.'

De kalende man knikte, ging achter de balie staan, sloeg een beduimeld schrift open en liep met zijn wijsvinger langs de pagina.

'Dan bent u meneer Vandamme.'

Jean-Pierre schrok. Een Fransman die Nederlands sprak was zeldzamer dan een driesterrenrestaurant in Patagonië, voor een Fransman die Nederlands sprak met een West-Vlaams accent bestond er gewoonweg geen vergelijking.

'Ik wist niet dat u...'

De man achter de balie trok zijn schouders op. Waarom schrokken alleen Vlamingen als ze in het buitenland in hun eigen taal werden aangesproken? Een Duitser bijvoorbeeld vond zoiets doodnormaal.

'Ik ben geboren in Roeselare', zei hij.

'En ik ben van Brugge.'

De man achter de balie zei dat hij er familie had wonen.

Jean-Pierre Vandamme reageerde heel clichématig met: 'Wat is de wereld toch klein.'

'Kleiner dan je denkt.'

Hij wees naar buiten, naar het tafeltje waar de blondine net een sigaret had opgestoken.

'Nadia is van Kortrijk. Zal ik jullie aan elkaar voorstellen?'

'Waarom niet', lachte Jean-Pierre.

De blondine draaide haar hoofd in zijn richting. De man achter de balie had de indruk dat ze haar hoofd schudde, maar het was geen afwijzing, eerder verbazing.

'À propos,' zei hij, 'mijn naam is Olivier.'

Ze liepen naar het terras. De kennismaking verliep allesbehalve stroef. Nadia was geen muurbloempje. Jean-Pierre kreeg drie zoenen en ze stelde bijna onmiddellijk voor om samen het avondmaal te gebruiken.

'Zal ik ondertussen het aperitief serveren?' stelde Olivier voor. 'Houdt u van Ricard?'

Jean-Pierre had een hekel aan alles wat naar munt of anijs smaakte. Toch reageerde hij enthousiast. Nadia was hem aan het verleiden met haar ogen. Net als vroeger.

'En?' vroeg ze. 'Alleen op vakantie?'

'Vakantie is niet het goede woord', zei hij voorzichtig. 'Ik maak een voettocht naar Santiago de Compostela.'

'Een bedevaart dus.'

'Ja', zei hij met neergeslagen ogen.

De telefoon rinkelde vier keer voor iemand zich de moeite getroostte om op te nemen.

'Hallo, met Guido Versavel. Waarmee kan ik u van dienst zijn?'

Van In zat de krant te lezen en Saskia was druk bezig met een dringende zaak. Ze had zich twee weken geleden ingeschreven voor het examen van hoofdinspecteur en studeerde sindsdien als een gek om haar doel te bereiken. Enkele collega's vermoedden dat Van In haar carte blanche had gegeven om tijdens de kantooruren te studeren, maar geen mens die daarover zijn mening durfde te ventileren. Wie Saskia nodig had en te horen kreeg dat ze met een dringende zaak bezig was, wist hoe laat het was.

'Het is voor jou.'
Van In probeerde het gesprek af te wimpelen, tot Versavel hem duidelijk kon maken dat het Hannelore was.
'Ik verneem net dat meneer de reputatie van de Brugse politie weer alle eer heeft aangedaan.'
Haar stem klonk scherp. Ze hoefde niet veel meer te vertellen. Hij kon raden waarover het ging. Hij had alleen nooit verwacht dat ze zich ermee zou bemoeien.
'Als ik een spreekuur had, liet ik een bordje ophangen. Bovendien heb ik geen tijd om me met van alles en nog wat bezig te houden.'
Hannelore nam duidelijk geen genoegen met zijn uitleg. Waarom kon hij nooit eens diplomatisch zijn? Ze wist bijna zeker dat hij de hele ochtend koffie slurpend de krant had zitten lezen.
'Moet je eens goed naar me luisteren, Van In. Meester Beernaert is een uiterst aimabele man, die mijn bijzondere waardering geniet. Ik weet zeker dat hij het niet fijn vindt dat zijn nichtje zijn naam misbruikt, maar je had tenminste de moeite kunnen doen om haar te ontvangen. Het gaat tenslotte om een moord.'
'Moord. Dat heeft niemand me verteld.'
'Omdat je niet naar haar hebt geluisterd.'
'Je gaat me toch niet vertellen dat de trut aangifte kwam doen van een moord?'
Het woord 'moord' deed Versavel de oren spitsen. Het klopte niet. De vrouw had alleen gevraagd of ze Van In kon spreken. Ze had met geen woord over moord gerept, dat zou Saskia gezegd hebben. Hij keek naar Van In, die er een beetje hulpeloos bij zat.
'Waarom heeft ze dat niet onmiddellijk verteld?'
Het antwoord dat hij van Hannelore kreeg, beviel hem niet. Dat kon Versavel opmaken uit de norse uitdrukking

op zijn gezicht. En er volgde een onheilspellende stilte toen hij de hoorn neerlegde en hoofdschuddend voor zich uit staarde. Zijn relatie met Hannelore stond de laatste tijd behoorlijk onder druk. Hij vond dat ze Julien te veel verwende en zij verweet hem dat hij amper tijd had voor de kinderen. Hun seksleven stond op een laag pitje en hij vroeg zich steeds vaker af wat de toekomst hem nog te bieden had. Versavel was van al die problemen op de hoogte. Daarom hield hij wijselijk zijn mond.

Het terras van Le Soleil d'Or zag er heel aantrekkelijk uit. De tafels waren smaakvol gedekt, er stonden overal kaarsen en het was nog aangenaam warm, terwijl de zon toch al een tijdje onder was. Jean-Pierre en Nadia zaten naast elkaar aan een tafel met een halfvolle fles wijn voor hen, de tweede sinds ze met elkaar kennis hadden gemaakt. Of was het de derde? Ze leken zich in ieder geval goed te amuseren. Nadia lachte telkens als Jean-Pierre iets vertelde en ze had al een paar keer enthousiast op zijn dij geslagen.

Olivier kwam glimlachend aangelopen met het eerste voorgerecht: een slaatje van lauwe langoustines en stukjes geroosterde bloedworst. Je hoefde geen waarzegger te zijn om te voorspellen hoe de avond zou eindigen. Het was ook niet de eerste keer dat Olivier zoiets meemaakte. Mensen die een bedevaart ondernamen naar Compostela, deden dat meestal om een schuldgevoel of een trauma te verwerken, maar het bleven gewone mensen. Er was ook geen enkel voorschrift dat hun verbood om onderweg seks te hebben.

'Vertel je nog eens iets over je oom?' vroeg ze terwijl Olivier het voorgerecht serveerde.

Nadia was zichtbaar boven haar theewater. Haar ogen stonden glazig en er speelde een kinderlijke glimlach om haar lippen.

'Weet je dat de broer van zijn vader huurling was in Congo?' zei ze tegen Olivier.

Jean-Pierre reageerde niet onmiddellijk. Hij had er al spijt van dat hij weer over zijn oom begonnen was. Het kwam door haar. Ze was blijven aandringen en ze had bovendien laten doorschemeren dat... Hij bekeek haar met een gulzige blik. De schouderbandjes van haar beha en haar jurk waren in de loop van het gesprek naar beneden gegleden en ze had geen enkele moeite gedaan om het weer in orde te brengen.

'Is dat zo?'

Olivier bleef bij de tafel staan. Zijn hotel lag op de route naar Santiago de Compostela. Hij kreeg ieder jaar honderden bedevaartgangers over de vloer en ze hadden allemaal een verhaal. De interessantste had hij genoteerd en hij koesterde de stille wens om ze ooit te bundelen in een boek, omdat hij ervan overtuigd was dat ze stuk voor stuk zeer de moeite waard waren. Zo was er het verhaal van Werner, een Duitse hoogleraar die niet kon aanvaarden dat de relatie met zijn assistente was stukgelopen en uit pure frustratie had beslist een bedevaart naar Santiago te ondernemen. De man had de hele avond zitten huilen als een kind en Olivier had op hem ingepraat tot hij hem ervan had kunnen overtuigen een paar dagen langer te blijven om tot rust te komen. Een banaal verhaal? Dat dacht Olivier ook, tot hij de volgende dag een telefoontje kreeg van een jonge Duitse vrouw met de vraag of hij nog een kamer vrij had. Toen 's avonds bleek dat de vrouw in kwestie de ex-vriendin van Werner was en zij om dezelfde reden als hij op weg was naar Compostela, was alles weer goed gekomen.

'Mijn oom is dood', zei Jean-Pierre. 'En het is allemaal zo lang geleden.'

Olivier pakte ongevraagd een stoel en gaf de kelner die samen met hem voor de bediening van het terras instond, een teken dat hij het even alleen moest zien te redden.

'Kan ik jullie nog iets aanbieden? Als ik me niet vergis ligt er in mijn kelder nog een oude fles armagnac.'

'Ik wil wel', kirde Nadia.

Ze zwaaide uitbundig met haar armen, waardoor haar linkerborst bijna uit de cup van haar beha floepte. Het leek Jean-Pierre niet te interesseren. Hij keek over haar schouder, alsof hij de duisternis aan het peilen was. Olivier hield hem scherp in de gaten, terwijl hij zich afvroeg of zijn wisselende stemming iets te maken had met de bedevaart die hij ondernam.

'Ik denk dat ik ooit iets over uw oom heb gelezen', zei hij.

'Dat zou best kunnen.'

Jean-Pierre Vandamme veegde zijn lippen schoon met zijn servet en schoof zijn stoel naar achteren.

'Sorry', zei hij. 'Ik voel me plotseling onwel.'

Nadia bekeek hem met grote ogen. Wat een onzin, dacht ze. Aan de langoustines kon het in ieder geval niet liggen. Die waren gewoon heerlijk. En welke man liet een hete nacht schieten voor een banaal kwaaltje?

'Toe', fleemde ze. 'Neem nog een glaasje.'

'Nee, dank je.'

Het was een complete metamorfose. De man die vijf minuten geleden nog zat te bulderen van het lachen, liep met opgetrokken schouders naar de ingang van het hotel en verdween als een schim door de deuropening.

'Weet je zeker dat je niet met de auto wilt?'

Van In stak een sigaret op en blies de rook met een nijdige ademstoot voor zich uit. Een jonge kerel op een dure motorfiets sneed hem bijna de pas af toen hij de straat wilde oversteken. Een eindje verderop sukkelde een oude vrouw met een looprek over de hobbelige kasseien. Voor de een lag alles nog voor het grijpen, de ander had het allemaal gehad. Eigenlijk stelde het leven niet veel voor. Het verleden was voorbij, de toekomst een illusie. Alleen het heden bepaalde de kwaliteit van een leven. Had hij dan het recht om te klagen? Hadden andere mensen niet meer redenen om ongelukkig te zijn dan hij?

'Ik vroeg of je zeker weet dat je niet met de auto wilt.'

Het zou niet de eerste keer zijn dat Van In besliste om ergens te voet naartoe te gaan en vijf minuten later van mening veranderde.

'Je gaat toch ook niet beginnen zeuren, Guido?'

De zon scheen en dan kon je er donder op zeggen dat de stad krioelde van het volk, alsof niemand hoefde te werken als het mooi weer was. Versavel wist dat Van In het verafschuwde om in die omstandigheden door de straten van Brugge te lopen. Daarom had hij voorgesteld om de auto te nemen. Wat had hij nu weer verkeerd gedaan?

'Als je het mij vraagt zit je in een midlifecrisis.'

'Midlife. Ik ben verdomme negenenveertig. Je denkt toch niet dat ik ooit achtennegentig word.'

'Dan is het iets anders. De knorpotziekte bijvoorbeeld.'

'Beter de knorpotziekte dan het kettingzaagsyndroom.'

De terrasjes op het Zand zaten overvol met jongeren en gepensioneerden. Beide leeftijdsgroepen amuseerden zich elk op hun manier. De jongeren leken zich niet te bekommeren om de aangekondigde verhoging van de pensioenleeftijd en de ouderen maakten zich evenmin zorgen over wie straks zou opdraaien voor de toenemende vergrijzing.

'Oké. Laten we ermee ophouden', zuchtte Versavel. 'Maar probeer in godsnaam een beetje normaal te doen. Wat scheelt je? Ben je ongenietbaar omdat Hannelore je de levieten heeft gelezen of lijd je echt aan de knorpotziekte?'

'Je zei net dat we ermee gingen ophouden.'

Van In kon niet ontkennen dat Versavel wel een punt had. Hij dacht aan zijn vader die op die leeftijd bijna dagelijks van zijn moeder te horen kreeg dat hij een oude knorpot aan het worden was. Gebeurde zoiets ongemerkt of kon je het verhelpen?

'Oké? Je hebt gelijk. Laten we iets gezelligs doen.'

'Hannelore verwacht ons, Pieter.'

'Kunnen we niets verzinnen?'

Versavel wist wat er dan zou gebeuren. Van In zou hem vragen Hannelore te bellen en een smoes te verzinnen. Daarna zouden ze een Duvel gaan drinken. Of meer dan een.

'Ik heb een ander voorstel. Jij wacht hier tot ik terug ben met de auto. Zo winnen we minstens een halfuur. We luisteren naar wat Hannelore te vertellen heeft en als alles meezit, kunnen we nog voor de middag iets gaan drinken.'

'Wat kan ik voor u doen, heren?' vroeg Olivier aan de gendarmes die voor de balie op hem stonden te wachten.

De grootste, een reus van om en bij de twee meter, stak zijn hand in de binnenzak van zijn uniformjas en haalde er een foto uit.

'Kent u deze man?'

Olivier nam de foto aan. Eén blik was voldoende. De man op de foto was Jean-Pierre Vandamme, die vanochtend zonder te ontbijten was vertrokken. Hij zag er bleekjes uit en zijn ogen waren dicht, wat het ergste deed vermoeden. Het gebeurde wel vaker dat pelgrims werden aangereden of door vermoeidheid overmand van een helling donderden.

'Meneer Vandamme was hier gisteren te gast', zei hij. 'Hij was op weg naar Santiago de Compostela.'

De reus knikte. In de bagage van het slachtoffer hadden ze een pelgrimspas en een gedetailleerde routebeschrijving gevonden.

'Er is hem toch niets overkomen?'

Olivier dacht aan de gebeurtenissen van de avond tevoren en de nogal bruuske manier waarop Jean-Pierre Vandamme een eind had gemaakt aan een gezellig samenzijn. De meeste pelgrims droegen weliswaar een duister geheim met zich mee, en het was niet de eerste keer dat iemand dichtklapte als een andere gast hem dat geheim probeerde te ontfutselen, maar het zou de eerste keer zijn dat een van zijn gasten iets ernstigs overkwam. De collega van de grote gendarme, die tot nu toe nog niets had gezegd, draaide er niet omheen.

'Monsieur Vandam is dood', zei hij. 'Vermoord.'

'Vermoord?'

Olivier sloeg zijn hand voor zijn mond. Vermoord. Het woord zinderde na als de galm van een gong. De gendarmes gaven hem een paar seconden respijt.

'Uit de rekening blijkt dat monsieur Vandam hier gelogeerd heeft.'

De grote gendarme kruiste zijn armen. Hij was in zijn hele carrière nog nooit met een moord geconfronteerd. Een vechtpartij waarbij iemand een schedelbreuk had opgelopen was het ergste wat hij ooit had meegemaakt. Gelukkig waren de collega's van de *police judiciaire* onderweg. Hij had alleen de opdracht gekregen de uitbater van het hotel te verhoren. En zelfs dat viel niet mee.

'Kende u hem?'

Het was een stomme vraag. Le Soleil d'Or was een doorgangshotel. De meeste gasten logeerden er hooguit één keer. Het antwoord was bijgevolg negatief. De kleine gendarme, die besefte dat zijn collega er niet veel van zou terechtbrengen, probeerde het op een andere manier.

'Het had nochtans gekund', zei hij ernstig. 'U hebt de Belgische nationaliteit. Ik kan me voorstellen dat u vaker landgenoten over de vloer krijgt.'

'Dat klopt', knikte Olivier. 'Sommige mensen die regelmatig hun vakantie in het Zuiden doorbrengen maken hier een tussenstop, maar zoals u zelf hebt vastgesteld, was meneer Vandamme op weg naar Santiago de Compostela. Meestal doet een mens zoiets maar één keer in zijn leven.'

'Dat kan ik me voorstellen', reageerde de kleine gendarme korzelig. 'Maar ik mag toch aannemen dat u met het slachtoffer hebt gesproken?'

Olivier had geen zin om te vertellen dat Vandamme een hele tijd met Nadia had zitten keuvelen en dat hij nukkig was weggelopen toen ze vragen over zijn oom had gesteld. Nadia was immers ook een klant, hij wilde haar niet onnodig in de problemen brengen.

'De gebruikelijke plichtplegingen', zei hij. 'Meneer Vandamme heeft gedineerd op het terras en daarna heeft hij zich op zijn kamer teruggetrokken. Hij had een zware tocht voor de boeg, moet u weten.'

'Heeft hij met iemand anders gesproken?'

De vraag bracht Olivier in een lastig parket. De gendarmes zagen er niet bijster snugger uit, maar als ze het in hun hoofd haalden om de buurtbewoners te verhoren, zou het best kunnen dat iemand Vandamme en Nadia samen had gezien. Hij kon echter niet meer terugkrabbelen zonder zich verdacht te maken, dus beantwoordde hij de vraag negatief.

'Logeren er nog Belgen in uw hotel?'

Behalve Nadia was er ook een echtpaar te gast dat in Roeselare een kledingzaak had en minstens vijf keer per jaar langskwam om uit te blazen. Zij hadden Jean-Pierre Vandamme en Nadia samen gezien, maar hij hoefde zich over hen geen zorgen te maken, zij waren een uur geleden vertrokken.

'Wenst u een kopie van de gastenlijst?'

De kleine gendarme knikte. Op die manier konden ze

hun collega's van de police judiciaire tenminste iets concreets laten zien.

'Kan ik u ondertussen iets aanbieden?'

Olivier keek veelbetekenend naar de klok die naast hem aan de muur hing. Het was bijna halftwaalf, het tijdstip waarop de meeste dorpelingen een aperitiefje namen. De gendarmes wisselden een blik van verstandhouding. Behalve Olivier was er niemand in het hotel en eventuele voorbijgangers konden hen niet zien vanaf de straat.

'Waarom niet', knikte de grootste gendarme.

Hem kon niet veel meer overkomen, hij ging over tien maanden met pensioen.

Hannelore droeg een donkergrijs mantelpakje, waardoor ze er ouder en strenger uitzag. Ze glimlachte toen Van In binnenkwam, maar ze gaf hem geen zoen. Ze drukte hem net als Versavel formeel de hand en sprak hen aan met commissaris en hoofdinspecteur. Livia Beernaert, die voor Hannelores bureau zat, bekeek het tafereel met gefronste wenkbrauwen. Waren die twee niet getrouwd? Of speelden ze komedie omdat zij er was?

'We zijn zo snel mogelijk gekomen', zei Van In verontschuldigend.

Livia Beernaert keek op haar dure horloge. De uitdrukking op haar gezicht gaf perfect weer wat ze dacht.

'De auto deed het niet', probeerde Versavel de zaak te redden. 'We zijn te voet gekomen.'

Hannelore reageerde gortdroog.

'Hoe jullie hier beland zijn is niet relevant, hoofdinspecteur Versavel. Als commissaris Van In zijn werk naar behoren had gedaan, hadden jullie zelfs die moeite niet hoeven te doen.'

Ze konden hun oren niet geloven. Zo kenden ze haar niet.

Deed ze nu alsof of was ze gezwicht voor de autoriteit van de stafhouder?

'Ga zitten.'

Er stonden nog twee lege stoelen voor haar bureau. Versavel ging noodgedwongen naast Livia Beernaert zitten; Van In had net lang genoeg getreuzeld, zodat hij niet anders kon dan naast haar plaatsnemen.

Hannelore trok haar rokje een beetje op voor ze ging zitten en kruiste haar benen. Ze wist zich geen raad met de hele zaak. Van In kon onverwacht uit de hoek komen, daar bestond geen twijfel over, maar ze kon zich niet voorstellen dat hij iemand had weggestuurd die informatie kon verstrekken over een moord. En ze moest ook toegeven dat ze niet veel sympathie kon opbrengen voor de blonde madame chichi die ervan overtuigd was dat ze recht had op een voorkeursbehandeling omdat haar oom stafhouder was bij de balie. Het was echter haar plicht als onderzoeksrechter de vrouw te woord te staan. Een medewerker die contact had opgenomen met de Franse politie, was immers net komen melden dat de informatie over de moord klopte. Aan de andere kant had Van In ook een beetje gelijk. Jean-Pierre Vandamme mocht dan een Bruggeling zijn, hij was in Frankrijk vermoord en daar had de Brugse politie officieel niets te zoeken. Bovendien had madame chichi naar verluidt niet verteld waarom ze hem zo nodig persoonlijk wilde spreken.

'Mevrouw Beernaert is een goede vriendin van het slachtoffer', zei ze. 'De Franse politie heeft haar gebeld omdat haar nummer in zijn gsm bij de favorieten was opgeslagen.'

Van In reageerde zoals ze verwacht had. Hij zei dat hij mevrouw Beernaert vast en zeker te woord had te gestaan als zij de moeite had gedaan de reden van haar bezoek bekend te maken. De volzin paste niet bij hem, hij illustreerde alleen de minachting die hij voor haar voelde.

Ze beet echter venijnig van zich af.

'Dat heeft dat wicht me ook niet gevraagd, hoewel ik minstens tien keer heb gezegd dat het dringend was.'

'Dat wicht is een van mijn hooggewaardeerde medewerkers, mevrouw. Mensen die een zekere opvoeding hebben genoten, blijven op zijn minst beleefd.'

Hannelore had zin om haar gezicht in haar handen te verbergen. Was de situatie zo al niet ontvlambaar genoeg dat hij nog olie op het vuur moest gooien? Vreemd genoeg gaf madame chichi geen kik. Ze wendde gewoon haar hoofd af en keek met een hooghartige blik door het raam naar buiten.

'De Franse politie heeft beloofd dat zij ons zo snel mogelijk een gedetailleerd verslag van het onderzoek zullen bezorgen', zei Hannelore om de pijnlijke stilte te doorbreken. 'En het zou me niet verbazen wanneer ze ons vragen een moraliteitsverslag van het slachtoffer op te stellen, wat natuurlijk een parallel onderzoek impliceert.'

Het was niet duidelijk of Livia Beernaert begreep wat Hannelore bedoelde, ze liet het in ieder geval niet blijken.

'Veel meer kunnen we ondertussen niet ondernemen.'

Hannelore drukte haar vingertoppen tegen elkaar en bracht ze naar haar kin, een gebaar dat haar een zekere autoriteit verleende. Ze had immers gedaan wat ze kon. Madame chichi had haar zin gekregen en ze had de stafhouder gesust. Het enige probleem was dat Van In zich op zijn pik getrapt voelde, maar dat bracht ze vanavond wel in orde.

'Dat begrijp ik', zei Livia Beernaert bijna onderdanig. 'En ik appreciëer ten zeerste dat u de nodige stappen hebt gedaan om meer klaarheid in deze zaak te brengen, maar u zou mij nog een heel grote dienst kunnen bewijzen.'

'Ik kan niets beloven', zei Hannelore, die niet goed wist hoe te reageren.

Wat voerde die vrouw in haar schild? Waar haalde ze het

lef vandaan om een magistraat te vragen haar een dienst te bewijzen in een moordonderzoek? Toch was ze benieuwd.

'Maar zegt u het maar', zei ze.

Ze hoefde niet lang op een reactie te wachten. Livia Beernaert boog naar voren en strekte haar nek uit, alsof ze niet wilde dat Van In en Versavel konden horen wat ze zou zeggen.

'Zou u het huis van Jean-Pierre kunnen verzegelen?' vroeg ze gesmoord.

Van In keek op alsof hij zijn oren niet kon geloven; zelfs Versavel fronste zijn voorhoofd. Hannelore liet gewoon haar handen zakken.

'Verzegelen. Waarom zou ik het huis van meneer Vandamme laten verzegelen?'

'Omdat zijn familie uit hebberige mensen bestaat en het me niet zou verbazen dat ze van de gelegenheid gebruikmaken om hun slag te slaan.'

Hannelore kon een glimlach niet onderdrukken. Dat was het dus. Haar vriend was amper koud en ze maakte zich al zorgen over zijn bezittingen. Ze had al heel wat verhalen gehoord over familievetes die de kop opstaken na een overlijden, maar dit sloeg alles.

'Ik wil u niet kwetsen, mevrouw Beernaert,' zei ze, 'maar volgens de wet heeft alleen de familie recht op de erfenis van uw vriend, tenzij hij zijn het nalatenschap testamentair heeft geregeld.'

Een normaal mens was gegeneerd geweest, voor Livia Beernaert leek er geen vuiltje aan de lucht.

'Dat is het hem juist', zei ze. 'De familie heeft Jean-Pierre jaren geleden verstoten. Ik was de enige die nog om hem gaf.'

'Heeft meneer Vandamme daar ooit met u over gesproken?'

'Niet met zoveel woorden', zei Livia Beernaert gretig. 'Maar ik weet bijna zeker dat hij een testament heeft nagelaten.'

Van In sloeg zijn ogen neer. Hoe schaamteloos kon iemand zijn. Aan de andere kant had haar verhaal zijn nieuwsgierigheid gewekt. De drang om erachter te komen waarom Jean-Pierre Vandamme vermoord was begon te groeien, als een bamboestekje na een tropische regenbui.

2

De gevangenis van Brugge, kortweg PCB, werd beschouwd als een van de veiligste van het land. Ontsnappen was zo goed als onmogelijk, tenzij je een beroep kon doen op koelbloedige handlangers en over een helikopter beschikte. Maximiliaan Verbrugge, bijgenaamd Mad Max, beschikte niet over een helikopter, maar hij had creatieve vrienden en een invloedrijke geldschieter. De bewaarder die hem de boeien aanlegde, glimlachte schaapachtig en wendde daarna het hoofd af alsof hij zich gegeneerd voelde. De waarheid was dat hij net als de meesten van zijn collega's bang was om de gedetineerde recht in de ogen te kijken. Je kon de man geen ongelijk geven. Mad Max was zoals zijn bijnaam deed vermoeden bijzonder gewelddadig. Gevangenisdirecteurs stelden alles in het werk om hem door te schuiven naar een andere instelling. Zo was hij uiteindelijk, in afwachting van zijn proces, op de streng beveiligde afdeling van het Penitentiair Centrum Brugge terechtgekomen. Twee zwaargewapende agenten van de federale politie namen de taak van de bewaarder over en begeleidden de crimineel naar de klaarstaande celwagen. De chauffeur bleef veilig in de gepantserde cabine zitten. Mad Max gunde de gewapende agenten geen blik. Hij stapte in de celwagen en liet zich gedwee opsluiten. Het was vijf voor zes.

Van In draaide de knop van de douche dicht en liep druipnat naar de slaapkamer omdat hij in de badkamer geen handdoek vond. Normaal legde Hannelore die klaar. Echte mannen die gewend zijn dat hun vrouw alles voor hen regelt, reageren meestal als kleine kinderen wanneer de dingen een beetje anders lopen dan ze verwachten.

'Hanne.'

Hij bleef staan op de overloop. Waarom reageerde ze niet? Omdat het vandaag dinsdag is, onnozelaar. Dan werd het huisvuil opgehaald en iemand moest de zakken toch buiten zetten. Hij volgde zijn natte voetspoor terug naar de badkamer, pakte zijn badjas van het haakje en sloeg hem om. Dan maar zonder handdoek, dacht hij.

'Wat is er nu weer misgelopen?'

Hannelore deed de voordeur achter zich dicht en keek hem hoofdschuddend aan. Het voetspoor van de trap naar de keukentafel was nog vers en er hing een druppel aan zijn kin.

'Ik kon de handdoek niet vinden.'

De handdoeken lagen in een kast naast de douche. Het volstond om de deur open te trekken. Ze had echter geen zin om te zeuren. Als ze hem anders had willen opvoeden, had ze er eerder aan moeten beginnen. Nu was het te laat om hem nog te veranderen. Haar vriendinnen vonden dat ze ongelijk had. Vrouwen mochten niet de slavin van hun man zijn, zeiden ze. Haar vriendinnen hadden wellicht gelijk, maar aan de andere kant was Van In de kwaadste niet. En ze hield van hem.

'Ik vraag me af of je ook zou vermageren als ik je eten niet klaarzet.'

Ze reikte hem een beboterd stuk toast aan en schoof de koffiepot dichterbij. Van In schonk eerst haar kopje in en bediende daarna zichzelf.

'Stel je voor dat ik dan succes heb bij andere vrouwen', reageerde hij bloedernstig.
'Onze juf vindt papa anders best tof', monkelde Sarah.
'En onze meester valt op mama.'
'Simon toch.'
Hannelore keek haar zoon berispend aan. Jan, de meester van Simon, was begin dertig en ze had al vaker opgemerkt dat hij haar nakeek, vrouwen hebben een zesde zintuig voor dat soort dingen, ze kon echter moeilijk begrijpen dat een kereltje als Simon het ook had gezien. Zijn kinderen tegenwoordig zoveel slimmer dan vroeger of waren wij toen zo achterlijk? vroeg ze zich af.
Ze liep naar de radio en zette hem aan. Om haar gedachten te verzetten. Ze herkende de stem van een bekende acteur die de voordelen van een uitvaartverzekering aanprees.
'Is het al zo laat?'
Ze wierp een blik op de keukenklok. Het was drie voor halfacht. Er volgden nog twee reclameboodschappen. Daarna kwam het nieuws met een pas binnengekomen bericht. Radio- en televisiemakers sprongen een gat in de lucht als ze in primetime nieuws konden brengen dat nog niet in de krant stond. De ochtendlijke ontsnapping van Maximiliaan Verbrugge, bijgenaamd Mad Max, was een geschenk uit de hemel. Het bericht van zijn spectaculaire ontsnapping beheerste de hele nieuwsuitzending.
'Wij sluiten ze op en zij laten ze lopen', zuchtte Van In. 'Een mens zou er depressief van worden.'
'Ken je die kerel?'
'Mad Max?'
'Wie anders?'
Van In wist niet meer over de man dan wat hij in de kranten over hem had gelezen. Een klassiek verhaal eigenlijk. Slechte jeugd, verkeerde vrienden, kruimeldiefstal-

len, drugs, overvallen op supermarkten en daarna het grote werk.

'Als ik me niet vergis, heeft hij levenslang gekregen.'

'Hij heeft dus mensen vermoord.'

'Onder andere', zei Van In.

Het nieuws ging ondertussen verder. De chauffeur van de celwagen verkeerde in shock, maar hij had een korte verklaring kunnen afleggen voor hij naar het ziekenhuis werd afgevoerd. De agenten van de federale politie die de celwagen van Brugge naar Gent escorteerden, hadden hem ter hoogte van Oostkamp gedwongen de autosnelweg te verlaten.

'Telefoon.'

Hannelore wees naar de deur van de zitkamer, waar Van In gisteravond zijn mobieltje had achtergelaten. Het duurde twintig volle seconden voor hij het ding vond.

'Hallo, met Van In.'

'Heb je het nieuws al gehoord?'

Het was de kabinetschef van de burgemeester. Hij klonk geïrriteerd. Van In wist waarom. De man ging morgen met vakantie. De ontsnapping van Mad Max was een streep door zijn rekening.

'We verwachten je over een uur in het stadhuis', zei hij. 'En zorg er alsjeblieft voor dat je op tijd bent.'

Van In antwoordde dat hij zijn best zou doen. Een vergadering op het stadhuis, dacht hij, alsof dat iets zou oplossen. De vogels waren allang gevlogen. En waarom zou hij zich bezighouden met een ontsnapte gevangene? De moord op Jean-Pierre Vandamme onderzoeken leek hem veel interessanter.

Journalisten werken tegenwoordig sneller dan hun schaduw. Wat zou je zelf doen in een tijd waarin snelheid recht evenredig is met werkzekerheid. De satellietwagen van de commerciële zender stond voor het stadhuis geparkeerd en de ploeg van de openbare omroep arriveerde op het ogenblik dat Van In uit de auto stapte. Bij de ingang stond een handvol fotografen en journalisten van de geschreven pers te wachten tot de burgemeester of de procureur een verklaring zou afleggen. Hun vervuelde gezichten en de wallen onder hun ogen spraken voor zich.

'Goedemorgen, commissaris.'

Een bevriende journalist van de regionale televisie slaagde erin om breed te glimlachen en zijn stem opgewekt te laten klinken. Van In mocht hem wel.

'Ik weet voorlopig niets meer dan wat ik op de radio heb gehoord, Bernard', zei hij toen de journalist hem vroeg of hij een verklaring wilde afleggen.

Van In voelde de jaloerse blikken van de anderen. Een fotograaf bracht lusteloos zijn camera in de aanslag. Een foto van commissaris Van In is ook een foto, dacht hij.

'We zien elkaar straks na de vergadering.'

Bernard knikte. Hij geloofde Van In. Als er iets te melden viel, zou hij de eerste zijn die het te horen kreeg.

'Tot straks.'

Niemand wist hoe lang de vergadering zou duren en het was zeer de vraag of de politie relevante informatie over de ontvoering zou prijsgeven.

Maximiliaan Verbrugge leek op een zakenman. Hij had zijn gevangenisplunje geruild voor een modieus pak van Boss, zijn baard getrimd en hij droeg een bril met een zwarthoornen montuur. Zijn kompanen hadden eveneens een pak aangetrokken. De uniformen die ze bij de ontsnapping hadden gedragen, lagen in de kofferbak van de vluchtwagen.

'Je zou de eerste week best binnen blijven', zei een van

hen, een blonde, afgetrainde kerel met een tatoeage op zijn linkeronderarm.

Het appartement waar Mad Max een tijdelijk onderkomen had gevonden, was comfortabel ingericht. De koelkast en de diepvrieskist zaten volgepropt met voedsel, de bar was rijk gevuld en hij hoefde slechts het nummer van een oude vriend in te toetsen als hij vrouwelijk gezelschap wenste.

'Ik red me wel.'

Het was niet de eerste keer dat hij uit een gevangenis ontsnapte. Hij begon stilaan het klappen van de zweep te kennen. De meeste ontsnapte gevangenen probeerden zo snel mogelijk in het buitenland onder te duiken, Max had geleerd dat het veel veiliger was om in de buurt te blijven. De politie kamde in eerste instantie de onmiddellijke omgeving uit, maar als dat niets opleverde, breidden ze de perimeter uit, waardoor hun aandacht voor de onmiddellijke omgeving verslapte. En er was nog een reden waarom Max in de buurt bleef. Een heel belangrijke reden.

'Ik neem aan dat het geld geen probleem was.'

De blonde kerel met de tatoeage grijnsde, een teken dat hij de beloofde vijfentwintigduizend euro had ontvangen.

'Het was een delicate operatie', zei hij. 'Maar ik heb van ieder moment genoten.'

'Jullie hebben in ieder geval puik werk geleverd', zei Mad Max.

'Jij wist op voorhand dat je daarop kon rekenen', reageerde de kompaan van de blonde. 'Anders had je ons niet ingehuurd.'

Max stak een sigaret op, liep naar de koelkast en pakte een fles champagne uit de deur. Niet dat hij van champagne hield, hij was een bierdrinker, maar hij vond champagne gewoon passen bij de gelegenheid. En mensen die iets te vieren hadden, dronken nu eenmaal champagne.

'Blijf in ieder geval in de buurt', zei hij. 'Ik zal jullie nog nodig hebben.'

De nepagenten knikten. Max was betrouwbaar, hij betaalde niet slecht en het gerucht deed de ronde dat hij met een grote zaak bezig was.

'Je hebt ons nummer', zei de blonde met de tatoeage.

Ze dronken in stilte. Max stond voor het raam en keek uit over het kanaal. Het gevoel dat hij nu deel uitmaakte van een onbegrensde ruimte, was een verademing na de achttien maanden die hij in een kleine cel had doorgebracht. Er wachtte hem een nieuw leven en een onbezorgde toekomst op een plek waar ze hem nooit zouden weten te vinden.

'Kan ik hier op het internet?'

'Natuurlijk', zei de kompaan van de blonde, een spichtige kerel die in het milieu 'meneer pastoor' werd genoemd omdat hij steevast een kruis sloeg voor hij aan een klus begon. 'Er staat een laptop in de slaapkamer.'

Max liep naar de salontafel, waar de fles champagne stond, en vulde in gedachten verzonken de glazen bij. In zijn binnenzak zat een lijstje met vier namen. Het waren de namen van vier mensen die mogelijk elk over een stukje van de puzzel beschikten.

Toen de vergadering afgelopen was, liet Van In de burgemeester en de procureur voorgaan. Zij zagen het als een teken van respect, hij deed het alleen omdat hij geen zin meer had de pers te woord te staan die aan de ingang van het stadhuis geduldig stond te wachten. Behalve dat ze nu wisten hoe de ontsnapping in zijn werk was gegaan en wat er was misgelopen, had de vergadering zoals verwacht niet veel opgeleverd. De procureur had meegedeeld dat hij een internationaal opsporingsbericht had uitgevaardigd en de burgemeester had beloofd dat hij alarmfase drie nog met achtenveertig uur zou verlengen. De gouverneur had de directeur van de gevangenis geïnterpelleerd en die had beloofd een grondig onderzoek in te stellen naar wat er allemaal was misgelopen bij het transport van de voortvluchtige. De rest van de aanwezigen had goedkeurend geknikt en daarmee was de kous af. Van In wist nu al zeker dat een internationaal opsporingsbericht niet veel zou uithalen. Mad Max was een doortrapte crimineel die niet aan zijn proefstuk was. Hij zou de fouten uit het verleden niet opnieuw maken. Het onderzoek dat de gevangenisdirecteur had beloofd, zou waarschijnlijk maanden aanslepen, tot iedereen vergeten was waarover het eigenlijk ging. Ze hadden hun paraplu opengetrokken, de rest kon hun geen zier schelen.

'Wordt er iets van ons verwacht?'

Het was een raadsel hoe Versavel erachter gekomen was dat de vergadering net was afgelopen. Van In hoefde niets te zeggen. Hij kreeg ongevraagd een antwoord.

'Ik stond buiten bij de chauffeur van de procureur toen er gebeld werd dat hij de wagen moest voorrijden. Of dacht je dat ik helderziende was?'

'Waarlangs ben je dan binnengekomen?'

'De zijingang.'

De zijingang van het stadhuis kwam uit in de Blinde Ezelstraat. Het voordeel was dat er geen journalisten stonden. De smalle straat werd ingenomen door toeristen die gedwee de gids volgden, die als een moderne herder met een opgestoken paraplu zijn kudde bijeen probeerde te houden. Van In stak een sigaret op en wrong zich door de stugge massa. Ze staken de brug over en sloegen de Steenhouwersdijk in, waar het een stuk rustiger was.

'De operatie was in ieder geval goed voorbereid', zei hij. 'We vernamen net dat gemaskerde mannen de politiewagen

hebben onderschept die de celwagen moest escorteren.'
'Wat is er met de agenten gebeurd?'
'Die werden verdoofd en opgesloten in een verlaten loods. De eerste is een halfuur geleden wakker geworden en hij is erin geslaagd de deur van de loods te forceren.'
'Een mens vraagt zich af waar die criminelen hun informatie vandaan halen.'
'Tja', zei Van In. 'De lijst met de uurregeling en de taakverdeling van de federale politie hangt in de kleedkamer, waar ook het burgerpersoneel en de schoonmaakploeg komen. Hoewel het ook niet uitgesloten is dat een van hun collega's zich heeft laten omkopen. Je wilt niet weten hoeveel mensen tegenwoordig financiële problemen hebben.'
'Om hoe laat was het transport gepland?'
'Om zes uur. De celwagen werd om acht uur in het gerechtsgebouw van Gent verwacht. Ze wilden waarschijnlijk het risico niet lopen om in een file terecht te komen.'
De zon scheen en omdat het nog te vroeg was om een Duvel te gaan drinken, liet Van In zich voor hotel Die Swaene op een bank neerploffen. Versavel kwam naast hem zitten.
'Hebben ze de chauffeur van de celwagen zomaar laten lopen?'
'Nee, Guido. Die kerels mochten dan goed geïnformeerd zijn, ze wisten niet dat Mad Max in een splinternieuwe celwagen werd vervoerd.'
'Maakt dat een verschil?'
'Ik wist het ook niet, maar de nieuwe celwagens zijn uitgerust met een systeem dat om de tien minuten een signaal ontvangt dat door de chauffeur beantwoord moet worden. Als hij dat niet doet, gaat men er in de centrale van uit dat er iets misgelopen is.'
'Een beetje zoals het dodemanspedaal in een trein.'
'Zoiets, ja.'

'Dan hebben ze veel geluk gehad.'

'Inderdaad', knikte Van In.

De chauffeur van de celwagen had verklaard dat de nepagenten hem om vijfentwintig over zes gedwongen hadden om aan de kant van de weg halt te houden, acht minuten voor het volgende signaal zou binnenkomen.

'Ze boeiden de chauffeur, sloten hem op in de celwagen en reden daarna weg in een klaarstaande vluchtauto.'

'Zonder dat ze wisten dat ze eigenlijk maar een paar minuten voorsprong hadden?'

'Daar heb ik ook aan zitten denken.'

Toen de chauffeur het signaal van drie minuten over halfzeven niet beantwoordde, sloeg de centralist onmiddellijk alarm. De eerste politiepatrouille arriveerde nog geen tien minuten later.

'Is er al enig spoor van de vluchtwagen?'

'Nee', zei Van In. 'We weten alleen dat het om een grijze Mazda gaat. Het is bijzonder jammer dat de chauffeur van de celwagen het kenteken niet heeft kunnen onthouden, maar dat kun je die arme man natuurlijk niet kwalijk nemen. Hij dacht dat die kerels hem gingen vermoorden.'

'Ik neem aan dat we ook over beelden van die kerels beschikken.'

Van In haalde zijn schouders op. Hij had de beelden van de bewakingscamera's in de gevangenis laten opvragen.

'Je gelooft het nooit, Guido. Er zijn die bewuste dag geen beelden gemaakt wegens een technisch defect, maar de directeur heeft beloofd dat hij een onderzoek zal instellen.'

'Dat meen je niet.'

'Toch wel.'

De toestromende toeristen verspreidden zich ondertussen als een olievlek over de stad. Voor ze het goed beseften, legde een groep Duitsers beslag op het rustige plekje waar ze gezellig zaten te praten, met als gevolg dat Van In opstond en zich het stof van de schoenen sloeg. Het was ondertussen halftwaalf geworden.

'Ik heb best trek in een steak tartaar.'

Na twee Duvels op een terrasje aan het Huidenvettersplein had Van In honger gekregen en het was amper honderd meter lopen naar Bistro Christophe aan de Garenmarkt. Het was er erg druk, maar toen de chef Van In herkende kregen ze onmiddellijk een tafeltje bij de open haard waar het rustiger was.

'Er is een mooie bordeaux tegen een heel aantrekkelijke prijs', zei hij toen ze allebei steak tartaar bestelden.

Versavel trok zijn wenkbrauwen op. Twee Duvels en een fles wijn konden de rest van de dag verknallen. Toch zei hij niets. De ontsnapping leek Van In maar matig te interesseren en de onderzoeksrechter had hem tot nu toe niet gevraagd de moord op Jean-Pierre Vandamme te onderzoeken. Het kon bijgevolg niet veel kwaad dat Van In een glaasje dronk. Het belangrijkste was dat hij zich goed in zijn vel voelde. Versavel werd stilaan een dag ouder. Al die spanningen hoefden voor hem niet meer. Iedere dag die rimpelloos verliep was een zegen.

'En hoe gaat het met de kinderen?'

Versavel had hen al een tijdje niet meer gezien, omdat ze sinds kort naar een andere school gingen, waardoor ze vroeger moesten vertrekken. En Julien sliep meestal nog als hij arriveerde.

'Ik mag niet klagen.'
'Zei de trotse vader.'
'Wat wil je daar nu mee zeggen?'
'Niets.'

Van In hield van zijn kinderen en hij was bereid veel voor

hen op te offeren, maar het werd hem soms allemaal een beetje te veel als ze weer eens te luidruchtig waren, hem met allerlei absurde vragen bestookten als hij net een dutje wilde gaan doen of als ze absoluut naar een pretpark wilden als het buiten pijpenstelen regende.

'Iedereen wordt oud, Guido.'

Van In proefde van de wijn en liet het slokje in zijn mond walsen voor hij het doorslikte. Anders dan met Hannelore, die meer dan tien jaar jonger was dan hij, kon hij over dat soort problemen in de beste verstandhouding met Versavel van gedachten wisselen.

'Ik vraag me af hoe je zult reageren als je ooit grootvader wordt.'

'Dan ben ik allang dood.'

'Voel je je weer niet goed?'

'Het gaat.'

Twee jonge vrouwen die naast hen zaten, probeerden onopvallend mee te luisteren. Aan hun gezicht en de manier waarop ze tegen elkaar fezelden was duidelijk te zien hoe ze over oudere mannen dachten.

'Het ergste is dat ze het zelf niet beseffen', fluisterde de ene.

'Maar ze zeuren wel over ons', zei de andere.

De dag verliep echter niet zoals Versavel had verhoopt. De telefoon ging over op het ogenblik dat de kelner het dessert serveerde, een dame blanche met, op verzoek van Van In, extra veel warme chocoladesaus. Het was Saskia.

'Ze hebben ingebroken bij Vandamme', zei Versavel nadat hij het gesprek had beëindigd. 'De onderzoeksrechter wil dat we de zaak onderzoeken.'

'Welke onderzoeksrechter?'

'Maak je geen zorgen, Pieter. Je kent haar.'

'Daar zijn jullie eindelijk.'

Hannelore stond met gekruiste armen naast een auto die voor het huis van Jean-Pierre Vandamme stond geparkeerd. Ze keek uitdagend. Een man die aan de overkant van de straat passeerde, kon het niet laten even over zijn schouder te kijken terwijl hij aan zijn eigen vrouw dacht die al jaren een hopeloze strijd voerde tegen vetrolletjes en uitgezakte buikspieren. Van In gaf haar een zoen. Ze nam hem achteloos in ontvangst.

'Wie heeft de inbraak vastgesteld?'

Volgens de gegevens waarover Van In beschikte, woonde Jean-Pierre Vandamme sinds zijn moeder een paar jaar geleden was gestorven alleen in het statige herenhuis aan de Vlamingdam dat eigenlijk veel te groot was voor twee, laat staan voor een. Het huis met trapgevel dateerde uit het begin van de twintigste eeuw. De imposante, met koperen klinknagels beslagen voordeur, waarboven een verweerd Mariabeeld prijkte, was bijna drie meter hoog, zoals ook de ramen. De vergeelde vitrage zag er oud en versleten uit. Van In had zich als kind vaak afgevraagd waarom rijke mensen die in grote huizen woonden wekelijks het trottoir met bruine zeep lieten schrobben, maar nooit de moeite deden om de vitrage naar de stomerij te brengen.

'Een voorbijganger.'

Hannelore wees naar de politiewagen die een eindje verderop geparkeerd stond. Achterin zaten een agent in uniform en een magere man met een ouderwetse baret op zijn hoofd. Van een afstand leek hij een beetje op een veteraan uit de Tweede Wereldoorlog.

Van In knikte, liep naar de politiewagen en trok de schuifdeur open.

'Goedemiddag.'

De veteraan en de agent die de verklaring aan het noteren was, keken op. De Vlamingdam mocht een rustige straat zijn, het was op zijn minst vreemd dat iemand de inbraak pas in de loop van de middag had opgemerkt. De veteraan trok zijn schouders op toen Van In hem daarmee confronteerde.

'Wie bekommert zich tegenwoordig nog om iets?' zuchtte hij op een toon die duidelijk liet blijken dat hij geen hoge dunk had van mensen die bang waren om hun verantwoordelijkheid op zich te nemen. 'De voordeur stond verdorie op een kier.' Zijn stem schoot de hoogte in en zijn ogen schoten vuur.

Van In wist nu bijna zeker dat de man een oud-strijder was. En dat vond u voldoende reden om de politie te bellen, wilde hij zeggen. Een deur die overdag op een kier stond, betekende niet dat er ingebroken was. Dat het om het huis ging van iemand die onlangs vermoord was, deed hem zijn woorden inslikken.

'Bent u naar binnen geweest?'

'Natuurlijk niet', steigerde de veteraan. 'Zoiets doet men toch niet.'

'Nee', zei Van In.

Hij wierp de agent die de verklaring van de veteraan noteerde een verveelde blik toe, draaide zich om en liep weer naar Hannelore en Versavel. Halverwege keerde hij echter op zijn schreden terug.

'Kende u meneer Vandamme?'

De verontwaardigde blik van de veteraan sprak voor zich. Hij had hem evengoed kunnen vragen of hij de hoofdstad van België kende.

'Het huis is al drie generaties eigendom van de familie Vandamme', klonk het trots. 'Ik heb op dezelfde school gezeten als meester Vincent Vandamme, de vader van Jean-Pierre. U kent meester Vincent Vandamme toch?'

De naam deed bij Van In een belletje rinkelen. Hij krabde nadenkend achter zijn oor.

'Die naam zegt me inderdaad iets.'

'Iets. Meester Vandamme was een van de meest gerespecteerde juristen van Brugge en omstreken.'

'Het gaat om zijn zoon', zei Van In.

De veteraan was echter niet te stuiten. Hij overdonderde Van In met een lofzang op meester Vincent Vandamme waaraan geen einde kwam. Kort samengevat kwam het hierop neer: meester Vandamme was een stichtend voorbeeld geweest voor zijn tijdgenoten, de stuwende kracht achter tal van liefdadigheidsorganisaties, de bezieler van diverse katholieke verenigingen en een onvermoeibaar bestrijder van het linkse crapuul dat de maatschappij destijds naar de ondergang had willen leiden. Over Jean-Pierre kwam hij alleen te weten dat die zich bezighield met de studie van de middeleeuwen en de geschiedenis van Congo en daarom af en toe lange reizen ondernam om die kennis bij te schaven.

'Hij werkte dus niet.'

De veteraan schudde zijn hoofd. Hij had medelijden met mensen zoals Van In die intellectuele arbeid met luiheid verwarden.

'Jean-Pierre was eveneens secretaris van de Sint-Sebastiaansgilde', zei hij met een meewarige stem. 'Is dat voldoende?'

'Voorlopig wel.'

Het was om moedeloos van te worden. Van In stak zijn hand op en liep weg, terwijl hij zich afvroeg waarom hij naar de veteraan was teruggekeerd.

'En? Was het interessant?'

Hannelore had bij haar aankomst met de veteraan gesproken. Ze had het hele verhaal al gehoord. Van In negeerde het spottende lachje waarmee ze hem aankeek.

'Kom', zei hij tegen Versavel. 'Laten we eerst binnen een kijkje gaan nemen.'

'Ben ik niet welkom dan?'

Hannelore poseerde als een mannequin, rechterbeen naar voren en de handen op de heupen. Van In bekeek haar, dacht aan iets dat meestal bij hem opkwam als ze zich uitdagend opstelde en zei met een glimlach: Dat spreekt toch voor zich, schatje. Het was lang geleden dat ze samen een plaats delict hadden bezocht. Hannelore hield niet van lijken, maar dit keer ging het om een ordinaire inbraak bij klaarlichte dag. En zelfs dat wisten ze nog niet zeker.

'Ik herken die geur van vroeger', zei ze in de gang.

Oude huizen hebben een specifieke geur, net als nieuwe wagens. De grootmoeder van Hannelore had jarenlang in zo'n huis gewoond bij de Sint-Gilliskerk. De geur rakelde nostalgische herinneringen op aan schemerige kamers, krakende trappen, muffe tapijten en zachtglanzende koperen luchters. Op de eikenhouten lambrisering in het huis van haar grootmoeder stonden oude borden en aan de muur hingen sombere schilderijen, waar ze vroeger urenlang naar kon kijken en waarin ze telkens weer nieuwe details ontdekte. Het huis van Jean-Pierre Vandamme was in tegenstelling tot dat van haar grootmoeder stoffig en er hingen spinnenwebben in de hoeken.

'En het wordt niet beter', zei Van In.

De nostalgische geur werd in de woonkamer verdreven door die van schimmel en rotte etensresten, hoewel er op het eerste gezicht geen organisch afval rondslingerde. Er stonden een massieve tafel met dikke bolle poten en een blad van minstens tien centimeter dik, acht met rode stof beklede stoelen en een vitrinekast volgestouwd met porseleinen beeldjes, schalen en met bronzen ornamenten versierde vazen. Er hing ook een wandtapijt met de voorstelling van een jachtpartij. Een lange smalle tafel bij het raam stond vol met ingelijste foto's, hoogstwaarschijnlijk een chronologisch overzicht van de familie Vandamme. De oudste foto's dateerden aan de kleding te zien van het begin van de vorige eeuw. Een man met een bolhoed op, in een zwart pak en een vest met een gouden horlogeketting, stond naast een vrouw met een grote hoed met voile en een weelderige jurk van crinoline. Van In pakte de lijst en las de tekst op de achterkant. *André Vandamme et Mathilde Courrière 3 avril 1902*. De merkwaardigste foto echter was die van een jonge zwarte vrouw. Of was het nog een meisje? Ze was naakt en keek verlegen in de lens. Van In schatte haar een jaar of zestien. Hij zat er twee jaar naast, want onderaan op de foto stond in een kriebelig handschrift: *Marie-José à l'âge de 14 ans*.

'Zootje franskiljons.'

Van In had niet veel op met de bourgeoisfamilies die destijds Frans spraken en zich op die manier probeerden te onderscheiden van het klootjesvolk dat een soort koeterwaals brabbelde dat alleen de beesten verstonden. Versavel, die er een genuanceerdere mening op na hield, diende hem van repliek.

'Dat was nu eenmaal zo in die tijd', suste hij.

'Ben je daar echt van overtuigd?'

Van In zette twee stappen naar rechts en pakte een lijstje dat aan de andere kant van de tafel stond. Op de foto stond een jonge vrouw met een kind op haar arm. Het was een kleurenfoto en aan de kledij van de vrouw te zien dateerde de foto uit de jaren zestig. Van In draaide de lijst om: *Benedicte et Jean-Pierre 11 juillet 1961*.

'I rest my case', gaf Versavel ootmoedig toe.

De woonkamer stond via een dubbele deur in verbinding met een werkkamer annex bibliotheek. De boekenplanken bogen door onder het gewicht van honderden lijvige boeken, waarvan de meeste over de middeleeuwen gingen. Meer dan negentig procent ervan, hoe kon het anders, was in het Frans. De overige handelden uitsluitend over Congo.

'Die ijzervreter heeft in ieder geval niet overdreven', zei Van In.

Het bureau lag bezaaid met schriftjes en volgekriebelde vellen papier. Bovenaan op een van de vellen stond in stevige hoofdletters: MEER DAN ZESHONDERD JAAR SINT-SEBASTIAANSGILDE IN BRUGGE OF DE OUDSTE SPORTCLUB TER WERELD.

'Jean-Pierre schreef tenminste in het Nederlands', merkte Versavel fijntjes op.

'Ja. En dan? Zal ik hem voordragen voor de Grote Prijs der Nederlandse Letteren?'

'Nee, laat maar.'

De aandacht van Versavel werd getrokken door een fraai bewerkt houten kistje. Hij pakte het vast en klapte het deksel open. Het zal vol met briefjes van vijftig euro.

'Als het diefstal betreft hebben we in ieder geval niet met een snuggere dief te maken.'

Hij gaf het kistje aan Van In, die de biljetten eruit haalde en telde. Het waren er zesenveertig, een niet onaardig bedrag.

'Vals alarm dus.'

'Dat denk ik niet', zei Hannelore, die net een andere deur had opengetrokken die toegang gaf tot een kamertje van drie bij twee meter, waar een gigantische antieke brandkast de hele muur besloeg en waarvan de massieve deur wagenwijd openstond.

3

'Een brandkast bevat meestal waardevolle spullen', zei Hannelore.

Van In knikte verstrooid. Hij dacht aan Livia Beernaert die hem gevraagd had het huis van Vandamme te laten verzegelen omdat ze bang was dat hebberige familieleden hun slag zouden slaan. Ze had gelijk gekregen. Misschien had hij toch naar haar moeten luisteren.

'Het zou best kunnen dat de inbraak in verband staat met de moord op Jean-Pierre Vandamme', opperde Versavel voorzichtig.

'Hebben we daar al meer nieuws over?'

'Nee,' zei Hannelore, 'ik heb vanmiddag nog geïnformeerd bij de procureur. Hij heeft nog geen extra informatie ontvangen.'

'Dekselse fransozen.'

Versavel glimlachte. Hij wist dat zijn vriend niet veel vertrouwen had in zijn buitenlandse collega's en dat hij bovendien zelf stond te popelen om de zaak aan te pakken. Hij kon hem geen ongelijk geven. Hannelore dacht precies hetzelfde.

'Ik kan jullie er met een rogatoire commissie naartoe sturen', zei ze.

'Heb je daar een budget voor?'

'Joinville ligt niet aan de andere kant van de wereld, Pieter. En jullie kunnen best een kamer delen. Dat scheelt een slok op een borrel.'

Ze zag het eigenlijk wel zitten om een paar dagen alleen met de kinderen door te brengen. Wie weet was het ook goed voor hun relatie. Wist hij tenminste wat hij miste. De blik die hij met Versavel wisselde, sprak voor zich. Hij zag het in ieder geval zitten. Versavel reageerde minder enthousiast.

'Dat moet ik eerst met Luk bespreken', zei hij.

'Dan wacht ik er nog even mee.'

Ze haalde haar mobieltje uit haar handtas en belde de technische recherche. Alles wees erop dat de dief over een sleutel van het huis beschikte en wellicht ook de combinatie van de brandkast kende, want er waren op het eerste gezicht geen sporen van braak. Dat betekende natuurlijk niet dat er geen sporen waren. Er was echter nog een andere reden waarom ze zelf de technische recherche belde. Klaas Vermeulen, het hoofd van de technische recherche, sloofde zich niet uit als hij hoorde dat Van In een onderzoek leidde, maar hij was als de dood voor een magistraat.

'Wij gaan ondertussen mevrouw Beernaert een bezoekje brengen', zei Van In toen het gesprek afgelopen was en nadat Hannelore had gezegd dat Vermeulen er over een kwartier zou zijn.

'Dan zien we elkaar vanavond.'

Ze kreeg een zoen op haar mond en zijn hand gleed over haar schouder naar beneden. Routine? Of meende hij het echt? Brandde het vuur van de passie nog even hevig als vijftien jaar geleden? Ze stelde zich die vraag de laatste tijd almaar vaker. Hij deed zijn best om lief voor haar te zijn en ze was ervan overtuigd dat hij erg veel van haar hield. Was dat voor haar voldoende? Of werd ze te veeleisend? Ze had er vorige week met een vriendin over gepraat en die vond dat het best meeviel met Van In. Ik mag al blij zijn als mijn man me de zondagmorgen in bed aanraakt, had ze gezegd, en ik kan me niet herinneren wanneer hij me voor het laatst spontaan heeft gezoend. Ze slenterde naar de voordeur met haar mobieltje nog in haar hand, terwijl ze zich afvroeg of het wel een goed idee was om Van In en Versavel met een rogatoire commissie naar Frankrijk te sturen. Waarom ging ze zelf niet mee? Ze zag hem in de auto stappen en wegrijden. Hij ziet er slanker uit dan een paar weken geleden, probeerde ze zichzelf te troosten.

'Wat weten we over Livia Beernaert, behalve dat ze het nichtje van de stafhouder is?'
Van In had Versavel niet hoeven te vragen haar gegevens na te trekken, hij ging ervan uit dat hij het spontaan had gedaan. Zo gaat dat als je lang genoeg met elkaar optrekt.
'Niet veel.'
Versavel klikte zijn veiligheidsgordel vast voor hij de wagen startte. Van In wachtte op het waarschuwingspiepje voor hij hetzelfde deed. Ze reden naar het kruispunt van de Vlamingdam en de Elisabethlaan waar ze rechts afsloegen.
'Maar je weet wel waar ze woont.'
'Aan de Koolkerksesteenweg.'
'Gehuwd? Vrijgezel?'
'Gehuwd geweest.'
Livia Beernaert was zesendertig. Ze had rechten gestudeerd, maar haar studie niet afgemaakt. Ze was er wel in geslaagd een briljante student aan de haak te slaan en hem zover te krijgen dat hij twee jaar later met haar trouwde. Het huwelijk had echter niet lang standgehouden. Ze waren acht jaar geleden gescheiden. Sindsdien leefde ze officieel van een uitkering.
'Dat belooft', zuchtte Van In.
De ex van Livia Beernaert had goed geboerd. De villa waar-

van ze na de scheiding het vruchtgebruik had gekregen, kon je bezwaarlijk een stulpje noemen. De tuin was zo te zien behoorlijk groot en er waren twee garages. Versavel parkeerde de Audi naast een bescheiden Citroën C2. Ze hoefden niet aan te bellen. De voordeur ging vanzelf open.

'Ik heb jullie zien aankomen.'

Livia Beernaert droeg een jurkje dat minstens tweehonderdvijftig euro had gekost. Van In mocht geen expert zijn in dameskleding, hij herkende het logo omdat Hannelore hem er attent op had gemaakt toen ze vorige week voor de etalage van een chique boetiek in de Zuidzandstraat waren blijven staan en hij zo naïef was geweest om met haar mee naar binnen te gaan.

'Kom toch binnen.'

Ze liepen door een brede gang, die royaal met marmer was bekleed, naar een L-vormige ruimte die de woon- en zitkamer was. Haar ex had haar niet alleen het vruchtgebruik van de villa gegeven, hij had eveneens voor een fortuin aan designmeubelen laten staan. Zo briljant kon hij ook niet geweest zijn.

'Woont u hier alleen?'

Van In probeerde niet de indruk te geven dat hij zich afvroeg hoe een werkloze alleenstaande vrouw zich zoiets kon permitteren. Het onderhoud van het huis en de tuin kostte handenvol geld, om nog maar te zwijgen van de onroerende voorheffing die ze jaarlijks moest ophoesten. Of was haar ex zo gek geweest om haar alimentatie te betalen? Waarschijnlijk niet. Anders had ze niet van een uitkering kunnen genieten. Ze was hem echter voor.

'U vraagt zich af hoe ik me zoiets kan permitteren?'

Van In maakte een afwerend gebaar, terwijl hij zijn blik afwendde. Hij voelde zich opgelaten omdat ze hem doorhad. Aan de andere kant was hij wel benieuwd hoe ze al die

luxe zou verklaren. Het antwoord was heel eenvoudig.
'Mijn ouders waren niet onbemiddeld', zei ze.
Van In slikte zijn ergernis in. Mensen die teerden op het fortuin van hun ouders, hoefden bij hem niet op veel sympathie te rekenen. Daarover zijn ongenoegen uiten was in de gegeven omstandigheden niet verstandig. Hij kon beter hoffelijk blijven als hij iets te weten wilde komen.
'Een geluk bij een ongeluk dus.'
Hij had het toch gedaan. Versavel keek verschrikt op, terwijl zij Van In ongelovig aanstaarde.
'Wat bedoelt u daarmee, commissaris?'
'Begrijp me niet verkeerd', probeerde Van In zich te redden. 'Ik verwarde uw ouders met uw ex-man.'
Het klonk niet overtuigend. Livia Beernaert ging er gelukkig niet dieper op in. Ze streek met haar hand over haar dure jurkje en forceerde een glimlach. Het geld dat ze van haar ouders had geërfd raakte stilaan op, maar dat betekende niet dat ze van plan was haar luxeleventje op te geven. En wie weet kon de flik haar daarbij helpen. Dus bood ze hun iets te drinken aan omdat ze van haar oom, de stafhouder, wist dat er geen flikken bestonden die niet vies waren van een drankje – alcohol verzacht de zeden, net als muziek, beweerde hij trouwens altijd – en hij kreeg bijna gelijk: Van In nam een borrel, zijn assistent hield het bij frisdrank.

Wie zich tegenwoordig een huisdier wilde aanschaffen, hoefde daarvoor niet veel moeite te doen, zelfs niet als hij iets exotisch op het oog had. De blonde handlanger van Mad Max parkeerde zijn wagen voor een gespecialiseerde dierenwinkel aan de Kerkstraat in Blankenberge, stapte uit en vergewiste er zich met een blik in de etalage van of hij aan het juiste adres was. Hij kon erin komen dat mensen een hond of een kat in huis namen en kinderen verzot waren op hamsters en dwergkonijnen, hij begreep echter niet waarom ze ook met leguanen, wurgslangen en giftige spinnen onder één dak wilden wonen. De winkel was ruim, maar honden of katten trof je er niet aan. Een jongeman met een pluizig ringbaardje en holle, vermoeide ogen zat achter de toonbank aan een computer met een papegaai op zijn schouder.

'Waarmee kan ik u van dienst zijn, meneer?'

De meeste klanten keken eerst even rond voor ze naar de toonbank kwamen.

'Verkoopt u ook kleine niet-giftige slangen?'

De blonde kerel gaf met zijn handen aan welk formaat hij wilde. De man van de dierenwinkel keek verbaasd op. Hij kreeg regelmatig klanten met bizarre wensen over de vloer, hij had echter nog nooit meegemaakt dat iemand zomaar een kleine, niet-giftige slang bestelde alsof hij dieren op maat kon leveren.

'De meeste niet-giftige slangen die ik verkoop worden minstens een meter lang', antwoordde hij een beetje onthutst.

'Heb je er dan geen die pas geboren zijn?'

'Die worden ook groot, meneer.'

'Ja, maar dan heb ik hem niet meer nodig.'

De exploitant trok zijn gezicht in een bezorgde plooi. Wat was die kerel in godsnaam van plan met een kleine niet-giftige slang? De man mat meer dan een meter negentig en had handen als kolenschoppen. Zo iemand tegenspreken was niet erg verstandig, zeker niet als je alleen in de winkel stond.

'Misschien kan ik u toch helpen.'

Hij stond op en nodigde de blonde klant met een gebaar uit om met hem mee te komen naar achteren, waar hij nog een paar hazelwormen in voorraad had. Een hazelworm is eigenlijk een pootloze hagedis, maar voor iemand die niets van reptielen af weet kan een hazelworm gerust voor een slang doorgaan. De blonde kerel wist er duidelijk niets vanaf. Hij glimlachte toen hij de hazelwormen te zien kreeg en zei met een brede glimlach: Dit is precies wat ik zoek. De man van de dierenzaak stelde geen vragen, hij haalde een hazelworm uit het terrarium en stopte hem in een daarvoor geschikte doos. Zijn omzet was het voorbije jaar fiks gekrompen, het kon hem eigenlijk niet schelen wat de klant met de hazelworm van plan was.

'Ik neem aan dat u me niet komt opzoeken om over mijn financiële situatie te praten', zei Livia met een zeemzoete stem.
Het had niet veel zin om er nog langer omheen te draaien.
Van In vertelde in een paar woorden wat er gebeurd was.
Hij had enige reactie van haar kant verwacht, maar ze reageerde heftiger dan hij zich had kunnen voorstellen. Haar ogen vernauwden tot spleetjes, ze tuitte haar lippen, balde krampachtig haar vuisten en zette een stap naar voren alsof ze hem een klap voor zijn hoofd wilde geven.
'Ik had jullie toch gewaarschuwd', siste ze.
'Rustig maar, mevrouw.'
Als de manier waarop ze reageerde in verhouding stond met de inhoud van de brandkast, konden ze ervan uitgaan dat Vandamme er niet alleen zijn verzekeringspolissen in bewaarde.
'U had naar me moeten luisteren', schreeuwde ze. 'Waarom luisteren jullie nooit naar iemand? Of moet er eerst weer een dode vallen?'
Van In had geleerd dat het verstandiger was een boze vrouw niet te onderbreken, dus wachtte hij geduldig tot ze uitgeraasd was. Hij kreeg het even moeilijk toen ze hem vergeleek met Rataplan, de achterlijke hond uit de Lucky

Lukestrips, maar hij wist zijn kalmte te bewaren.
'Ik begrijp dat u boos bent, mevrouw, maar u moet ook begrijpen dat wij geen huis kunnen laten verzegelen op basis van een verdenking. Ik vraag me bovendien af of de dief zich daaraan gestoord zou hebben. Hij beschikte over een sleutel en kende de combinatie van de brandkast.'
Ze liet zich op de bank neerploffen, sloeg nijdig haar benen over elkaar, kruiste haar armen en keek woedend voor zich uit als een verwend meisje dat haar zin niet had gekregen. Het leek allemaal een beetje overdreven, waardoor Versavel, die haar de hele tijd had geobserveerd, het gevoel kreeg dat ze een nummertje opvoerde. Het was natuurlijk ook best mogelijk dat hij er zo over dacht omdat hij te weinig van vrouwen af wist.
'Ik heb toch gezegd dat zijn familie hem zou bestelen. Zijn jullie werkelijk oliedom?'
'Oliedom klinkt als een compliment, mevrouw. Gewoon dom volstaat.'
Livia keek verrast op omdat ze een dergelijk antwoord niet had verwacht. Het brak in ieder geval de spanning. Ze excuseerde zich met een flauwe glimlach. Eigenlijk mocht ze blij zijn dat ze de moeite hadden gedaan om contact met haar op te nemen. Misschien was alles nog niet verloren.
'Geef ons de namen van de familieleden die u verdenkt en laat de rest aan ons over.'
De directe aanpak deed haar zichtbaar aarzelen. Ze liet haar armen zakken. Haar ogen zochten houvast bij Van In.
'Als u me garandeert dat zij er nooit achter komen dat ik iets heb gedaan.'
'Wat gedaan?'
Versavel kon de verwarring van haar gezicht aflezen. Van In had de situatie weer volledig onder controle. Het vermoeden dat er iets niet klopte met haar werd sterker. Livia Beer-

naert was niet de sterke vrouw voor wie ze zich probeerde uit te geven, eerder een intrigante die de knepen van het vak nog niet beheerste.

'De familieleden van Jean-Pierre dragen me geen warm hart toe', zei ze. 'Dit gesprek moet strikt onder ons blijven.'

Ze is ook een beetje laf, dacht Versavel. Of ze weet donders goed dat de beschuldiging aan het adres van de familieleden louter op vermoedens is gebaseerd en dat een dergelijke beschuldiging haar wel eens duur zou kunnen komen te staan. Van In profiteerde van haar zwakte.

'Die garantie kunnen wij u niet geven, mevrouw, maar we kunnen wel discreet zijn.'

Het bleef een poosje stil. Livia wist niet goed hoe ze zich moest gedragen. Ze voelde dat de flikken haar nauwlettend in de gaten hielden. Was ze overtuigend genoeg geweest? En loonde het allemaal nog de moeite? Zelfs als ze kon bewijzen dat iemand van de familie de diefstal had gepleegd, zou ze nooit een deel van het fortuin kunnen opeisen, tenzij Jean-Pierre een testament had gemaakt en dat aan een notaris toevertrouwd zoals hij had beloofd. Ze besloot de gok te wagen.

'Jean-Pierre heeft drie broers.'
'Wie verdenk je?'
'Alle drie.'
'Je denkt dus dat ze samenspannen?'
'Nee, dat doen ze zeker niet.'
'Ik vrees dat ik u niet meer kan volgen, mevrouw.'

Livia nam een slokje koffie. Was het wel verstandig hun alles te vertellen? Wie weet kwamen ze zelf in de verleiding om de buit onder elkaar te verdelen.

'Het spijt me', zei ze. 'Ik kan jullie nu nog niet alles vertellen. We moeten eerst zeker weten of een van de broers er wat mee te maken heeft.'

'We?'

De afkeuring klonk door tot in het vraagteken. Wat dacht die vrouw eigenlijk? Dat ze haar op haar wenken zouden bedienen? Van In moest zich inhouden om te blijven zitten en hij was zonder twijfel opgestapt als het om een ordinaire diefstal was gegaan. De bizarre moord op Jean-Pierre Vandamme weerhield hem. Livia begreep niet goed waarover hij zich druk maakte. Zij had toch niets verkeerds gezegd?

'U houdt me toch op de hoogte?' zei ze met enige verbazing.

'Ik beslis daarover, mevrouw Beernaert.'

Van In verwachtte dat ze weer met haar oom de stafhouder zou koketteren, maar ze zweeg. Had ze ook iets voor hem te verbergen, zoals dat meestal het geval was als het om geld ging?

'Wat zat er eigenlijk in die brandkast?'

Livia aarzelde. Langer blijven zwijgen had niet veel zin. Ze zouden er toch achter komen als ze de broers verhoorden. Het was beter dat ze haar bleven vertrouwen.

'Goud', zei ze. 'Veel goud.'

De zon scheen toen ze buitenkwamen. Het was nog te vroeg om naar huis te gaan en Van In vond het te laat om terug naar kantoor te gaan, waar hij naar eigen zeggen toch niet kon nadenken. En er was nog een reden waarom hij niet naar kantoor wilde: over een paar dagen kwam de nieuwe hoofdcommissaris in dienst en het was zeer de vraag of die hem nog dezelfde vrijheid zou gunnen als zijn voorganger.

'Wat dacht je van Onder de Kerktoren?'

Van In reageerde niet. Het gesprek met Livia Beernaert had een heel ander licht op de zaak geworpen. Een brandkast vol met goud. Wie had er nu thuis een brandkast vol met goud?

'Café Onder de Kerktoren', vervolledigde Versavel toen de vraag onbeantwoord bleef. 'In Lissewege. We zijn er één keer geweest. Om na te denken natuurlijk.'
Van In zei niets. Hij liep gewoon naar de auto en stapte in. Versavel interpreteerde het stilzwijgen als een goedkeuring. Hij stapte eveneens in, startte de motor en zette koers naar Lissewege.
'Ik bel ondertussen Saskia', zei Van In. 'Kan zij de broers van Vandamme natrekken.'
'Een merkwaardig verhaal, vind je niet?'
'Met dat goud?'
'Tja', zei Versavel. 'Het lijkt wel of we in een spannend jeugdverhaal zijn beland. Vier broers en een goudschat.'
'Als mevrouw Beernaert de waarheid spreekt.'
'Je gelooft haar dus ook niet.'
'Dat van een brandkast vol met goud kun je moeilijk verzinnen.'
'Toch niet als je bij je volle verstand bent', merkte Versavel laconiek op.
'Denk je dat ze met de psychiatrie in aanraking is geweest?'
'Vraag het aan Saskia.'
'Oeps. Ik was bijna vergeten haar te bellen.'
'Haast je dan maar. We zijn er bijna.'
Er zijn Duvels die goed smaken en er zijn Duvels die ongelooflijk goed smaken. De Duvel die Van In geserveerd kreeg op het terras van café Onder de Kerktoren was perfect. Het glas was droog, de temperatuur oké, de schuimkraag dik en luchtig als licht opgeklopte room en hij bruiste zacht. De eerste slok deed hem zuchten. De tweede bevestigde al het genot van de eerste.
'Prima idee om naar hier te komen, Guido.'
Twee wielertoeristen met strakke rennersbroekjes en

schreeuwerige truitjes die eveneens op het terras waren neergestreken, keken naar de politiewagen die niet reglementair voor de deur stond geparkeerd.

'Zoiets kan alleen nog in West-Vlaanderen', zei de ene.

'Tja', beaamde de andere. 'Het lijkt wel of de tijd hier is blijven stilstaan.'

De kroegbaas kwam naar buiten met twee glazen mineraalwater. Hij stak zijn hand op naar Van In.

'Smaakt het een beetje, commissaris?'

'Heb je dat gehoord?' zei de eerste wielertoerist. 'Een commissaris. Hoeveel zou dat ons kosten?'

'Drie euro zestig', glimlachte de kroegbaas.

De ene wielertoerist keek de andere verbouwereerd aan. Zo bedoelde ik het niet, wilde hij zeggen. Zijn vriend haalde zijn schouders op.

'Het wordt tijd dat die West-Vlamingen zelf voor de salarissen van hun ambtenaren opdraaien. Wat vindt u daarvan, meneer?'

De kroegbaas glimlachte. Hij was een hardwerkende zelfstandige en hij leverde zelden commentaar op het gewauwel van zijn klanten, maar dit keer kon hij het niet laten de twee betweters op hun plaats te zetten.

'Ik vind dat West-Vlaanderen onafhankelijk moet worden', zei hij. 'Kunnen we de grenzen sluiten voor wielertoeristen uit de andere provincies.'

De wielertoeristen keken verontwaardigd, dronken hun glas leeg, betaalden en liepen met verongelijkte gezichten naar hun fiets. De kroegbaas wuifde hen met een brede armbeweging uit.

'Waarom doen toeristen zo moeilijk', mompelde hij.

Van In draaide zich om, stak zijn hand op en bestelde nog een Duvel. De buitenlucht deed hem goed en hij genoot van de zon.

'Denk je dat Livia een verhouding had met het slachtoffer?'
'Heeft een auto vier wielen?'
'Ze heeft er in ieder geval zelf met geen woord over gerept.'
Versavel wreef over zijn snor. Livia had zelf gezegd dat ze niet onbemiddeld was, ze had waarschijnlijk geen man nodig om in haar onderhoud te voorzien, maar erg verliefd kon ze niet geweest zijn, anders was op een of andere manier aan haar te zien geweest dat het verlies van Jean-Pierre Vandamme haar verdrietig maakte.
'Ik ben benieuwd wat de broers Vandamme over haar denken.'
Van In nam de ijskoude Duvel aan die de kroegbaas hem aanreikte en hij verschoof zijn stoel tot hij in de schaduw zat. Dat deed hij niet omdat hij het te warm kreeg, hij wilde vermijden dat de Duvel lauw werd.
'Waarschijnlijk niet veel goeds.'
Als ze Livia mochten geloven, wisten de broers dat zij op de hoogte was van het goud in de brandkast en waarschijnlijk ook dat ze een potentiële erfgename was. Wie weet de enige.
'Denk je dat zij iets met de moord te maken hebben?'
Van In nam een grote slok en veegde het schuim van zijn bovenlip. Jean-Pierre Vandamme was vermoord in Joinville, een onooglijk dorpje in Champagne-Ardenne op ongeveer vierhonderd kilometer van Brugge, terwijl hij onderweg was naar Santiago de Compostela. Een rit heen en terug nam minstens negen uur in beslag.
'Daar komen we heel snel achter.'
Van In wierp een blik op zijn horloge. Het was te laat om nog een van de broers te gaan opzoeken. En hij wilde meer concrete informatie over de moord en een moraliteitsverslag van het slachtoffer, en van Livia Beernaert.

'Wat bedoel je met snel?'

Van In rekte zich uit, strekte zijn benen en keek meewarig naar zijn vriend. Het was vijf over vier, de zon scheen en de Duvels smaakten naar meer. Waarom zouden ze zich haasten, het leven was al hectisch genoeg. Dus zei hij: Morgen, Guido. Versavel bood geen weerwerk. Hij pakte zijn mobieltje en belde Saskia.

'Er moet toch iemand het werk doen', zei hij toen Van In hem vroeg waarom hij haar nog zo laat belde.

Er steeg nevel op uit de klamme poldergrond. Livia Beernaert trok de overgordijnen dicht, pakte de afstandsbediening van de televisie en zette hem aan. De stem van een bekende quizmaster vulde de kamer. Ze ging op de bank zitten en nam een sigaret uit het pakje dat op de salontafel lag. Het zachte licht van de ondergaande zon deed de dunne stof van de overgordijnen oplichten en creëerde zo een rustige schemering. Ze had nooit mogen roken van haar ex-man. Dat was op zich niet erg, want ze hield eigenlijk niet van sigaretten. Het was de gedachte dat ze weer vrij was en geen rekening meer hoefde te houden met zijn dictatoriale regels die haar ertoe aanzette er af en toe eentje op te steken. Ze volgde de wolk die ze na de eerste trek uitblies tot die opgelost was, terwijl ze nadacht over wat er gebeurd was. Wie van de drie had het gedaan? Of laten doen? Alle drie konden ze zich iemand permitteren die het vuile werk voor hen opknapte. Ze stond op, liep naar het moderne dressoir en haalde er een mapje met foto's uit. Dominique was de oudste van de drie broers. Ze had hem een paar keer ontmoet op een familiefeest. De meeste mensen beschouwden hem als een voorbeeldige huisvader. Hij was architect en vader van drie schattige kinderen. Zijn vrouw was knap en intelligent. Kortom, een perfect gezin. Dominique had slechts twee slechte eigenschappen: hij was hebberig en hij kon zijn handen niet thuishouden als er een vrouw in de buurt was. Dat had ze zelf aan den lijve ondervonden. De tweede, Louis, was kunsthandelaar en de tegenpool van zijn oudste broer. Hij was vrijgezel, bracht het grootste deel van zijn tijd in de kroeg door en bekommerde zich alleen om zijn schilderijen. Livia vond hem de sympathiekste. Ze kon zich niet voorstellen dat hij zijn broer zou vermoorden. Geld interesseerde hem bovendien niet. Maar wanneer kende je een mens? Sommige nazibeulen waren voorbeeldige huisvaders en de meeste seriemoordenaars onopvallende kerels. Thibaud, de jongste broer, was een apart geval. Hij ging door voor een playboy die ieder weekeinde een andere meid versierde, de waarheid was dat hij op mannen viel en dat nooit had durven bekennen aan zijn streng katholieke ouders. Eigenlijk was Jean-Pierre de beste van de vier. Hij was niet onknap en had een zacht karakter. Het leed geen twijfel dat hij van haar had gehouden. Nu was hij dood. Weg fortuin. Ze sloeg het mapje dicht en borg het weg in het dressoir, terwijl ze overwoog of ze een bad zou nemen. Waarom niet? Het programma dat ze wilde bekijken begon pas over veertig minuten. Ze had tijd zat.

De radio overstemde amper het kletterende water in de badkuip. Livia trok haar kleren uit, ging voor de spiegel staan en bekeek zichzelf met een kritische blik. Dat deed ze telkens als ze een bad nam. Het viel nog mee. Haar borsten konden de vergelijking met die van een jongere vrouw doorstaan en op haar ranke figuur viel niet veel aan te merken. Wat haar stoorde waren haar billen die een beetje doorhingen en haar enkels die ze niet smal genoeg vond, maar dat konden ze tegenwoordig verhelpen. Het peil in het bad steeg gestadig. Toch wachtte ze tot de kuip bijna vol was voor ze erin stapte. Ze liet zich achteroverzakken tot alleen haar gezicht bovendreef en kneep haar ogen dicht. Heerlijk. De muziek op de radio klonk steeds verder weg.

Het gelukzalige gevoel sloeg abrupt om in paniek toen ze een paar minuten later haar ogen opendeed en de gemaskerde man zag staan die hoog boven haar uittorende. Ze wilde schreeuwen, maar er kwam geen geluid uit haar keel. De buren hadden haar al ontelbare keren op het hart gedrukt dat ze 's avonds de rolluiken moest neerlaten en de achterdeur op slot doen. Ze had hun raadgevingen weggelachen. Nu was het zover.

'Kom eruit', klonk het ruw.

Verkrachters wensten op hun wenken bediend te worden. Het gevoel dat ze macht konden uitoefenen over een vrouw gaf hun een grotere kick dan klaarkomen. Dat had ze ooit gelezen. Dus krabbelde ze overeind en stapte uit het bad. Verkracht worden is waarschijnlijk niet prettig, dacht ze, maar er zijn ergere dingen in het leven.

'Mag ik me afdrogen?'

Ze schrok van zichzelf dat ze de man een vraag durfde te stellen. Het deed hem blijkbaar niets. Hij knikte en wachtte tot ze klaar was.

'Je mag een slipje aantrekken', zei hij.

Ze deed wat hij haar vroeg. Sommige mannen hielden ervan om hun slachtoffer de kleren van het lijf te rukken, daarom nam ze er een uit de kast dat zijn beste tijd had gehad.

'Zullen we naar de slaapkamer gaan?'

'Nee', zei de man. 'Ik wil je eerst een paar vragen stellen.'

Livia wist niet wat ze hoorde. Eerst moest ze een slipje aantrekken en nu wilde hij haar een paar vragen stellen. Ze huiverde. Toch geen psychopaat, dacht ze. Die namen geen genoegen met seks, erger nog, de meesten deden het niet voor de seks. Ze wilden hun slachtoffer zien lijden en genieten van de doodsangst in hun ogen. Hij gebood haar naar de woonkamer te lopen. Livia werd pas echt doodsbang toen ze een koffertje op de salontafel zag staan. Wat zat erin? Spullen om haar te martelen?

'Ga zitten.'

De gemaskerde man maakte het koffertje open en haalde er een kartonnen doos uit. Livia liet zich langzaam op de bank zakken. In de slaapkamer had hij haar kunnen vastbinden aan het bed, op de bank was dat bijna onmogelijk. Wie weet was het een onschuldige gek die haar de stuipen op het lijf wilde jagen. Ze probeerde rustig te ademen. Hij leek in ieder geval geen interesse te tonen voor haar naakte lichaam. Een gekke homo met een vreemde hobby?

De gemaskerde man liet haar niet langer in spanning.

'Ik wil weten waar het goud is.'

De vraag bracht haar volledig van haar melk. Verkracht worden was haar liever geweest dan dit. Had een van de broers hem gestuurd? Ze probeerde zich sterk te tonen.

'Dat weet ik niet', zei ze kordaat.

De gemaskerde kerel haalde de schouders op, maakte de doos open en haalde er de hazelworm uit die hij vanmiddag in Blankenberge had gekocht.

'Ik vraag het nog een keer. Als ik geen antwoord krijg, mag mijn vriendje een kijkje nemen in je slipje. Wie weet wil hij ook de rest zien.'

Weinig mensen wisten dat Livia een panische angst had voor slangen sinds ze er als kind een in haar bed had aangetroffen. Ze verloor bijna het bewustzijn toen de gemaskerde kerel de hazelworm onder haar neus duwde.

4

Hannelore bekeek met afgrijzen de foto die de Franse gendarmerie had doorgestuurd op het scherm van haar laptop. Jean-Pierre Vandamme stond met zijn armen achter zijn rug vastgebonden tegen een boom. De doodsangst was nog van zijn verwrongen gezicht af te lezen. Zijn witte hemd leek precies de Japanse vlag. Midden op zijn borst was een rode cirkel met daarin drie pijlen. In het begeleidende verslag stond dat ze afgeschoten waren met een kruisboog. Ze klikte de foto weg en las het verslag dat ze een paar minuten geleden had geprint. Volgens de exploitant van het hotel in Joinville was Vandamme om halfnegen vertrokken, omdat hij naar eigen zeggen een zware etappe voor de boeg had. Een landbouwer had om vijf over vier de gendarmerie gebeld met de mededeling dat hij in een bosje in de buurt van Donjeux een akelige ontdekking had gedaan. De verantwoordelijke officier had onmiddellijk een ploeg naar de plaats delict gestuurd. De gendarmes hadden het bizarre verhaal van de landbouwer bevestigd. Ze hadden het slachtoffer kunnen identificeren aan de hand van zijn identiteitskaart en de perimeter afgebakend in afwachting van de komst van de technische recherche. Een politiearts had geconstateerd dat het slachtoffer tussen tien en twaalf uur overleden was. Ze hadden er ook het verslag van de autopsie aan toegevoegd, maar dat had ze niet gelezen.

Van In klopte bij haar aan, maar hij wachtte niet tot ze 'binnen' riep.

'Je zei dat het dringend was.'

Ze draaide het scherm naar hem toe en klikte de foto aan.

'Vergis ik mij of heb jij gisteren verteld dat Vandamme de secretaris van de Sint-Sebastiaansgilde was.'

'Ja. Waarom vraag je dat?'

'Kijk zelf maar.'

De foto op het scherm was scherp. Van In zag de ronde bloedvlek op de borst van het slachtoffer, maar hij kon onmogelijk de schachten van de pijlen onderscheiden omdat die amper een paar centimeter uit het lichaam staken.

'Wees niet ijdel en zet je bril op, Van In.'

'Zijn dat pijlen?'

'Van een kruisboog dan nog', zuchtte ze. 'Een mens zou denken dat je alles hebt meegemaakt. Wie maakt in godsnaam iemand af met een kruisboog?'

'Een gek of iemand met een boodschap. Het kan toch geen toeval zijn dat een bestuurslid van een van de eerbiedwaardigste boogschuttersclubs van het land op die manier geëxecuteerd wordt.'

Van In klikte de foto weg. Hij hield niet van lijken, evenmin als Hannelore. De aanblik van een lijk bezorgde hem nog altijd een wee gevoel.

'Mag ik een sigaret roken?'

'Nee, dat mag je niet want van roken ga je ook dood.'

Ze pakte de thermoskan die naast haar op het bureau stond en schonk kordaat een kopje koffie in. De procureur was akkoord gegaan met haar voorstel om Van In met een rogatoire commissie naar Joinville te sturen, toen hij vernam dat Vandamme de secretaris was van de Sint-Sebastiaansgilde, die zoals in Brugge genoegzaam bekend haar leden alleen in de betere kringen rekruteerde, en waarschijnlijk hoopte hij dat hij door een dergelijke demarche in een goed blaadje zou komen te staan bij het bestuur.

'We kunnen misschien samen naar Joinville gaan', glimlachte ze.

Van In keek verbaasd op. Had hij het nu weer misverstaan?

'Ik dacht dat Versavel en ik moesten gaan.'

'Sorry', zei ze. 'Ik ben van mening veranderd.'

Waarom zou hij moeten bewijzen dat hij haar miste? Het was bovendien al een tijdje geleden dat ze nog eens een paar dagen zonder de kinderen waren weggeweest. En Champagne-Ardenne leek haar een aantrekkelijke streek.

'Of vind je het erg dat ik met jullie meekom?' vroeg ze nogal dwingend toen hij niet onmiddellijk reageerde.

'Natuurlijk niet, schat.'

'Oké. Dan is dat tenminste geregeld.'

Als Livia Beernaert geen afspraak had gemaakt bij de kapper samen met een van haar vriendinnen, had het waarschijnlijk dagen geduurd voor iemand haar had gemist. Betty, de vriendin in kwestie, had eerst verscheidene keren aangebeld voor ze achterom was gelopen, waar ze tot haar grote ongerustheid vaststelde dat de achterdeur openstond. Ze had eerst geroepen dat zij het was voor ze binnen durfde te gaan. Nog geen tien minuten later scheurden twee politiewagens en een ambulance met loeiende sirenes langs de Koolkerksesteenweg en stopten bij het huis van Livia Beernaert, waar twee buurvrouwen zich over Betty hadden ontfermd.

'We kunnen beter Van In bellen', zei een van de inspecteurs die even binnen was geweest.

Zijn gezicht was lijkbleek en zijn handen trilden toen hij het nummer intoetste. Een verpleegkundige die ook een kijkje had genomen, stond zwijgend een sigaret te roken.

Alleen de arts van het medisch urgentieteam was nog in het huis. Ook hij bleef niet lang binnen omdat zelfs een leek had kunnen vaststellen dat hier geen hulp meer kon baten. Hij liep naar de vrouw die het slachtoffer had gevonden en die duidelijk in shock verkeerde.

'Het is geen mooi gezicht', zei de inspecteur die als eerste binnen was geweest, toen Van In en Hannelore arriveerden.

'Waar is Zlotkrychbrto?'

'Die is onderweg.'

'Oké', zei Van In. 'Dan rook ik nog een sigaret.'

De zon scheen en er stond geen wind. De polder ademde rust uit. Een tiental kocien graasde vredig in de wei. Niets deed vermoeden wat er zich in het huis had afgespeeld.

'Vind je het erg als ik straks niet mee naar binnen ga?'

'Nee', zei Van In.

Het duurde drie sigaretten voor Zlotkrychbrto eindelijk kwam aangereden. Hij haastte zich zelden. Zijn motto was dat de doden toch altijd op hem wachtten. Hij parkeerde zijn Mercedes achter een van de politiewagens en pakte zijn dokterstas van de achterbank. Ze hadden hem aan de telefoon verteld dat het een relatief jonge vrouw betrof die in heel vreemde omstandigheden was omgekomen. Iedereen wist dat hij in jonge vrouwen geïnteresseerd was. Dat het slachtoffer in vreemde omstandigheden gestorven was, liet hem koud. Hij moest haar toch opensnijden.

'Heb je haar al gezien?'

Van In had ja willen zeggen, maar dat zou niet erg dapper van hem geweest zijn. Hij volgde Zlotkrychbrto naar achteren en keek nog één keer achterom naar Hannelore voor hij naar binnen ging. Ze kwamen in de keuken, waar alles aan kant was.

'Waar hebben ze haar gevonden?'

'In de woonkamer.'

De moordenaar had Livia aan haar polsen opgehangen aan een dwarsbalk. Haar hoofd hing als een geknakte bloem op haar schouder. Ze was naakt op een slipje na.

'Ik blijf hier wel staan.'

Zlotkrychbrto drong niet verder aan. Hij deed zijn tas open, haalde er een paar latex handschoenen uit en trok ze aan. De bobbel in haar kruis trok onmiddellijk zijn aandacht. Zlotkrychbrto had in zijn lange carrière al heel wat meegemaakt, maar toen Van In hem hoofdschuddend zijn voorhoofd zag fronsen wist hij dat er iets heel ergs was gebeurd. Hij kon amper zijn ogen geloven toen Zlotkrychbrto zijn hand in het slipje stak en er een slang uit haalde, die blijkbaar ook dood was want ze bewoog niet meer.

'Moet je dit zien, Pjetr.'

Van In kwam met tegenzin dichterbij. Livia was een knappe vrouw, maar hij durfde niet naar haar te kijken.

'Een slang', zei hij verdwaasd.

'Nee, Pjetr. Dit noemen we een hazelworm.'

'Welke zieke geest haalt het in zijn hoofd om een hazelworm in iemands slipje te steken?'

Van In probeerde zijn stem zo normaal mogelijk te laten klinken en alleen naar de dode hazelworm te kijken, wat op zich ook niet aangenaam was.

'Tegenwoordig heb je meer kans een zieke geest de hand te schudden dan een normaal mens', reageerde Zlotkrychbrto laconiek.

Hij haalde een plastic zak uit zijn dokterstas en propte er de dode hazelworm in. Van In keek toch even opzij, hoewel hij dat eigenlijk niet wilde. De borsten van Livia leken te leven. Ze glansden zacht en de donkere tepels leken nog met bloed gevuld.

'Een psychopaat dus?'

'Een psychopaat had haar eerst gemarteld', zei Zlotkrychbrto. 'Maar tot dusver heb ik geen sporen van geweld kunnen vaststellen.'

Misschien had de moordenaar de opdracht gekregen haar bang te maken of de mond te snoeren, wilde Van In zeggen. Hij zweeg omdat hij die conclusie te voorbarig vond. Alleen verder onderzoek kon uitwijzen of de vreemde manier waarop ze was vermoord in verband stond met het vermeende goud in de brandkast van Jean-Pierre Vandamme.

'Is ze verkracht?'

'Dat weet ik nog niet, Pjetr. Maar ik denk het niet.'

'Ik hoop maar dat ze niet al te veel geleden heeft', zei Van In.

Hij hoopte ook dat ze een bruikbaar DNA-staal van de moordenaar konden verkrijgen. Mensen die tot zoiets in staat waren, verdienden het de rest van hun leven opgesloten te worden. Het ergste was dat ze steeds talrijker werden.

'Ik bezorg je het rapport en het autopsieverslag zo snel mogelijk.'

Zlotkrychbrto nam normaal de tijd om een rapport op te maken. Dat hij zelf voorstelde er snel werk van te maken, bewees dat hij ook onder de indruk was van de manier waarop Livia was vermoord. Ze hoorden voetstappen in de gang. De inspecteur die als eerste naar binnen was gegaan, schraapte zijn keel.

'Ik moest u melden dat de mannen van de technische recherche gearriveerd zijn', zei hij.

'Dank u', reageerde Van In minzaam.

Daarna wendde hij zich tot Zlotkrychbrto.

'Ik neem ondertussen een kijkje boven. Zien we elkaar straks nog?'

Van In liep haastig de trappen op en wachtte op de overloop tot Klaas Vermeulen van de technische recherche binnen was. Iedereen wist dat ze op voet van oorlog leefden. Het was beter dat ze elkaar niet tegen het lijf liepen. Vijf minuten later ging hij weer naar beneden, waar hij Hannelore zag, die nog steeds buiten stond te wachten.

'En?' vroeg ze.

'Het is erger dan je denkt.'

Ze vroeg niet om details. Van In overdreef niet gauw. Als hij zei dat het erger was dan ze dacht, geloofde ze hem op zijn woord. Aan de andere kant voelde ze zich schuldig. Wie kon in godsnaam iets aanvangen met een onderzoeksrechter die bang was voor de confrontatie met een lijk?

'Ik heb haar oom gebeld', zei ze. 'Hij is onderweg.'

'Was dat wel verstandig?'

'Ik moest toch iets doen', snauwde ze.

Van In haalde zijn schouders op en stak een sigaret op. Advocaten hadden de onhebbelijke neiging zich met het onderzoek te bemoeien en mensen van de recherche op de vingers te tikken, waardoor iedereen zenuwachtig werd. Stafhouder Beernaert vormde geen uitzondering op die regel. Hij behoorde tot de oude kaste van rechtsgeleerden die meenden dat ze alle wijsheid in pacht hadden en hij was bovendien de oom van het slachtoffer.

'Hoe goed ken je hem eigenlijk?'

Hannelore besefte dat ze hem onterecht had afgesnauwd. Ze had veel zin haar arm om zijn middel te slaan en zich te verontschuldigen, wat gezien haar functie natuurlijk niet kon in het openbaar. Het maakte haar een beetje opstandig. Van In was tenslotte haar man en een magistraat was ook maar een mens. Ze voelde zijn hand over haar schouder glijden. Hij trok zich gelukkig niets aan van al dat vormelijke gedoe.

'Beernaert valt best mee', zei ze. 'Zijn collega's verslijten hem voor een ouderwetse, rechtlijnige katholiek die aan aderverkalking lijdt, maar hij is in werkelijkheid een minzame man die zich plichtsbewust van zijn taak probeert te kwijten.'

'Ik wist niet dat je zo goed met hem opschoot.'

Van In fronste zijn wenkbrauwen, zijn lippen vormden een strakke dunne streep. Zijn reactie deed Hannelore glimlachen.

'Je bent toch niet jaloers, Van In?'

Meester Beernaert reed met een Jaguar, een wagen die perfect bij hem paste. Hij droeg een pak dat hij in Savile Row bij Davies and Son had laten maken en hij had een keurig getrimde ringbaard die hem de allure van een Engelse universiteitsprofessor gaf. Van In schatte hem een jaar of vijfenzestig.

'Goedemiddag, mevrouw de onderzoeksrechter.'

Hij begroette Hannelore met een handdruk en een zuinige glimlach. Van In kreeg een schuine, verstrooide blik.

'Dit is mijn man, commissaris Van In', probeerde Hannelore de zaak te redden. 'Hij leidt het onderzoek.'

Beernaert aarzelde voor hij zijn hand uitstak, en deed het uiteindelijk toch om haar een plezier te doen. Zijn blik sprak voor zich. Advocaten hadden meestal geen hoge dunk van de politie en wie anders dan Van In had in eerste instantie geweigerd om zijn nichtje te woord te staan?

'De man die de put dempt als het kalf verdronken is.'

Wie zonder zonde is, werpe de eerste steen, wilde Van In zeggen. Een venijnige elleboogstoot van Hannelore weerhield hem ervan.

'Kan ik haar zien?'

Beernaert wist drommels goed dat een buitenstaander de plaats delict niet mocht betreden, zelfs de stafhouder van de balie had dat recht niet. Hannelore keek vertwijfeld naar

Van In. Als ze ja zei, zou hij haar dat niet in dank afnemen. Een weigering zou de zaak alleen maar doen escaleren.

'Uw nicht is op een nogal onorthodoxe manier om het leven gebracht. Ik weet niet of u haar in die omstandigheden wilt zien.'

Toen ze hem belde, had ze nooit verwacht dat hij zou langskomen en zeker niet dat hij haar zou willen zien. Van In redde haar gelukkig uit de benarde situatie.

'Ik vrees dat u daarvoor zult moeten wachten tot de technische recherche klaar is met het sporenonderzoek', zei hij.

Een advocaat had zoiets moeten weten. Advocaten schreeuwden het immers als eersten van de daken als speurders procedurefouten maakten. Waarom was hij eigenlijk zo geïnteresseerd in zijn nichtje? Had Hannelore hem misschien verteld dat ze naakt was? Deed hij het met zijn nichtje? De bordelen zaten iedere avond vol met oudere, gerespecteerde mannen die het met jongere vrouwen wilden doen. Beernaert leek echter met zijn argument genoegen te nemen.

'Hoe is ze eigenlijk vermoord?'

'Dat moet het onderzoek nog uitwijzen.'

Het antwoord beviel Beernaert duidelijk niet. Hij maakte een beweging met zijn hoofd die je als een teken van minachting of ongeloof kon interpreteren.

'Beste commissaris Van In', klonk het onheilspellend. 'Ik begrijp dat u mijn aanwezigheid hier niet op prijs stelt, maar behandel me alstublieft niet als een idioot. Mevrouw Martens zei net dat Livia op een onorthodoxe manier werd vermoord, maar u kunt niet zeggen hoe ze gestorven is. Wat moet ik me daarbij voorstellen?'

Hannelore had een heftige reactie verwacht, maar Van In bleef wonder boven wonder ijzig kalm. De enige reden daarvoor was dat hij het zelf niet wist.

'Dat moet u aan de wetsdokter vragen, meneer Beernaert.'

Het was de eerste keer dat hij de stafhouder met zijn naam aansprak en hij zei 'meneer' en niet 'meester'. Dat deed hij met opzet. Advocaten van het kaliber van Beernaert stonden er immers op met hun titel aangesproken te worden.

'Zoals u verkiest, commissaris.'

Beernaert draaide zich om en liep zo waardig als hij kon naar de voordeur, waar een inspecteur had postgevat. Niemand hield hem tegen, ook Hannelore niet.

Hannelore bestelde een icetea. Van In en Zlotkrychbrto hielden het bij hun favoriete drank. Grietje van Café Vlissinghe wees hun een tafel aan waar ze rustig konden praten. Het was immers niet de eerste keer dat ze hier een moordzaak kwamen bespreken en dat vond ze best spannend. Op die manier kwam ze ook iets te weten.

'Ik vond dat hij eerst bijzonder koel reageerde', zei Zlotkrychbrto toen Van In hem vroeg hoe Beernaert zich had gedragen.

De stafhouder had zichzelf eerst voorgesteld. Daarna had hij het lijk minutenlang bekeken, alsof het een studieobject was.

'Ik denk zelfs dat hij haar een keer heeft aangeraakt alsof hij afscheid van haar wilde nemen. Volgens mij was hij behoorlijk onder de indruk.'

Van In nam een slok Duvel. Was Beernaert een verdachte? Een vunzige kerel die het met zijn nichtje deed? Of een geslagen man die afscheid had willen nemen van een geliefde persoon?

'Hoe is ze eigenlijk gestorven?'

Zlotkrychbrto nam op zijn beurt een slok Duvel. 'Slok' was een verkeerd woord. Het glas was bijna leeg toen hij het weer op tafel zette.

'Ik dacht eerst dat ze vergiftigd was', zei hij met een ernstig gezicht. 'Maar hoe verklaar je dan de hazelworm in haar slipje?'
'Waaraan is ze dan wel gestorven?'
'Angst.'
'Angst?'
'Wie zal het zeggen, Pjetr?'
'De slang in haar slipje?'
'Hazelworm', corrigeerde Zlotkrychbrto.
Hij had het in zijn carrière zelden meegemaakt dat iemand van angst was gestorven, maar het kwam voor. Meestal bij mensen met een zwak hart. Daarom had hij het medicijnenkastje van Livia gecontroleerd, maar hij had niets gevonden dat erop wees dat ze aan een hartkwaal leed, wat op zich geen bewijs was dat ze niets mankeerde. Veel jonge mensen wisten niet dat ze een aangeboren hartziekte hadden die zich pas op latere leeftijd zou manifesteren.
'Ik heb de indruk dat Beernaert op de hoogte was van haar fobie', zei hij.
'Heeft hij je dat spontaan verteld?'
'Nee, maar ik merkte het aan zijn reactie toen ik hem vertelde wat er met haar gebeurd was.'
De conclusie van Zlotkrychbrto was gebaseerd op ervaring en intuïtie; een speurder die hem niet zo goed kende als Van In had er nooit rekening mee gehouden.
'Tiens', zei hij. 'Daar moet ik even over nadenken.'
'Je denkt toch niet dat Beernaert er iets mee te maken heeft?' reageerde Hannelore ontzet.
'Nee, maar dat belet niet dat je hem kunt vragen waar hij vanochtend was.'
Zlotkrychbrto dronk zijn glas leeg en bestelde twee nieuwe Duvels, hoewel Van Ins glas nog halfvol was. De wetsdokter was net als zijn vriend niet erg gesteld op advocaten

en nog minder op kerels zoals Beernaert die zich heiliger voordeden dan de paus. Een normaal mens had minstens afgrijzen laten blijken of een of andere emotie getoond. Hij zag Beernaert nog altijd bij het bungelende lijk staan. Star en bewegingloos. En dan die aanraking. Of had hij haar toch stiekem gestreeld? Wat Hannelore ook mocht beweren, hij zou zich de stafhouder blijven herinneren als een sinistere kerel in een duur pak.

'Waar haalt iemand een hazelworm vandaan?'

Hannelore probeerde de aandacht af te leiden. Ze had bemerkt dat zowel Van In als Zlotkrychbrto bedenkelijk voor zich uit zat te staren en ze wilde beslist vermijden dat ze een overhaaste beslissing zouden nemen. Om een stafhouder te verhoren in een moordzaak moesten ze over ernstige aanwijzingen beschikken.

'Goede vraag.'

Ze was blij dat Van In meteen op haar vraag reageerde. Positief dan nog.

'Je wilt niet weten hoeveel mensen reptielen en hagedissen als huisdier houden', zei Zlotkrychbrto.

'Akkoord', knikte Hannelore. 'Maar dan was de moordenaar toevallig een van die mensen. Volgens mij heeft hij de hazelworm gewoon ergens gekocht.'

Haar redenering hield steek. Van In pakte zijn mobieltje, belde Saskia en vroeg haar of ze hem een lijst wilde bezorgen van alle winkels in de buurt waar reptielen verkocht werden.

'Als je gelijk hebt komen we misschien een stap verder', zei hij toen Hannelore hem aankeek met een blik van krijg-ik-nu-geen-complimentje.

'Wat doen we nog?' vroeg ze.

'Een Duveltje bestellen natuurlijk', zei Zlotkrychbrto.

'En het verslag van de lijkschouwing dan?'

'Dat ligt gegarandeerd morgenochtend op je bureau.'

Mad Max zat voor de televisie naar een onnozel programma te kijken. Dat mensen daarvoor belastingen betaalden, dacht hij. Hij had zich de voorbije uren rot verveeld. Alleenzijn lag hem niet. Hij had mensen om zich heen nodig. Een hoertje bijvoorbeeld. Waarom ook niet? Hij pakte zijn mobieltje en belde iemand die hem betrouwbare meisjes kon leveren. Daarna schonk hij zich een glas whisky in, terwijl hij zich voor de zoveelste keer afvroeg of het verhaal over de goudschat wel klopte. Eén ding was zeker: het liefje van Vandamme wist niets, anders had ze het zeker verteld. De blonde kende zijn vak. Hij was in staat om een dode een geheim te ontfutselen. Aan de andere kant had zijn opdrachtgever zich nooit zoveel moeite getroost om zijn ontsnapping te regelen. Hij kon bijna niet anders dan hem vertrouwen. Als het liefje van Vandamme niets over het goud wist, was hij genoodzaakt verdere stappen te ondernemen.

Het duurde niet lang voor Saskia Van In terugbelde. Het lijstje met de winkels waar reptielen werden verkocht, was dan ook bijzonder kort.

'En?' vroeg Hannelore.

'Er zijn er vier in de buurt. De meest nabije is in Blankenberge.'

'Wat houdt ons tegen?'

Van In wierp een blik op zijn horloge. Het was tien over vier en hij had al drie Duvels op.

'Ik rijd wel', zei ze toen hij haar met dat argument op andere gedachten probeerde te brengen.

'Que femme veut, Dieu veut', glimlachte Zlotkrychbrto.

'En ik die dacht dat je mijn vriend was.'

'Zegt de man die morgen zal zeuren dat mijn verslag niet op zijn bureau ligt.'

De goedlachse wetsdokter dronk zijn glas leeg, nam met

een zoen afscheid van Hannelore en betaalde de rekening.

'Je zou aan hem een voorbeeld moeten nemen, Pieter.'

Van In deed er wijselijk het zwijgen toe. Waarom heb ik vandaag Versavel niet meegenomen? dacht hij. Hannelore nam hem bij de arm en leidde hem met zachte dwang naar buiten. Enkele mannen in de kroeg die zichzelf herkenden, konden amper een glimlach onderdrukken.

'Hoe lang is het eigenlijk geleden dat je nog met een auto hebt gereden?' vroeg hij toen ze instapten.

'Alsof dat iets uitmaakt. Met de fiets rijden verleer je toch ook niet.'

Van In deed zijn veiligheidsgordel om, klikte hem vast en controleerde daarna nog even of het ding goed vastzat. Hij had zich voorgenomen geen commentaar te geven op haar rijstijl wetend dat zoiets de rest van de dag kon vergallen, maar toen ze voor de Ezelpoort bijna een fietser aanreed, kon hij zich niet langer inhouden.

'Je hebt gelijk', zei hij sarcastisch. 'Autorijden verleer je niet.'

Normaal was dit voldoende geweest om een ruzie te doen ontvlammen, Hannelore deed echter alsof ze hem niet had gehoord. Ze reikte naar het dashboard en zette het zwaailicht aan.

'Voilà.'

Van In had kunnen zeggen dat een zwaailicht niet voldoende was om van een politiewagen een prioritair voertuig te maken, maar hij hield zijn lippen stijf op elkaar, anders zette ze ook nog de sirene aan.

'Ik denk dat ik daar een plekje zie.'

Van In wees naar een krappe ruimte tussen twee wagens schuin tegenover de dierenwinkel. Hij had gehoopt dat ze het niet zou aandurven. Hij kreeg ongelijk. Ze parkeerde de wagen met een zwier die alleen geroutineerde chauffeurs aan de dag leggen. Ze staken de straat over en stapten de dierenwinkel binnen.

'Ben jij eigenlijk niet bang van reptielen?' vroeg hij.

'Wie zijn auto zonder kleerscheuren kan parkeren is voor niets bang.'

'Kan ik u helpen?'

De exploitant van de dierenwinkel kwam hen tegemoet. Echtparen waren doorgaans goede klanten, die wisten wat ze wilden. Hij had bovendien een zwak voor knappe vrouwen. Zijn enthousiasme zakte echter toen de griet zich voorstelde. Een onderzoeksrechter. Dat voorspelde niet veel goeds. Was hij wel in orde met alle vergunningen, klopten zijn facturen, had hij geen illegale dieren in huis?

'Verkoopt u ook hazelwormen?'

De vraag bracht hem even in verwarring, tot hij zich realiseerde dat hij zich om de rest geen zorgen meer hoefde te maken. Hazelwormen verkopen was volkomen legaal.

'Dat is dan toevallig', glimlachte hij. 'Ik heb er gisteren eentje verkocht.'

Van In fronste zijn wenkbrauwen. Waarom hadden vrouwen meer geluk dan hij? Volgens de wet van Murphy hadden ze eerst bij alle andere dierenwinkels moeten langsgaan, voor ze uiteindelijk bij de laatste succes hadden. En dan nog.

'Weet u ook aan wie?'

'Nee.'

'Houdt u dan geen register bij?'

'Een register?'

De verkoper keek Hannelore aan alsof hij het in Keulen hoorde donderen. Was hem iets ontgaan, of probeerde dat mens hem in de maling te nemen? Een register voor een hazelworm. Welke debiele geest kon zoiets bedenken? Hij bleef echter beleefd, want in België weet je maar nooit. Gelukkig nam de man het van haar over.

'Was het een man of een vrouw?'
'Een man.'
'Kun je hem beschrijven?'
'Waarom zou ik hem beschrijven?'
De exploitant wees naar een camera die boven de toonbank aan het plafond was bevestigd. Van In kon zich bijna een klap voor het hoofd geven. Ze waren meteen in de juiste winkel beland en nu bleken er nog videobeelden van de verdachte voorhanden te zijn ook.
De man deed er onbewust nog een schepje bovenop.
'Gelukkig zijn jullie vandaag langsgekomen', zei hij. 'Ik was net van plan alles te wissen. Dat doe ik iedere week.'
Van In voelde de priemende blik van Hannelore. Hij wist wat ze hem straks onder de neus zou wrijven: stel nooit uit tot morgen wat je vandaag kunt doen.

'Ik heb veel zin om mijn moeder te bellen', zei Hannelore met een brede grijns toen ze instapten. 'En haar te vragen of ze vandaag iets langer op de kinderen wil passen.'
'Hebben we iets te vieren dan?'
'Nee, maar ik heb wel zin in een hapje. Reserveer jij een tafeltje in de Malesherbes?'
Ze draaide de contactsleutel om, zette de auto in zijn achteruit en gaf iets ruimer gas dan ze bedoeld had. Gelukkig was de auto die bij het parkeren achter haar stond ondertussen weg.
'Je bent toch niet jaloers?'
'Waarom zou ik jaloers zijn?'
Ze reed zelfverzekerd nog wat achteruit en draaide daarna in een vloeiende beweging de weg op.
'Wil je nog even langs het politiebureau rijden', vroeg hij toen ze Brugge naderden. 'De videobeelden, schat', zei hij voor ze kon vragen waarom hij op dit uur nog op kantoor

moest zijn. De schijfjes zaten in een plastic tasje met het logo van de dierenwinkel. Hij had geen zin om ze mee te nemen in het restaurant en hij wilde ze niet in de auto achterlaten. Ze hadden vandaag al genoeg geluk gehad.

Er brandde nog licht in kamer 204, hoewel het ondertussen al behoorlijk laat was geworden.

'Wat doen jullie hier nog?'

Saskia en Versavel keken op van hun computerschermen. Saskia zuchtte, Versavel zuchtte haar na. Een moordonderzoek kon best spannend zijn, zolang je niet zelf alle pv's hoefde op te stellen. En als Van In het niet deed, moest iemand het toch doen. Aan zijn gezicht te zien had hij zich wel geamuseerd.

'En? Weten jullie iets wat wij nog niet weten?'

Ze hadden de hele dag informatie zitten sprokkelen over de broers van Jean-Pierre Vandamme. Het had weinig relevants opgeleverd, wel dat Louis Vandamme ooit een gevangenisstraf had uitgezeten wegens fraude, valsheid in geschrifte en zwendel in schilderijen.

5

Procureur Beekman hield van chocopasta bij het ontbijt en van een knappe vrouw in zijn bed. Een goede fee had vanochtend beide wensen vervuld. Hij werd wakker met een warm lichaam naast zich en hij wist zeker dat er een nog onaangebroken pot chocopasta in de voorraadkast stond. De goede fee had hem echter niet beloofd dat hij er genoegen aan zou beleven.
'Schatje?'
Hij probeerde haar voorzichtig wakker te schudden. Nadia reageerde amper. Logisch, ze waren pas om een uur of vier thuisgekomen. Stomdronken. Hij ging op zijn rug liggen en staarde naar het plafond, terwijl hij zich afvroeg of het straks wel zou lukken. Drank en seks waren niet de beste vrienden, zeker niet voor een man op zijn leeftijd. Hoe laat was het eigenlijk? Hij keek op de wekker. Verdomme, kwart over tien. Hij probeerde haar opnieuw wakker te schudden. Nu reageerde ze wel. Haar ogen gingen open. Ze voelde een hand over haar rug glijden. Waar ben ik? Het duurde een poosje voor ze besefte wat er gebeurd was. De vergadering in Brussel, het etentje met de minister van Justitie, de sloten champagne achteraf. En Beekman natuurlijk. Het had niet veel moeite gekost om hem te verleiden. Arme mannen. Ze voelde zijn hand over haar rug naar beneden gaan. Dit keer zou hij er werk van maken. Ze begon zachtjes te kreunen.

Daar hielden ze van.

'Ben je wakker, schatje?'

Ze liet hem nog wat knoeien voor ze zich omdraaide. Hij had wallen onder zijn ogen en zijn adem stonk. Ze kon hem beter onder de douche een beurt geven. Haar hand zocht zich een weg onder het laken. Het viel nog mee na alles wat hij gisteren had gedronken. Als alles een beetje meeviel, waren ze over een kwartier klaar.

'Ik denk dat er aangebeld wordt', zei ze.

Hij had het natuurlijk ook gehoord en met opzet genegeerd. Je zou voor minder doen alsof je die rotbel niet had gehoord.

'Je verwacht toch niemand?'

Nadia trok haar hand weg. Het gevolg was onmiddellijk merkbaar. Onder de lakens werd het weer zoals het geweest was. Slap.

'Nu weet ik het zeker.'

Hij kon niet meer volhouden dat hij opnieuw de bel niet had gehoord. Stel je voor dat het een van zijn kinderen was die na een nachtje stappen de sleutel had vergeten.

'We kunnen straks verder genieten', zei ze flemend. 'Ik heb tijd zat.'

Beekman gooide geïrriteerd de dekens van zich af, griste zijn onderbroek van de grond en trok ze zittend aan op de rand van het bed, opdat ze niet zou zien wat ze zo-even had gevoeld.

'Ik kom onmiddellijk terug.'

Hij liep naar de badkamer, sloeg zijn badjas om en stommelde de trap af, in de hoop dat de lastpost aan de voordeur het had opgegeven. Hij had pech.

'Meester Beernaert', zei hij verbaasd.

De stafhouder verontschuldigde zich uitgebreid voor zijn vroege bezoek, maar hij liet zich niet afschepen toen

Beekman hem voorstelde later op de dag af te spreken.

'Het is nogal dringend', zei de stafhouder met een kordate glimlach.

Beekman had niet veel keus. Beernaert was de eerste de beste niet. Iedereen die hem kende wist dat hij bijzonder koppig was. Sommige collega's noemden hem terecht 'de pitbull'.

'Komt u dan maar binnen.'

Het klonk niet gastvrij, maar daar trok Beernaert zich niets van aan. Integendeel. Hij vond vriendelijke mensen verdacht, omdat hij ervan overtuigd was dat vriendelijkheid een teken van zwakheid was en een manier om elkaar een rad voor de ogen te draaien. Hij hield er dezelfde mening op na wat liefde betrof. Volgens hem waren mensen niet in staat om van elkaar te houden, ze hielden alleen van zichzelf.

'Hebt u al ontbeten?' vroeg Beekman.

Beernaert keek met een frons op zijn horloge.

'Natuurlijk', zei hij.

'Koffie dan?'

'Doet u maar of u thuis bent, meneer de procureur.'

Beekman zei niets, hij slofte naar de keuken, vulde het reservoir van de Senseo en legde twee pads in de houder, binnensmonds vloekend. Hij overwoog om snel naar boven te gaan en haar te zeggen dat ze wat geduld moest oefenen. De dwingende stem van Beernaert riep hem terug.

'Wat zegt u?'

'Dat melk niet hoeft voor mij.'

Beernaert was een sluwe vos en hij kende alle trucs om mensen met een gevoel van onbehagen op te zadelen of hen van hun stuk te brengen, wat hem een psychologisch voordeel opleverde. Zelfs Beekman trapte erin. Hij serveerde de koffie en luisterde gedwee naar wat Beernaert te zeggen had, zonder hem één keer te onderbreken.

'Ik kan u niets beloven, meester Beernaert. U weet net als ik dat het onderzoek geheim is.'

'Dat begrijp ik, meneer de procureur. Maar u bewijst me een grote dienst wanneer u op mijn verzoek ingaat.'

Beekman knikte haastig. Er was exact een halfuur verstreken sinds Beernaert had aangebeld. Alles was nog mogelijk, hij moest alleen zien hem zo snel mogelijk naar buiten te werken. Zijn hoop werd de grond in geboord toen hij gestommel op de trap hoorde. Beernaert had het ook gehoord. Hij draaide zijn hoofd naar de deur van de woonkamer.

'Ik wist niet dat er gasten waren', zei hij met onverholen leedvermaak.

'Een collega die gisteren de laatste trein heeft gemist', reageerde Beekman onbeholpen.

Als een verdachte hem zoiets had proberen wijs te maken, had hij hem vierkant uitgelachen. Maar wat kon hij zeggen? Haar handtas lag nog in de zitkamer. Hij kon zich niet voorstellen dat ze niet zou binnenkomen. Verdomme, nu kon hij het helemaal vergeten.

'Nu is hij helemaal dood', foeterde Saskia.

Van In en Versavel, die net kamer 204 waren binnengekomen, keken verbaasd om zich heen.

'Wie is er dood?'

Saskia stond met een plastic gietertje in haar hand bij de ficus die ze een paar weken geleden had gekocht om het kantoor een beetje op te fleuren. Ze keek meewarig naar de tientallen verschrompelde blaadjes op de vloer.

'Je hebt ze of je hebt ze niet', merkte Versavel laconiek op.

'Wat heb ik dan niet?'

'Groene vingers, meid. Geloof me. Sommige mensen kunnen geen planten houden, hoe ze ook hun best doen.'

'Bedoel je daarmee dat...'

'Dat je over tal van andere kwaliteiten beschikt', grinnikte Van In.
Hij voelde zich kiplekker. Het etentje van gisteren was uitgelopen op een romantische avond, die lang zou blijven nazinderen. Het was er in bed zo hevig aan toegegaan dat hij het zelfs aan Versavel niet durfde te vertellen. Het gerinkel van de telefoon en het gesprek dat erop volgde wierpen een schaduw over die mooie herinneringen.
'Beekman wil ons spreken', zei hij. 'Dringend.'
'Hoe klonk hij?'
'Pissig, Guido.'
Van In stak een sigaret op en zocht iets dat hij als asbak kon gebruiken. Saskia bezorgde hem een aluminium schaaltje van de appelcake die ze de vorige dag bij de koffie had geserveerd.
'Magistraten denken altijd dat wij niets te doen hebben', wond hij zich op. 'Voor hen is alles dringend. Wie moeten we nu weer redden? De dochter van een rechter die betrapt werd op het roken van een joint?'
'Maak je geen zorgen, chef. Ik ben er ook nog. Tenzij je niet meende wat je zo-even zei over mijn andere kwaliteiten.'
Van In nam een trek. De rook in zijn longen had een kalmerend effect. Of waren het de herinneringen aan gisteravond die weer de bovenhand kregen?
'Hoe gaat het met Jan?' vroeg hij bijna vaderlijk.
Jan Bonte werkte bij de technische recherche en hij was een crack wat computers en beeldverwerking betrof. Saskia had hem een paar maanden geleden leren kennen. 'Kennen' was een understatement. Ze waren dolverliefd op elkaar geworden. Haar reactie bewees dat het nog altijd zo was, want ze bloosde.
'Heb ik je nog niet verteld dat we gaan samenwonen?'

'Nee', zei Van In.

'Heb je hem nodig?'

Van In haalde het schijfje met de beelden van de kerel die de hazelworm had gekocht uit een lade van zijn bureau en stopte het in zijn pc.

'Ik zou graag weten wie die kerel is', zei hij.

Saskia kwam naast hem staan. Sommige beelden waren niet erg scherp en de meeste toonden de verdachte in profiel, maar net als Van In was ze ervan overtuigd dat haar Jan een crack was.

'Heeft die kerel een strafblad?'

'Laten we dat maar hopen', zei Van In.

Als de verdachte een strafblad had, konden ze een beroep doen op het digitale fotoarchief van de federale politie, waarin bijna iedereen geregistreerd stond die ooit met justitie in aanraking was geweest. Er was zelfs een speciaal computerprogramma beschikbaar dat de beelden met elkaar vergeleek, zodat niemand nog de honderdduizenden foto's die in het archief waren opgeslagen stuk voor stuk moest bekijken. Als de verdachte geen strafblad had, was het zoeken naar een speld in een hooiberg. Saskia wist dat het een vervelende klus zou worden, toch maakte ze geen bezwaar. Het belangrijkste was dat ze met Jan kon samenwerken. Er was maar één probleem.

'Wat doe ik als Vermeulen moeilijk doet?' vroeg ze.

'Bel Hannelore. Vermeulen doet het in zijn broek als hij een magistraat aan de lijn krijgt.'

Het klopte niet helemaal wat hij zei. Vermeulen kon op zijn strepen staan als het erop aankwam en Hannelore was niet altijd geneigd om te doen wat hij haar vroeg. Zelfs niet na wat ze vannacht samen uitgespookt hadden. Saskia maakte die overwegingen niet. Zij dacht alleen aan Jan.

'Doe ik', zei ze enthousiast.

De geur van parfum kon de meest geraffineerde smoes waardeloos maken. Dat hadden ontelbare echtbrekers al aan den lijve ondervonden. Procureur Beekman hoefde echter niet bang te zijn dat zijn vrouw hem op zoiets betrapte, hij was al jaren een vrij man. Hij rook het parfum van Nadia zelfs niet meer. Van In detecteerde het onmiddellijk en wierp een schuine blik naar Versavel. De blik die hij van hem terugkreeg, sprak voor zich. Ze dachten allebei hetzelfde.
'Ik heb met je te doen, Jozef.'
Beekman keek hem verbaasd aan. Met Van In wist je nooit of hij iets meende.
'Wat bedoel je daarmee?' vroeg hij argwanend.
'Dat je moet werken op een vrije dag.'
Beekman reageerde niet op de prik. Ze liepen zwijgend door de gang naar zijn werkkamer, waar de geur van in leder gebonden wetboeken die van het parfum verdrong, of het was een bewijs dat ze het hier niet hadden gedaan. Zonde, dacht Van In. De antieke schrijftafel lonkte verleidelijk, net als de brede armstoel. Beekman was er een van de oude stempel die het alleen in bed deed of bij hoge uitzondering op de bank.
'Dit moet tussen ons blijven, Van In.'
Beekman vergat meestal dat Versavel ook aanwezig was, maar zo waren magistraten nu eenmaal, ze hielden geen rekening met het voetvolk.
'Je maakt me nieuwsgierig.'
'Ga toch zitten.'
Er stonden gelukkig twee stoelen voor het bureau, dus gingen ze allebei zitten. Beekman nam plaats in de brede armstoel. Hij strekte zijn benen en drukte zijn vingertoppen tegen elkaar.
'Het gaat over de moord op die vrouw, hoe heet ze ook...'
'Livia Beernaert.'

De procureur was een slechte acteur. Hij wist verdomd goed hoe het slachtoffer heette. Waarom probeerde hij dan de indruk te geven dat hij het niet wist? Omdat hij onder druk stond?

'Inderdaad', knikte Beekman. 'De vrouw is naar verluidt op een bizarre manier vermoord. Wat denk je, Van In? Is dit het werk van een psychopaat of is er een andere verklaring voor een dergelijke modus operandi?'

Van In bracht zijn wijsvinger naar zijn lippen. Wat was hier in godsnaam aan de hand? Waarom offerde Beekman zijn vrije dag op voor een zaak die hij morgen rustig in zijn kantoor had kunnen bespreken?

'Ik kan eerlijk gezegd nog geen antwoord geven op die vraag', zei hij neutraal.

Zijn antwoord bracht Beekman duidelijk in verlegenheid. Hij ging rechtop in zijn stoel zitten en legde zijn handen plat op zijn bureau. Van In was niet achterlijk, hij zou gauw doorhebben dat er iets niet klopte.

'Je hoeft geen rekening te houden met mijn mening, Pieter', zei hij innemend. 'Maar bestaat niet de mogelijkheid dat de moord op mevrouw Beernaert in verband staat met wat er een paar dagen geleden in Joinville is gebeurd?'

'Dat zou kunnen.'

Het gezicht van Beekman klaarde op. Hij had zich tot nu toe nog niet echt hoeven blootgeven.

'Ik ben blij dat je er ook zo over denkt.'

'Dat heb ik niet gezegd, Jozef.'

'Nee, natuurlijk niet. Maar ik neem aan dat je dit eventuele verband grondig zult onderzoeken.'

'Dat doen we altijd', reageerde Van In kordaat.

Dat hij 'we' zei deed Beekman plotseling beseffen dat Versavel er ook was.

'Je moet weten dat de zaak nogal gevoelig ligt', zei hij.

'De familie Vandamme is alom gerespecteerd en mevrouw Beernaert is...'
'Het nichtje van de stafhouder.'
'Precies', zei hij. 'Maar daar gaat het niet om.'
Beekman deed alsof hij het laatste niet belangrijk vond, omdat hij absoluut wilde vermijden dat Van In erachter kwam dat de stafhouder hem onder druk had gezet.
'Waar gaat het dan wel om?'
'Discretie, Pieter. Ik zou willen dat je deze zaak met de grootst mogelijke discretie behandelt.'
Dat doen we altijd, wilde Van In weer zeggen. Hij besefte echter dat de procureur meer wilde dan de discretie die ze normaal aan de dag legden, hij had het over geheimhouding.
'En met een minimum aan mensen', voegde hij eraan toe. 'Ik neem aan dat je over een paar betrouwbare mensen beschikt. Hoofdinspecteur Versavel incluis, uiteraard.'
'Ik werk altijd met dezelfde mensen, Jozef.'
'Fijn.'
Beekman stond op, alsof hij duidelijk wilde maken dat het gesprek afgelopen was. Van In begreep er niets meer van.
'Is dat alles?'
'Niet echt.'
De procureur keek in de richting van Versavel. De boodschap was duidelijk. Er was iets dat hij niet mocht weten. Versavel deed echter niet moeilijk, hij stond op en zei: Ik wacht wel even buiten tot jullie klaar zijn.

Jan en Saskia zaten heel dicht bij elkaar voor het scherm. Haar hand rustte op zijn dij terwijl hij de toegangscode voor het fotoarchief inbracht.
'Op hoop van zegen.'
Het systeem was gebaseerd op het herkennen van een aan-

tal specifieke kenmerken die met de foto van de verdachte overeenkwamen, een methode die ook werd gebruikt om vingerafdrukken met elkaar te vergelijken. De foto van de man in de dierenwinkel mocht dan niet erg scherp zijn, er waren voldoende referentiepunten voor een positieve identificatie.

'Spannend. Vind je niet?'

Ze had veel zin om haar hoofd op zijn schouder te leggen en dat zou ze ook hebben gedaan als de collega's die in de gang passeerden niet naar binnen hadden kunnen kijken.

'Dat moeten we afwachten.'

Haar hand kroop over zijn dij naar boven. Als ze op die manier doorging, zou het bij hem in ieder geval niet lang duren.

'Ik denk dat we pech hebben', zei hij na ruim een uur.

Ze hadden een aantal verschillende foto's van de verdachte ingevoerd, maar de zoektocht had niets opgeleverd. De man die de hazelworm had gekocht, zat niet in het bestand. Jan was echter niet van plan om het op te geven. Hij was ten eerste koppig en ten tweede had hij geen zin om Saskia alleen te laten. Of was het omgekeerd?

'Ik kan natuurlijk nog iets anders proberen', zei hij.

'Doen', reageerde Saskia enthousiast.

'Beekman wil dat ik persoonlijk verslag bij hem uitbreng over de zaak-Vandamme en de zaak-Beernaert', zei Van In tegen Versavel, die in de auto op hem had zitten wachten.

'Moest hij daarom zo geheimzinnig doen?'

'Je kent Beekman toch, Guido. Als de procureur-generaal een wind laat, denkt hij dat het stormt.'

'Zou hij hetzelfde denken als Beernaert een wind laat?'

'Ik ben benieuwd.'

'Zal ik hem bellen?'

'Doe maar.'
Ze hadden geluk. Beernaert was thuis en hij was bereid hen te ontvangen. Advocaten wonen doorgaans in statige herenhuizen. De stafhouder had zijn stulpje laten ontwerpen door een bekende Vlaamse architect. Het prijskaartje was dan ook navenant geweest en je hoefde geen expert te zijn om dat te zien.

'Wauw', zei Versavel, die nochtans niet zo van moderne architectuur hield.

Het huis had iets van het werk van Le Corbusier, het leek een beetje op een bunker maar dan met veel glas. Het terrein eromheen was bedekt met een laag fijn wit zand, waardoor je de indruk kreeg dat het op een strand stond. De muren waren geschilderd in een schakering van okergeel en er was een grote waterpartij met kois. De voordeur was van gebleekt eikenhout en op zijn minst anderhalve meter breed.

'Dit moet een fortuin gekost hebben', zei Van In met een zweem van nijd in zijn stem.

Rijke advocaten bezorgden hem zure oprispingen, omdat hij niet hield van mensen die zich verrijkten door het leed van een ander. Het duurde een tijdje voor ze de bel vonden, die bijna onzichtbaar in de muur was geïntegreerd, maar ze hoefden gelukkig niet lang te wachten voor er werd opengedaan. Een jonge vrouw van een jaar of vijfentwintig begroette hen met een aanstekelijke glimlach en vroeg hun haar te volgen. De voordeur ging automatisch dicht. De hal was een soort van binnentuin met bomen en struiken die Van In niet kon thuisbrengen. Er vlogen ook allerlei vogels rond als in een reusachtige volière. In het midden van de ruimte stond een bronzen beeld van een naakte vrouw. Ze werden naar een glazen deur gebracht die toegang gaf tot een kleine ruimte van amper twee vierkante meter. Dat ze in een lift stonden, beseften ze pas toen hun begeleidster 'tweede verdieping' zei en ze langs de glazen deur zachtjes naar boven suisden. Meester Beernaert verwelkomde hen op het dakterras, dat uitkeek op zijn domein. Hij droeg een sportieve broek van ribfluweel en een polohemd met het logo van een duur merk.

'Goedemiddag, heren.'

De stafhouder zag er bijzonder ontspannen uit. Hij leidde hen naar een strakke tafel op dunne metalen poten met een dik glazen blad. De jonge vrouw verdween discreet met de lift naar beneden.

'Merkwaardig huis', zei Van In.

Op het dakterras was een gazon met holes aangelegd zodat de heer des huizes ongestoord zijn geliefkoosde sport kon beoefenen. Advocaten mochten een aardige cent verdienen, zoiets had Van In zelden gezien.

'Een grilletje van Dominique Vandamme, hij is architect moet u weten.'

'Dominique Vandamme', herhaalde Van In bedachtzaam. 'Is dat niet de broer van...'

'Inderdaad. Maar daar kunnen we het straks over hebben.'

Beernaert maakte een weids gebaar naar een stel luxe tuinmeubelen die voor een groot deel onder een immense parasol stonden. Er was ook een buitenkeuken, compleet met een koelkast en een ijsmachine.

'Kan ik jullie iets aanbieden? Er is ananassap, druivensap, meloensap en perensap. Tenzij jullie koffie of thee wensen.'

Beernaert werd door zijn collega's afgeschilderd als een arrogante klootzak die iedere ochtend een liter azijn dronk en alleen uit leedvermaak lachte. Was dit de Beernaert die ze bedoelden? Of gedroeg hij zich thuis helemaal anders dan op het werk?

'Doe mij maar koffie.'

Versavel bevestigde met een knikje de keuze van Van In.

Beernaert pakte een apparaatje zoals kelners gebruiken om draadloos hun bestellingen aan de bar door te geven, en tikte tweemaal koffie en een perensap in.

'Zo', zei Beernaert met een zelfvoldane glimlach. 'Vertel me waaraan ik jullie bezoek te danken heb.'

Van In besefte verdomd goed dat hij uiterst voorzichtig te werk zou moeten gaan. Met Beernaert van gedachten wisselen over een zaak waarbij hij op een of andere manier zelf betrokken was, stond gelijk aan onderhandelen met een schorpioen in je nek. De kleinste fout kon hem duur komen te staan.

'Ik vroeg me af of u ons kon helpen in de zaak van uw nichtje, die gisteren op een bizarre manier om het leven werd gebracht.'

'Waarom denkt u dat ik u zou kunnen helpen, commissaris?'

Het kon niet dat Beekman zijn mond voorbij had gepraat. Gokte Van In of wist hij meer dan hij wilde laten blijken?

'Uw nicht had een hoge dunk van u. Wie weet heeft ze u iets verteld over haar relatie met Jean-Pierre Vandamme. Er moet een reden zijn waarom ze allebei kort na elkaar werden vermoord.'

'U hebt gelijk, commissaris.'

Een zacht gesuis deed Van In opkijken. De deur van de lift schoof open. De vrouw die hen had binnengelaten, duwde een serveerwagentje voor zich uit met daarop de koffie en een glas perensap. Ze glimlachte verlegen toen ze zijn blik in haar richting voelde gaan. Wat bezielde een jonge vrouw om als hulpje te werken bij een oude man? Of deed ze zich onschuldiger voor dan ze was?

'Volgens Livia had het iets met goud te maken', zei Van In toen ze weg was.

Beernaert nipte van het glas perensap en kneep zijn ogen

dicht tot spleetjes. Hij had tegen Beekman met geen woord gerept van het goud. Van In had zijn informatie ergens anders vandaan.

'Hebt u al met de broers van Jean-Pierre gesproken?' vroeg hij.

'Nee. Maar dat ben ik wel van plan.'

'Kent u de familie Vandamme?'

'Ik weet wat ze doen en waar ze wonen', zei Van In.

Beernaert kende de familie wellicht beter. Zijn nichtje had een verhouding gehad met Jean-Pierre en een andere broer had het plan voor zijn huis getekend.

'Zegt de naam Jacques Vandamme u iets? Denk aan de jaren zestig.'

'Ik was toen nog een kind.'

'En u, meneer de hoofdinspecteur?'

Hij wendde zich tot Versavel, die een stuk ouder was dan Van In. Niet dat hij van hem een positief antwoord verwachtte. Flikken hadden doorgaans geen kaas gegeten van geschiedenis.

Hij vergiste zich schromelijk. De naam Jacques Vandamme had al sinds het begin een belletje doen rinkelen bij Versavel. Hij had er niet bij stil blijven staan omdat 'Jacques' en 'Vandamme' courante namen waren, waardoor de kans klein was dat het over de Jacques Vandamme ging die hij zich herinnerde. Maar toen Beernaert naar de jaren zestig had verwezen, wist hij het zeker.

'Was dat niet de huurlingenleider die na de onafhankelijkheid van Congo er bijna in slaagde het regeringsleger van Mobutu te verslaan?'

Van In keek verbaasd op. De onafhankelijkheid van Congo was bij hem niet meer dan een vage herinnering, laat staan dat hij iets afwist van de burgeroorlog tussen de Katangese gendarmes van Moïse Tshombe en de troepen van president

Sese Seko Mobutu.

'Was die kerel een Bruggeling?'

Behalve Jan Breydel en Pieter Deconinck kende Van In geen andere Bruggeling die bijna een leger had verslagen. Beernaert vulde de leemte graag aan. Hij schetste kort wat er na de onafhankelijkheid van Congo in 1960 was gebeurd.

'Jacques Vandamme was een koloniaal in hart en nieren, die niet met lede ogen wilde aanzien dat de nieuwe machthebbers zijn patrimonium inpalmden en daarom aansluiting zocht bij de het leger van de Katangese opstandelingen, waar hij zeer snel carrière maakte.'

'Waarom Katanga?'

'Omdat, mijn beste commissaris, de ondergrond van Katanga boordevol waardevolle ertsen en mineralen zit. Koper, kobalt, goud, diamant. Het zit er allemaal.'

Beernaert sprak als een rasechte docent. Belerend en een tikkeltje arrogant. Van In onthield alleen 'goud'. Livia had over goud gesproken, goud dat niemand tot dusver had gevonden.

'In 1968 was het avontuur voorbij. De opstandelingen werden ontwapend in Rwanda en Vandamme keerde terug naar België, waar hij een tijdje verbleef voor hij zich in Portugal vestigde. Hij verdween echter spoorloos toen hij in België tot twintig jaar cel werd veroordeeld voor een moord die hij naar eigen zeggen niet had gepleegd.'

'Boeiende familie.'

'Dat mag u zeker zeggen', zei Beernaert.

'Hebben ze hem dan nooit teruggevonden?'

'Teruggevonden niet. We weten alleen dat hij in 1988 is overleden in Brazilië. En hij is de oom van Jean-Pierre, Dominique, Louis en Thibaud. Zij zijn de enige erfgenamen als nu zou blijken dat hij iets heeft nagelaten.'

'Het goud waar Livia op doelde.'

'Moet u eens goed naar me luisteren, commissaris. Livia was een prachtige meid, maar je mag niet alles geloven wat ze je verteld heeft. Het gerucht dat Jacques Vandamme een goudschat verzamelde doet al jaren de ronde, maar niemand heeft tot nu toe enige aanwijzing over zo'n goudschat kunnen vinden.'

'Behalve Jean-Pierre misschien.'

Beernaert schudde meewarig het hoofd. Een ezel loopt als je hem een wortel voorhoudt, mensen doen de gekste dingen als je hun kunt laten geloven dat ze op een gemakkelijke manier rijk kunnen worden. Maar wie gelooft er nog in een goudschat?

'Ik zou niet veel aandacht besteden aan een cowboyverhaal, commissaris. De waarheid is meestal een stuk eenvoudiger. Livia was een passionele vrouw. Ik heb haar menige keer gezegd dat ze haar mannen beter moest uitkiezen, maar ze luisterde nooit naar me.'

'Denkt u aan een jaloerse minnaar?'

'Ligt zoiets niet voor de hand?'

Van In had een hekel aan mensen die vonden dat alles voor de hand lag, toch kon hij de thesis van Beernaert niet zomaar als onzin afdoen. Jaloerse minnaars waren ertoe in staat wraak te nemen als ze zich afgewezen voelden. Het stond ook vast dat de moordenaar Livia goed genoeg had gekend om te weten dat ze doodsbang was voor slangen. Hij was eerst niet van plan geweest Beernaert een foto te laten zien van de man die de hazelworm had gekocht, hij deed het toch. De reactie van de stafhouder was op zijn minst verrassend. Hij schrok.

'Bingo. We hebben hem.'

Saskia gaf Jan een klapzoen op zijn mond. De man op de foto die zonet op het scherm was verschenen, leek in de verste verte niet op de man die de hazelworm had gekocht. Hij was jonger en had een baard, maar ze waren er bijna zeker van dat hij het was. Jan had de foto de voorbije uren grondig bewerkt met Photoshop. Hij had eerst allerlei soorten van snorren, bakkebaarden, ringbaarden en haarsnit toegevoegd, en toen dat geen resultaat opleverde had hij de man digitaal jonger gemaakt, tot de foto van een zekere Bob Bélotin op het scherm verscheen.

'Zal ik Van In bellen?'

Jan wreef de vermoeidheid uit zijn ogen. Hij was blij dat hij uiteindelijk toch resultaat had geboekt en hij zou straks nog veel gelukkiger zijn als ze met hem zou doen wat ze beloofd had. Hij bekeek haar en zag dat het de moeite waard was geweest.

'Ja, doe maar', glimlachte hij.

6

Het verkeer in de binnenstad was nerveus en agressief. Het leek wel of iedereen vanochtend met het verkeerde been uit bed was gestapt. Ongeduldige chauffeurs probeerden elkaar de pas af te snijden, ze claxonneerden bij het minste oponthoud en staken om de haverklap hun middelvinger op. Van In was gewoon zenuwachtig. Hij tokkelde met zijn vingers op het dashboard en keek de hele tijd schichtig om zich heen. Hij voelde zich als een schaker die geblinddoekt op verschillende niveaus moest spelen. Het liep allemaal een beetje door elkaar. De vreemde moord in Joinville, de ontsnapping van een topcrimineel, het goud van de huurlingenleider Jacques Vandamme, de bizarre dood van Livia Beernaert, de razendsnelle identificatie van Bob Bélotin en last but not least: de nieuwe korpschef die vandaag officieel zijn intrede deed. Dat laatste baarde hem waarschijnlijk nog de meeste zorgen.

'Ik verheug me op de trip naar Joinville', zei Versavel.

Met een rogatoire commissie naar het buitenland vertrekken was een buitenkansje waarvoor de meeste flikken hun schoonmoeder hadden opgeofferd. Hij had een vrolijk antwoord verwacht, maar Van In reageerde als een bejaarde die zijn pensioen een week te laat had ontvangen.

'Dan zijn jullie met zijn tweeën. Nog vragen?'

'Nee, chef.'

Versavel draaide rustig de Hauwerstraat in en parkeerde de Audi voor het politiecommissariaat.

'Ik neem aan dat je eerst nog een sigaret wilt roken.'

Van In stapte uit zonder een woord te zeggen, stak een sigaret op en inhaleerde alsof het zijn laatste was. Hij kreeg een afkeurende blik van een jonge collega die iedere dag vijf kilometer ging joggen.

'Nemen we de lift?'

Versavel had gewacht tot Van In klaar was met roken. Het had hem blijkbaar wat gekalmeerd, anders had hij kribbig gereageerd.

Het kantoor van de korpschef bevond zich op de derde verdieping. De deur stond op een kier, een teken dat hij hen verwachtte. Dirk Duffel was jurist van opleiding en hij was kabinetsmedewerker van de minister van Binnenlandse Zaken geweest voor hij bij de politie was beland. 'Belanden' was het verkeerde woord. De nieuwe korpschef had zijn loopbaan minutieus gepland. Hij was in stijl begonnen als hoofdcommissaris van Sint-Martens-Latem en er gebleven tot hij zijn ultieme droom had kunnen waarmaken: korpschef van Brugge worden. Van In had hem nog maar twee keer ontmoet, op de officiële aanstellingsreceptie en tijdens een algemene briefing waar hij de krachtlijnen van zijn beleid had uiteengezet. Dat deed iedere nieuwe korpschef en Van In had er in de loop van zijn carrière al een paar versleten.

'Goedemorgen.'

Duffel zat aan zijn bureau achter een stapel dossiers, maar hij liet hen niet wachten zoals zijn voorgangers graag deden. Zijn glimlach leek echt en zijn handdruk was energiek.

'Gaan jullie toch zitten. Koffie?'

Nieuwkomers probeerden zich wel vaker sympathieker

voor te doen dan ze waren. Een korpschef hoefde die komedie niet op te voeren. De koffiekan en de kopjes stonden klaar op een bijzettafel en ook dat was een goed voorteken.

'Ik heb het dossier van Vandamme en Beernaert doorgenomen', zei hij. 'Volgens mij is een rogatoire commissie perfect te verantwoorden. Ik heb vernomen dat jullie vandaag nog vertrekken.'

'Inderdaad', knikte Van In.

Duffel kwam snel ter zake en hij hechtte weinig belang aan protocollair gedoe. Als Van Ins gevoel klopte, zouden ze goed met elkaar kunnen opschieten.

'Heeft het sporenonderzoek in de zaak-Beernaert al iets opgeleverd, behalve dat we een verdachte hebben natuurlijk?'

Het was tegenwoordig zo goed als onmogelijk om een misdrijf te plegen zonder een DNA-spoor achter te laten. Het leed dan ook geen twijfel dat de technische recherche een dergelijk spoor zou vinden, maar iedereen wist dat DNA waardeloos was als je het niet kon vergelijken met het erfelijk materiaal van een verdachte.

'De onderzoeksrechter heeft een internationaal opsporingsbericht laten verspreiden', zei Van In. 'Bélotin heeft een crimineel verleden. Hij is twintig jaar geleden veroordeeld wegens slagen en verwondingen met de dood tot gevolg.'

'Heeft hij zijn straf uitgezeten?'

'Ja', zei Van In. 'En daarna is hij van de aardbodem verdwenen.'

'Hij heeft misschien een andere identiteit aangenomen.'

'Dat zou kunnen.'

'Enfin, dat zien we nog wel', zei Duffel.

'En dan is er nog die ontsnapte gevangene', zei Van In.

Duffel had hem gevraagd verslag uit te brengen van alle lopende zaken. De ontsnapping van Maximiliaan Verbrugge mocht veel ophef gemaakt hebben, de kans was klein dat ze hem te pakken kregen.

'We hebben eveneens een internationaal opsporingsbericht laten verspreiden', ging Van In verder. 'En alle patrouilles houden een oogje in het zeil, maar...'

'Je gelooft er niet echt in.'

'Nee. Een beroepscrimineel als Mad Max kan rekenen op hulp van buitenaf en beschikt meestal over voldoende geld om een tijdje onder te duiken.'

Van In repte met geen woord van de bemoeienissen van meester Beernaert en hij zei ook niets over het verzoek van procureur Beekman rechtstreeks bij hem verslag uit te brengen, want zo goed kenden ze elkaar ook nog niet.

'In dat geval houd ik jullie niet langer op', zei Duffel. 'En ik vond het bijzonder fijn om met jullie kennis te maken.'

'Sympathieke man, vind je niet?'

Versavel stak de sleutel in het contact en klikte zijn veiligheidsgordel vast. Het was tien uur en ze moesten Hannelore nog ophalen voor ze konden vertrekken.

'Ja, maar...'

'Ja, maar wat?'

'Ik houd niet van mensen die zeggen "ik vond het bijzonder fijn om met jullie kennis te maken".'

'Wat is daar nu verkeerd aan?'

'Dat "fijn" is er te veel aan. Hij had evengoed "leuk" kunnen zeggen.'

'Jij bent ook nooit content. Je kunt niet geloven hoe fijn ik het vind dat Hannelore van de partij is. Stel je voor dat ik ook nog de nacht met jou had moeten doorbrengen.'

Het verkeer was gelukkig wat minder hectisch geworden. De rit van de Hauwerstraat naar de Moerstraat duurde amper een paar minuten. Van In stak bij het uitstappen haastig een sigaret op. Hij zou er de komende uren de kans niet meer toe krijgen, want Versavel was niet van plan om ieder halfuur een sigarettenpauze in te lassen.

'Je hebt het hotel toch geboekt?'

'Wees maar gerust', zei Versavel. 'Ik slaap op de eerste verdieping en jullie op de tweede.'

'Toch niet omdat je anders zou horen hoe wij...'

'Nee, Pieter. Omdat ik weet hoe hard jij snurkt. Het is me een raadsel hoe Hannelore het met je uithoudt. Zelfs mensen die in de buurt van een luchthaven wonen, zouden het geen nacht naast jou volhouden.'

'Ach. Daar zijn jullie eindelijk.'

Hannelore stond in de deuropening. Ze had een sober zwart jurkje aan met een V-hals en korte mouwen en ze had haar haar laten knippen, waardoor ze er jonger en meisjesachtig uitzag. En ze droeg de dure halsketting die ze vorig jaar van hem cadeau had gekregen.

'Naar het buitenland gaan met een rogatoire commissie is geen snoepreisje, schat.'

Van In kreeg geen zoen toen hij binnenging. Versavel wel. Een snoepreisje. Wat dacht hij wel? Mocht ze er dan niet goed uitzien?

'Je mag hem hebben', fluisterde Versavel in haar oor.

'Is het weer zover?'

Hij kreeg de kans niet om de vraag te beantwoorden. Van In liep naar buiten met zijn armen in de lucht alsof er binnen brand was uitgebroken.

'Je denkt toch niet dat ik al die koffers ga sleuren! Hoe lang denk je dat we wegblijven? Zes maanden?'

Hannelore liet zich niet uit het lood slaan. Ze had vanochtend op het internet de weersvoorspelling bekeken voor de streek van Champagne-Ardenne. De temperatuur viel best mee, maar de kans was redelijk groot dat het ook zou gaan regenen. En wie weet hoe koud het 's avonds zou zijn? Ieder normaal mens nam toch voldoende kleren mee op reis als je niet wist welk weer het zou zijn?

Hotel Le Soleil d'Or in Joinville deed zijn naam alle eer aan. Het terras baadde in de zon en de bomen lieten hun bladeren hangen van de hitte. Van In installeerde zich onmiddellijk op het terras in de schaduw en stak een sigaret op, terwijl Versavel de koffers met 'winterkleding' naar boven zeulde. Zijn billen waren stijf van het lange zitten in de auto, want zijn voorspelling was uitgekomen: Versavel had hem maar één rookpauze gegund. Het minste wat hij nu kon doen was de overtollige bagage naar boven dragen.

'Bonjour monsieur.'

Olivier, de hoteluitbater, sprak Van In aan in het Frans. Versavel had de auto om de hoek geparkeerd. De man kon dus niet weten dat de nieuwe gasten Belgen waren en misschien Vlamingen.

'Est-ce que vous avez Duvel?' vroeg Van In met een schabouwelijk accent.

Olivier glimlachte. Hij was zelf West-Vlaming, hij hoefde niet te vragen waar zijn nieuwe gasten vandaan kwamen.

'Bent u commissaris Van In?'

Hij kwam er ongevraagd bij zitten. De bizarre moord op de Belgische pelgrim was nog altijd het onderwerp van gesprek in Joinville en omstreken. De regionale kranten hadden er bol van gestaan en er waren zelfs enkele journalisten vanuit Parijs naar het dorp in Champagne-Ardenne afgezakt. Toch waren er tot nu toe bijster weinig details uitgelekt, om de eenvoudige reden dat de Franse réchercheurs geheel in het duister tastten wat het motief betrof. Het slachtoffer was een Belg die geen band had met de streek en hij was niet beroofd, waardoor de meest voor de hand

liggende motieven wegvielen.
'Ja', zei Van In. 'En ik heb ongelooflijk grote dorst.'
Olivier excuseerde zich, maar in plaats van op te staan riep hij een bediende die een eindje verderop het trottoir veegde.
'We hebben jammer genoeg geen Duvel. Kan ik u een pilsje aanbieden?'
'Ik had iets groters in gedachte.'
'Komt in orde.'
'En vraag ondertussen of zij ook iets willen drinken.'
Hannelore kwam naar buiten. Ze had snel van jurkje gewisseld. Versavel stond achter haar. Hij had zijn das op zijn kamer achtergelaten en het bovenste knoopje van zijn hemd losgemaakt.
'Ik zie dat meneer zich al thuis voelt.'
Ze koos een plekje in de zon, strekte haar benen en schortte haar jurkje op zodat ze maximaal van de zon kon genieten.
'Jij niet dan?'
Het duurde een tijdje voor de jonge kelner de drankjes serveerde. Frankrijk was België niet, waar klanten op hun wenken bediend werden. Maar wachten had in Frankrijk zo zijn voordelen. Ze werden extra verwend met hapjes. Vispasteitjes voor Hannelore, die witte wijn had gevraagd, en rauwe ham, kaas en olijven voor de mannen. Het zag er allemaal bijzonder aantrekkelijk uit. Van In zette zijn lippen aan het literglas ijskoud bier en dronk tot hij zich bijna verslikte. Frans bier mocht flauw spul zijn, het smaakte.
'Ik neem aan dat de politie u verhoord heeft in verband met de moord op Jean-Pierre Vandamme?'
Van In had het onderwerp nooit zomaar in het openbaar ter sprake gebracht. Op het terras in Joinville hoefde hij zich echter geen zorgen te maken. De andere mensen verstonden hen toch niet.
'Meer dan één keer.'

De rechercheurs waren drie keer langs geweest. De eerste keer hadden ze de kamer van Vandamme doorzocht, de tweede keer hadden ze gepraat met het personeel dat toen aanwezig was en de derde keer waren ze komen vragen of iemand ondertussen naar het slachtoffer had geïnformeerd.
'Was dat het geval?'
'Nee', zei Olivier.
Van In stak een sigaret op, inhaleerde diep en nam een grote slok bier. Hij had voor ze vertrokken telefonisch een afspraak gemaakt met de rechercheur die het onderzoek leidde. Die had beloofd dat hij een kopie van het dossier zou meebrengen en de stand van zaken zou geven.
'Zou u het erg vinden als we alles nog een keer overdoen?' vroeg hij.
Olivier maakte geen bezwaar. Hij beschikte over voldoende personeel en het was bijzonder mooi weer. Als de Vlamingen er niet waren geweest, was hij toch op het terras blijven hangen. Als God in Frankrijk leven was voor hem geen loos begrip. Zijn enige broer was heel jong aan kanker gestorven en zijn ouders waren al een tijdje dood. Het leven was te kort om er niet van te genieten.
'Vertel me dan alles wat er gebeurd is de avond voor hij vermoord werd.'
Olivier wenkte de kelner die in deuropening geduldig stond te wachten tot iemand hem zou roepen.
'We krijgen bijna dagelijks pelgrims over de vloer', zei hij. 'Ze boeken een of twee dagen vooraf. In de meeste gevallen gaat het om één overnachting. Sommigen blijven iets langer', voegde hij er met een glimlach aan toe.
Hij diste een paar anekdotes op van pelgrims die een feestje bouwden of hun vertier gingen zoeken in een van de bordelen die zich sinds oudsher langs de weg naar Compostela hadden gevestigd.

'Waarmee ik alleen wil zeggen dat niet alle pelgrims voorbeeldige katholieken zijn. Eigenlijk weet je bijna nooit wat iemand drijft om de tocht te ondernemen. Er zijn pelgrims die op die manier een tegenslag of een verlies proberen te verwerken, anderen zoeken naar een confrontatie met zichzelf of ze doen het gewoon voor de ervaring op zich.'
'In welke categorie paste Vandamme?'
'Ik dacht eerst dat hij met zichzelf in het reine wilde komen. Hij leek me iemand die alleen wilde zijn.'
'Maar dat was niet zo', zei Hannelore plotseling.
'Ik dacht dat je in slaap was gevallen, schat.'
Hannelore ging rechtop zitten. De wijn en de zon hadden haar loom gemaakt en als ze eerlijk was, moest ze toegeven dat ze bijna ingedut was. Maar waarom zou ze hem gelijk geven?
'Je weet toch dat vrouwen twee dingen tegelijk kunnen', zei ze.
'Luisteren en slapen?'
'Nee, schat. Luisteren en nadenken. Meneer zei net dat Vandamme hem iemand lééк die alleen wilde zijn. En als ik de rest mag geloven, knijpen die pelgrims de katjes wel eens in het donker.'
'Mevrouw heeft gelijk', knikte Olivier. 'Maar het is uiteindelijk allemaal een beetje mijn schuld dat het zover gekomen is.'
Hij vertelde dat hij de eenzame Vandamme in contact had gebracht met Nadia, ook een Vlaamse, en dat ze daarna samen hadden gegeten en... gedronken.'
De korte pauze tussen gegeten en gedronken deed vermoeden dat het daar niet bij was gebleven. Zeker niet na de minder stichtende verhalen die Olivier over de pelgrims had verteld.
'Hoe noemt men zoiets?' merkte Hannelore smalend op.

'Het nuttige aan het aangename paren?'
'Dat heb ik niet beweerd', steigerde Olivier. 'Integendeel. Volgens mij hebben ze alleen gegeten, gepraat en gedronken. Ik heb zelfs de indruk dat ze op een bepaald moment ruzie hadden.'
'Hebt u dat ook aan de Franse politie verteld?'
'Nee.'
'Waarom niet?'
'Omdat ze het niet gevraagd hebben. Zij wilden weten of ik Vandamme kende en wanneer hij uit het hotel vertrokken was.'

Van In vond het verdacht dat Olivier, die hem nochtans een geschikte kerel leek, tegen de Franse politie met geen woord van de ruzie met Nadia had gerept.

'Hebben ze echt niet gevraagd hoe Vandamme de avond voor hij werd vermoord heeft doorgebracht?'
'Dat wel', knikte Olivier. 'Ik heb verklaard dat hij met een landgenote heeft gedineerd en toen wilden ze alleen nog weten wanneer Nadia het hotel had verlaten.'
'Ze zijn dus niet samen vertrokken?'
'Natuurlijk niet. Vandamme is voor negen uur vertrokken omdat hij een lastige etappe voor de boeg had. Nadia is pas tegen de middag opgestaan. Volgens de politie was Vandamme toen al dood.'

De Franse speurders hadden waarschijnlijk de juiste conclusie getrokken. Nadia was een toevallige passante. Het feit dat ze pas wakker was geworden toen Vandamme al dood was, gaf haar een perfect alibi. Hannelore hield er een andere mening op na. Ze vroeg of Nadia had kunnen weten dat Vandamme een kamer had geboekt in Le Soleil d'Or. De vraag klonk Van In een beetje te ver gezocht, het antwoord van Olivier kwam bijgevolg als een complete verrassing.

'Ik kan u niet verzekeren dat zij het wist', zei hij. 'Maar

wat ik wel weet is dat Vandamme iedere avond druk bezig was op Facebook. Tenminste, dat heeft hij me toch verteld.'

'Facebook', herhaalde Van In ongelovig.

'U mag het mijn man niet kwalijk nemen', glimlachte Hannelore. 'Hij heeft zich nog maar pas met computers kunnen verzoenen. Voor hem is Facebook even irreëel als de Onbevlekte Ontvangenis van Maria.'

Mad Max keek met enige verbijstering naar de foto op het scherm. Ze kenden verdomme zelfs zijn naam. Hoe had Bélotin zo dom kunnen zijn? Wist hij dan niet dat ze tegenwoordig zelfs in een ordinaire krantenwinkel bewakingscamera's installeerden. Hij liep naar de koelkast, trok de deur open, pakte een fles whisky en gooide de deur met een smak dicht. Hoe lang zou het duren voor ze Bélotin met hem in verband brachten? Hij schonk een glas halfvol en dronk het in één teug leeg. De gedachte dat hij de komende dagen binnen moest blijven, maakte hem rusteloos. Hij schonk een tweede glas in en stak een sigaret op. In principe waren er maar twee oplossingen voor het probleem. Hij maakte een keuze bij het derde glas.

Ze kregen lauwe king crab op een bedje van geroosterde aubergines als voorgerecht. Van In was niet gek op aubergines. Het was pas toen Olivier aandrong dat hij ervan wilde proeven.

'En? Hoe smaakt het?'

Van In had gewoon kunnen knikken en dat had hij uit beleefdheid ook gedaan als het hem niet had gesmaakt, maar hij moest toegeven dat Olivier gelijk had. Hij zei dus gemeend dat de aubergines heerlijk waren.

'Zie je wel, Van In. Je moet eens leren iets tegen je zin te doen.'

Hannelore voelde zich in vakantiestemming. Een zomerse avond op een rustig terras, lekkere wijn die haar stilaan een beetje naar het hoofd aan het stijgen was en een verfijnd menu in een aangenaam gezelschap. Wat kon een mens zich nog meer wensen?
'Ook als je hoofdpijn hebt?'
'We zijn over eten bezig, schat.'
'Jij misschien, ik niet.'
'Mannen denken maar aan één ding.'
Hannelore pakte de fles wijn uit de koeler en schonk zich een glas in, terwijl ze zich afvroeg waarom vrouwen minder aan seks dachten dan mannen. Of was zij een uitzondering en waren andere vrouwen evenveel met seks bezig als mannen? Ze keek tussen haar oogleden naar Van In, met wie ze straks het bed zou delen. Zou het met een mooie man beter lukken dan met hem? Foei, Hanne. Hoe durf je? Ze negeerde het stemmetje dat haar terechtwees. Op de rechtbank liepen een paar jonge kerels rond die het grootste deel van hun vrije tijd in een fitnessruimte doorbrachten. Ze hadden brede schouders en een platte buik. Het was lang geleden dat ze nog een platte buik had gezien. De wijn maakte haar hoofd steeds lichter en haar fantasieën extremer. Ze zag zichzelf op haar rug liggen met twee mannen boven zich en een vrouw die...
'Ben je in slaap gevallen?'
Ze voelde een hand op haar schouder. Het was een echte hand, even echt als de tinteling in haar onderbuik.
'Nee, natuurlijk niet.'
Ze schaamde zich een beetje over haar dagdroom, maar de beelden lieten haar niet los. Ze sloeg haar benen over elkaar en kneep haar dijen bijeen. Het hielp niet. De drang om klaar te komen deed haar bijna kreunen.
'Je bent toch niet onwel geworden?'

Van In keek haar bezorgd aan. Het was een lange dag geweest en ze had behoorlijk wat gedronken.

'Wil je een beetje op bed gaan liggen?'

Eindelijk. Hannelore stond op en liet zich gewillig naar boven leiden terwijl ze vanbinnen bijna ontplofte. De deur van de kamer was nog niet helemaal dicht of ze besprong hem als een uitgehongerd roofdier.

'Wat scheelt er toch met jou?'

Ze beet zachtjes in zijn oorlelletje terwijl ze zijn broek openritste. Had hij nu nog niet door dat ze seks wilde?

'Het is niet echt verstandig wat je doet', zei Bélotin.

Mad Max had een hoed en een zonnebril opgezet om niet herkend te worden. Hij was minder opgevallen als hij een T-shirt met de tekst 'IK BEN ONTSNAPT' had aangetrokken.

'Maak je geen zorgen, ik weet wat ik doe.'

'Oké. Ik vraag me alleen af welke klus zo dringend is dat je die vanavond nog moet klaren.'

Max klemde zijn kaken op elkaar en keek strak voor zich uit. In de auto was hij voorlopig veilig en de kans was klein dat een politiepatrouille hen zou aanhouden. Toch voelde hij zich opgelaten.

'Ik betaal je niet om vragen te stellen, man.'

Bélotin knikte en zweeg. Hij had de hele dag in een kroeg rondgehangen en stond net op het punt een griet te versieren toen Max hem had gebeld. Hij had de opdracht zeker geweigerd als het iemand anders was geweest. Het probleem was dat niemand Max iets durfde te weigeren.

'Heb je het nieuws al gezien?'

'Nee. Waarom? Hebben ze iets gezegd over die meid?'

Stommerik, dacht Max. Aan de andere kant kwam het hem beter uit dat Bélotin het nieuws niet had gezien.

'Hoe kun je het raden.'
'Hebben ze iets over de slang gezegd?' grinnikte Bélotin.
Hij kon zich niet exact herinneren hoeveel verraders en wanbetalers hij al onder handen had genomen, die vrouw zou hij echter nooit vergeten. Hij had zich in ieder geval prima geamuseerd. Het was alleen jammer dat het niets had uitgehaald, behalve dat ze dood was, wat niet echt de bedoeling was geweest.
'Nee', zei Max. 'Over de hazelworm hebben ze niets gezegd.'
Bélotin mocht een stommerik zijn, hij was een vakman. Als de vrouw iets wist had ze het verteld. Max stak een sigaret op en blies de rook voor zich uit. Hij maakte zich zorgen. De klus hield risico's in en hij kon zich geen enkele fout veroorloven. De prijs die hij voor een eventuele mislukking zou moeten betalen was te groot, veel te groot. Als alles achter de rug was, zou hij zich terugtrekken in een of ander apenland dat geen criminelen uitleverde aan België. Een mens moest tegenwoordig op zijn hoede zijn. Er waren genoeg verhalen bekend over anderen die minder voorzichtig waren geweest en ondertussen allang weer achter de tralies zaten.
'Waar rijden we eigenlijk naartoe?'
Max had bij het instappen gezegd dat hij een dringende afspraak had in het binnenland. Iedereen wist dat hij karig was met het verstrekken van informatie, maar hij zou een keer moeten vertellen waar ze naartoe gingen.
'Volg de E40 en sla af in Beernem.'
Max had de route eerst op een wegenkaart uitgestippeld en daarna uit het hoofd geleerd, omdat hij nooit eerder in de omgeving van Beernem was geweest. Het enige wat hij wilde was een eenzame plek. Hij had zijn opdrachtgever gebeld en die had hem verteld dat er in de buurt van Beernem een uitgestrekt bos lag.

'Sst.'
Het meisje legde haar vinger op de lippen van haar vriendje, die alleen nog zijn slipje aanhad.
'Ik hoor iemand', fluisterde ze.
De jongen ging rechtop zitten en scharrelde angstig zijn kleren bij elkaar. Het was verdomme bijna tien uur. Wie maakte in godsnaam nu nog een boswandeling? Het meisje haakte met een handige beweging haar beha weer dicht. Ze hoopte vurig dat het niet een van haar ex-vriendjes was. Ze had het al meegemaakt dat een haar was gevolgd naar een plek waar ze met iemand anders lag te vrijen en daarvan met zijn mobieltje foto's had gemaakt die hij de volgende dag op Facebook had gezet. In het donker was dat bijna onmogelijk, maar ze was er toch niet gerust op.
'Wat doen we?' vroeg de jongen.
'Wachten tot ze voorbij zijn gelopen.'
'En dan?'
Alle jongens die hij kende hadden het al met haar gedaan, hij was bang dat ze zou afhaken. Dan mocht hij het weer alleen zien te redden, zoals gewoonlijk.
'We zien wel', klonk het niet erg hoopgevend.
Het geritsel kwam steeds dichterbij. Ze waren met zijn tweeën. Het meisje drukte zich op haar buik in het zachte mos. De jongen volgde haar voorbeeld. Mannenstemmen.
'Hoe ver is het nog tot aan de hut?' vroeg Bélotin.
'Ik denk dat we er zijn, Bob.'
Max haalde voorzichtig een pistool uit zijn binnenzak, richtte de loop op het hoofd van zijn kompaan en haalde twee keer na elkaar de trekker over. De schoten klonken oorverdovend in het stille bos.

'Gaat het een beetje beter?' vroeg Versavel toen Hannelore en Van In na een kwartier weer naar beneden kwamen.

'Veel beter, Guido.'
Haar ogen weerkaatsten het licht van de kaarsen op de tafel en ze glimlachte alsof ze in hogere sferen had verkeerd. Het was pas toen hij de grijns op Van Ins gezicht zag dat hij besefte dat hij de bal compleet had misgeslagen. Olivier had als hoteluitbater meer ervaring met dit soort zaken. Hij had onmiddellijk door wat er boven gebeurd was.
'Er is nog kabeljauw met spinazie', zei hij. 'Hebben jullie nog trek?'
'Hij misschien niet, ik wel', zei Hannelore.
Ze ging met een voldaan gevoel aan tafel zitten, tot ze plotseling merkte dat ze haar jurk niet goed had dichtgeknoopt. Ze verontschuldigde zich en liep haastig weer naar binnen.
'Heb je echt geen honger meer?' vroeg Versavel plagerig.
Van In stak een sigaret op. Zijn lichaam hunkerde naar nicotine, hoewel hij moest toegeven dat hij nog een beetje honger had.
'Een klein stukje kabeljauw zal volstaan', zei hij.
'Een klein stukje? Moet je niet op krachten komen?'
'Op krachten komen. Waarom?'
'Daarom.'
Versavel wierp een duidelijke blik naar Hannelore, die het terras opliep. De toespeling deed haar blozen. Ze ging met neergeslagen ogen zitten en schonk een fors glas witte wijn in. Niemand behalve Olivier zag de auto met Belgische nummerplaat die aan de overkant van de straat stopte. Het portier zwaaide open en er stapte een vrouw uit. Olivier sprong op van zijn stoel
'Verwacht je nog iemand?' vroeg Van In, die de vrouw nu ook had gezien.
'Nee', zei Olivier. 'Het is Nadia.'

7

Van In keek verdwaasd en met knipperende ogen om zich heen. Waar ben ik? vroeg hij zich af. Er hing een flatscreen aan de muur, de overgordijnen zagen er duur uit, het licht was zacht, de lucht die hij inademde anders dan hij gewend was. Het bed was ook groter en comfortabeler. Hij strekte zijn hand uit onder de donsdeken.
'Hanne?'
Ze voelde warm en zacht aan, hij hoorde haar amper ademen. Nu wist hij het weer. Het rijkelijk met wijn overgoten diner op het terras, het gegiechel van Hannelore toen ze naar boven strompelden, het gefriemel onder de douche... Hij draaide zich op zijn zij terwijl hij de beelden probeerde op te roepen. Had ze echt gedaan wat hij dacht dat ze gedaan had? Of was het een mooie droom geweest? Ze bewoog.
'Hanne.'
Aan het licht te zien stond de zon al hoog. Hij keek op zijn horloge. Verdomme, het was tien voor negen. Ze bewoog weer. Haar rechterhiel raakte zijn scheenbeen. Hannelore had tijd nodig om wakker te worden en voor seks was het te laat, dus sloeg hij de donsdeken weg en ging op de rand van het bed zitten. Waarom was Guido hen niet komen wekken? Hij hees zich overeind, pakte zijn sigaretten van het nachttafeltje en stak er een op. Het duurde geen tien seconden voor ze reageerde, want ze had er een hekel aan dat hij in de

slaapkamer rookte, maar nood breekt wet. Ze hadden om negen uur een afspraak met commissaire Verlaine.

'Het stinkt hier', beet ze.

Hannelore ging op haar rug liggen en gaf hem een stomp in zijn nierstreek. Van In draaide zich half om.

'Het was een sigaret of een emmer water, schat.'

Hij stond op, liep naar het raam en zette het open. Gelukkig lag hun kamer niet aan de straatkant. Hij keek uit op een verlaten binnenplaats waar twee auto's stonden geparkeerd. Een met een Belgische en een met een Franse nummerplaat.

'Anders halen we de afspraak niet.'

'Welke afspraak?'

De stank van zijn sigaret had meer effect dan een emmer water. Hannelore was op slag klaarwakker. Ze gooide haar benen over de rand van het bed, veerde soepel op en liep naar de badkamer. Het was pas toen ze haar beha en zijn slip aan de douchekraan zag hangen dat ze zich herinnerde wat ze gisteravond hadden gedaan.

'Met commissaris Verlaine', riep hij haar na.

'Verlaine?' riep ze terug.

'Weet je dan niet meer dat hij ons gisteren heeft gebeld?'

Het kletterende water in de douche overstemde zijn antwoord. Van In duwde zijn halfopgerookte sigaret uit en liet de peuk achter op de arduinen vensterbank. Hij kon straks nog douchen.

Versavel zat op het terras in het gezelschap van een man met kort grijs haar. Ze dronken allebei koffie. Olivier, de hoteluitbater, zat achter de balie. Hij begroette Van In, die de trap afkwam, met een welgemeend goedemorgen.

'Goed geslapen?'

De geur van gebakken spek deed Van In trek krijgen, wat redelijk uitzonderlijk was omdat hij zelden of nooit ontbeet.

'Ik heb heerlijk geslapen.'

Olivier glimlachte. De kamers hadden dunne muren. Hij had hen tekeer horen gaan, maar daar mocht hij natuurlijk niet op zinspelen.

'Uw gast is ondertussen gearriveerd.'

Hij kwam achter de balie vandaan en ging Van In voor naar het terras, waar ook Nadia zat te ontbijten. Ze knikte discreet. De man met het grijze haar begroette hem alsof ze oude vrienden waren.

'Commissaire Van Ien', zei hij met een forse stem. 'Je suis ravi de faire votre connaissance.'

Van In drukte zijn Franse collega de hand, pakte een stoel en ging naast Versavel zitten. Olivier schonk koffie in.

'Komt madame ook?'

'Geef haar nog tien minuten', zei Van In.

Hij stak een sigaret op en wierp zijdelings een blik op Nadia. Ze hadden gisteren even met elkaar gesproken. Ik ben teruggekomen omdat ik in de krant gelezen heb wat er gebeurd is, had ze gezegd toen hij haar had gevraagd of ze Jean-Pierre Vandamme kende. Maar als u het niet erg vindt kunnen we daar misschien beter morgen over spreken. Ik ben erg moe, moet u weten. Ze had zich niet ertoe over laten halen met hen nog een glas te drinken. Ze had haar bagage uit de auto gehaald en was onmiddellijk naar haar kamer gegaan. Ze zag er vandaag duidelijk beter uit dan gisteren. Haar lange blonde haar hing los op haar schouders en ze had zich redelijk opvallend geschminkt. Een beetje vampachtig. Van In dacht aan Hannelore die boven onder de douche stond om de duivels in zijn hoofd te verdrijven.

'Commissaris Verlaine heeft me al een en ander verteld', zei Versavel.

Van In kon uit de blik van zijn vriend opmaken dat 'een en ander' niet veel voorstelde, een voorgevoel dat werd bevestigd toen Verlaine voor de tweede keer in zwierige volzinnen verslag deed van het onderzoek.

'Hij heeft me ook een lijst bezorgd met de persoonlijke bezittingen van het slachtoffer.'

Versavel overhandigde een getypt A4'tje. Van In liet zijn ogen over de inventaris glijden. De rugzak van Vandamme bevatte drie onderbroeken, drie overhemden, drie paar sokken, twee T-shirts, een ribfluwelen broek, een regenjack, een spijkerbroek, scheergerei, een tandenborstel met beker en tandpasta, eau de toilette, zakdoeken, een compact-camera en een boek over Belgisch Congo.

'Ik dacht dat hij ook over een laptop beschikte', zei Van In.

'Ja', knikte Verlaine. 'Maar die hebben we niet teruggevonden. Zijn mobieltje evenmin.'

Het gebeurde tegenwoordig steeds vaker dat misdadigers de computers en mobieltjes van hun slachtoffers lieten verdwijnen, omdat die dingen te veel aanwijzingen bevatten die voor de speurders nuttig konden zijn. Dat was jammer voor hen, maar het was nu eenmaal zo.

'Wat me ook opvalt is dat hij niet echt veel bagage met zich meedroeg voor iemand die maandenlang onderweg is.'

'Dat hebben we ons ook afgevraagd', knikte Verlaine. 'Maar monsieur Vandam was blijkbaar een welgestelde man. Hij liet zich op geregelde tijdstippen bevoorraden door een koerier.'

Verlaine liet Van In een kopie zien van een ontvangstbewijs van de koeriersdienst in kwestie. Het laatste pakketje was afgeleverd in het hotel waar hij twee dagen voor zijn dood de nacht had doorgebracht.

'Ik dacht dat pelgrims er een sobere levensstijl op na hielden.'

'Er zijn pelgrims en pelgrims, commissaire.'

De tijd was voorbij dat pelgrims die de tocht naar Santiago

ondernamen verschoppelingen waren die hun kostje bijeen moesten bedelen of afhankelijk waren van de gastvrijheid van godvruchtige zielen. Verlaine overhandigde Van In een tweede A4'tje met daarop alle hotels waar Vandamme de voorbije weken had gelogeerd en een overzicht van de restaurantkosten die hij had gemaakt.

'Had hij zijn portefeuille nog bij zich?'

Verlaine knikte weer. De portefeuille van het slachtoffer bevatte behalve drie kredietkaarten een flinke som geld, 3245 euro om precies te zijn. Ze hadden ook een brief gevonden, waar hij geen letter van begreep.

'Geen roofmoord dus.'

Van In nipte van de voortreffelijke koffie en stak een sigaret op. Dat laatste beviel zijn Franse collega duidelijk niet. Hij maakte een afkeurende beweging met zijn hoofd, terwijl hij met een kuchje probeerde aan te geven dat hij er niet tegen kon. Van In deed alsof hij het niet opmerkte.

'Iemand met pijl en boog doodschieten is al redelijk bizar, meer dan drieduizend euro laten liggen is gewoon bijna niet te geloven.'

'Ja', zei Verlaine. 'Waarom doet iemand zoiets?'

Van In volgde de rook, die in de richting van Versavel afdreef. De moord op Jean-Pierre Vandamme had veel weg van een terechtstelling. Zijn dood had hoogstwaarschijnlijk iets te maken met de inbraak bij hem thuis, maar bestond die goudschat wel? De belangrijkste vraag was of hij die informatie met zijn Franse collega moest delen. Hij keek naar commissaire Verlaine, die het duidelijk steeds moeilijker kreeg met zijn rookgedrag. Hij had zijn stoel bijna een halve meter naar achteren geschoven.

'U zei ook iets over een brief. Zat die ook in de portefeuille van het slachtoffer?'

Versavel bemerkte dat Nadia haar hoofd in hun richting

draaide toen het woord brief viel.

'Nee', schudde Verlaine het hoofd. 'De brief zat in de voering van de rugzak.'

Een brief verstoppen betekende dat hij belangrijk was of te persoonlijk om zomaar te laten rondslingeren. En waarom had hij hem meegenomen? Zijn bagage bestond alleen uit echt noodzakelijke spullen, behalve het boek over Congo. Vandamme had de brief even goed in zijn kluis kunnen achterlaten.

'Ik heb een kopie gekregen', zei Versavel.

'Heb je hem al gelezen?'

'Natuurlijk niet, chef. Ik zou niet durven.'

Verlaine keek plotseling op. Zijn ogen lichtten op als die van een kat in het donker toen hij Hannelore naar hen toe zag komen. Ze droeg een rokje dat iets te kort was voor haar leeftijd, maar dat vond ze niet erg. Niemand kende haar hier.

'Goedemorgen, heren.'

Zelfs Van In, die toch een en ander van haar gewend was, knipperde met zijn ogen. Had ze zich met opzet zo opzichtig gekleed omdat Nadia op het terras zat? Normaal deed ze niet zo flauw.

'Mag ik je voorstellen aan commissaris Verlaine', zei hij neutraal.

'Hannelore Martens, *juge d'instruction*.'

Ze drukten elkaar de hand. Er was nog één stoel vrij. Dus ging ze noodgedwongen naast Verlaine zitten en ze kruiste haar benen, waardoor ze nog een groter deel van haar dijen blootgaf. Fransen waren per definitie vrouwengekken, Verlaine was geen uitzondering op die regel. Hij kon zijn ogen bijna niet van haar afhouden. Van In profiteerde van de gelegenheid om een sigaret op te steken. Dit keer kreeg hij geen boze blik van de Fransman. Integendeel, zijn gezicht was een en al beate zaligheid.

'Er is ondertussen een en ander gebeurd in Brugge, Pietertje.'
Ze haalde zijn mobieltje uit haar handtas en schoof het over de tafel naar hem toe.
'Je hebt tussen middernacht en één uur vier oproepen gemist', zei ze.
'Heb ik die gemist?'
'Je mobieltje lag in de badkamer, schat', lachte ze. 'En geef toe, je was een beetje moe. Daar heeft iedereen begrip voor.'
Verlaine begreep niet goed wat er aan de hand was. Waren die twee aan het kibbelen of deden Belgen altijd zo vreemd?

Saskia liep er gespannen bij. Het was de eerste keer dat ze iemand moest verhoren in een moordzaak. Waarom belde Van In niet? Ze kon de getuigen toch niet eeuwig laten wachten. Ze had even met hen gesproken en hen daarna in de wachtkamer laten zitten. Het meisje zag er uitgeput uit en de jongen keek voortdurend schichtig om zich heen. Ze hadden allebei de hele nacht geen oog dichtgedaan. De schoten bleven nagalmen in hun hoofd.
'Dieter Van Parys.'
Saskia stak haar hoofd naar binnen. De jongen reageerde onmiddellijk. Het meisje keek verbaasd op. Werden ze dan niet samen verhoord? En waarom gingen jongens altijd voor?
'En ik dan?'
Saskia aarzelde. Zij had er geen bezwaar tegen de getuigen gelijktijdig te verhoren, maar mocht dat? Advies inwinnen bij een collega was geen optie. Daar was ze te trots voor.
'Momentje', zei ze. 'Ik ben zo terug.'

'Daar heb je Saskia', zei Versavel.
Het mobieltje lag nog op de ontbijttafel. Het trilde zon-

der geluid te maken. Daarom hebben ze vannacht niets gehoord, dacht hij. Van In pakte het toestel en luisterde twee minuten voor hij zelf iets zei.

'Je gelooft het nooit', zei hij toen het gesprek afgelopen was.

'Problemen?'

'Iemand heeft Bob Bélotin afgemaakt in een bos in de buurt van Beernem.'

Van In vertelde kort wat er gebeurd was. Het jonge stel had een halfuur na de moord de politie gebeld en een korte verklaring afgelegd. Daarna had Saskia hen naar huis gestuurd, omdat ze zelf niet goed wist wat te doen. De technische recherche had de perimeter afgebakend, omdat een sporenonderzoek 's nachts niet veel zin had.

'Jan Bonte heeft beloofd dat hij onmiddellijk contact met ons opneemt mocht het sporenonderzoek op de plaats delict extra informatie opleveren', zei Van In.

'Een vreemde zaak', mijmerde Hannelore.

Ze kon net als Van In moeilijk het verband leggen tussen de bizarre moord in Joinville en wat er in Brugge was gebeurd. Commissaris Verlaine zat er verweesd bij. Hij begreep niets van wat *les Belges* aan het konkelfoezen waren en het interesseerde hem eigenlijk ook maar matig. *La présence de la ravissante juge d'instruction* was de enige reden waarom hij zich niet in het gesprek mengde.

'Is er nog nieuws over onze ontsnapte gevangene?' vroeg Versavel.

De drie moorden hadden hen de spectaculaire ontsnapping van Mad Max bijna doen vergeten. Van In had zelfs de moeite niet gedaan om ernaar te informeren.

'Laat dat maar over aan de federale politie', grijnsde hij. 'We hebben wel iets beters te doen.'

'Zoals ontbijten bijvoorbeeld.'

Olivier zette een mandje met brood en een schotel met kaas en fijne vleeswaren op tafel. Van In wierp een schuine blik naar Nadia, die net klaar was met ontbijten. Hij wenkte Olivier en vroeg of hij haar wilde vragen om nog even te wachten. Hij wilde eerst de brief lezen die de Franse politie in de rugzak van Vandamme had aangetroffen.

Carlo Liabadia, de kompaan van Bob Bélotin, verstond niet veel Nederlands, maar hij hoefde de taal niet te kennen om de naam te herkennen die een paar keer in het radionieuws was opgedoken. Was er iets misgelopen of was Bob slordig geweest? Er was maar één manier om erachter te komen: contact opnemen met Mad Max. Hij tikte het nummer in en kreeg hem bijna onmiddellijk aan de lijn. Ze spraken af op zijn onderduikadres. Carlo bestelde een taxi en stak in afwachting een sigaret op. De man van het taxibedrijf had beloofd dat hij binnen tien minuten iemand zou sturen. Het gaf hem de gelegenheid na te denken over de gebeurtenissen van de voorbije twee weken. Zo lang was het geleden dat Bob Bélotin hem had gebeld. Mad Max heeft ons nodig, had hij gezegd. En er hangt een vette premie aan vast als we de klus naar behoren klaren. Carlo was opgegroeid in de sloppenwijken van Napels, in een gezin waar de vader de plak zwaaide en la mamma het werk deed. Hij had het er tot zijn zestiende volgehouden. Daarna was alles pas echt verkeerd gelopen. Hij was een tijdje als loopjongen in dienst geweest bij een machtige familie, tot hij op zijn negentiende in de gevangenis belandde na een mislukte drugsdeal. In de gevangenis was hij in de leer gegaan bij een oude huurmoordenaar, die hem verder in de misdaad had ingewijd. Het was een nuttige tijd geweest, want ze waren er nadien nooit meer in geslaagd hem op te pakken en hij was ondertussen allang vergeten hoeveel mensen hij in op-

dracht had vermoord. Jean-Pierre Vandamme was voorlopig de laatste in de reeks. Het was een van de merkwaardigste klussen uit zijn carrière geweest. Met een boog verdomme. Hij kon zich de eenzame landweg in de buurt van Joinville nog haarscherp voorstellen.
'Bonjour monsieur.'
De pelgrim lachte hem vriendelijk toe en vroeg waarmee hij hem van dienst kon zijn.
'Ik wil u iets laten zien', zei Carlo.
'Iets laten zien?' vroeg de pelgrim verbaasd.
'Ja, meneer. Ik wil u iets laten zien dat u zeker zal interesseren.'
'Waarom denkt u dat? Ik ken u niet en u kent mij niet.'
'Ik wil u een oude kruisboog laten zien', glimlachte Carlo. 'En ik weet zeker dat u zich daarvoor interesseert. U bent toch monsieur Vandam? Of vergis ik mij?'
'Nee, u vergist zich niet. Maar...'
'U vraagt zich af hoe ik weet dat u zich voor kruisbogen interesseert.'
'Onder andere', knikte Vandamme met groeiende verbazing. 'Maar wat ik helemaal niet begrijp is dat u me hier hebt weten te vinden.'
Carlo herinnerde zich eveneens nog dat hij toen breed had geglimlacht en zijn arm om de schouder van de ter dood veroordeelde pelgrim had geslagen. Ze hadden Vandamme beschreven als een ietwat wereldvreemde kamergeleerde en dat beeld klopte perfect met de werkelijkheid. De arme man was zich totaal niet bewust van wat hem te wachten stond.
'We leven niet meer in de vijftiende eeuw, monsieur. Tegenwoordig kan zelfs een leek alles terugvinden op het internet.'
Het klopte inderdaad dat om het even wie via het internet erachter kon komen dat hij zich voor kruisbogen interes-

seerde, dat hij onderweg was naar Santiago de Compostela en als logisch gevolg daarvan de oude pelgrimsroute zou volgen, maar wat bezielde de vreemdeling om hem uitgerekend hier aan te spreken?

'Bent u misschien ook pelgrim?' vroeg hij naïef.

Vandamme was hem als een lam gevolgd naar de plek in het bos waar de kruisboog klaarlag. Hij schrok pas toen Carlo hem onder bedreiging met een pistool gebood tegen een boom te gaan staan.

'Wat wilt u van mij? Geld? Er zit meer dan drieduizend euro in mijn portefeuille. Neem alles. Ik geef je zelfs de code van mijn kredietkaarten.'

Carlo had nog nooit medelijden gevoeld voor een slachtoffer, maar dit vond hij toch een beetje zielig.

'Dan moet ik u wel eerst vastbinden.'

Vandamme had zich gewillig laten vastbinden, waarschijnlijk in de veronderstelling dat de overvaller het alleen op zijn geld gemunt had.

'Er is echter nog één ding dat ik van u wil weten, monsieur Vandamme. En u mag kiezen tussen de zachte aanpak of de iets hardere.'

'Wat bedoelt u?'

'Het goud, monsieur Vandamme. Waar is het goud?'

Carlo had zich laten wijsmaken dat het om ongeveer duizend kilo ging. Hij kon zich voorstellen dat het enige moeite zou kosten om Vandamme die informatie te ontfutselen. Daarom had hij de plek in het bos zorgvuldig uitgekozen. De kans was bijzonder klein dat iemand hen zou storen, en als iemand het vandaag toch in zijn hoofd haalde een boswandeling te maken zou hij het niet kunnen voortvertellen.

'Dat is het dus.'

'Ik wil alleen weten waar u het verstopt hebt.'

'Verstopt? Waarom zou ik het verstoppen? Het is bloed-

goud, meneer, en ik wil er niets mee te maken hebben.'
'Zeg me dan waar ik het kan vinden.'
'In mijn brandkast natuurlijk. Waar anders?'
'Wilt u dan ook zo vriendelijk zijn me de cijfercombinatie van uw brandkast te geven?'
'Natuurlijk.'
Carlo keek bedachtzaam naar de blauwe lucht boven hem. Probeerde die kerel hem in de maling te nemen? Hij mocht een beetje wereldvreemd zijn, duizend kilo goud, bloedgoud of niet, was niet iets waarvan je zomaar afstand deed.

'Ik hoef u waarschijnlijk niet te vertellen wat er met u zal gebeuren als later zou blijken dat u gelogen hebt wat de cijfercombinatie betreft.'

Carlo beschreef voor alle zekerheid in geuren en kleuren wat hem te wachten stond als hij zou liegen. Het maakte niet de minste indruk. Vandamme bleef zeggen dat hij het bloedgoud liever kwijt dan rijk was.

'Oké. Geef me de combinatie en we spreken er niet meer over.'

'Eindelijk', zuchtte Vandamme.

Carlo noteerde de combinatie in een notitieboekje, dat hij daarna zorgvuldig in zijn achterzak stak, en liep naar de plek waar hij de kruisboog had achtergelaten. Hij had een paar keer met het ding geoefend en hij moest toegeven dat het ouderwetse wapen bijzonder efficiënt was. De korte pijlen konden destijds een harnas doorboren. Carlo interesseerde zich niet voor geschiedenis, hij was amper naar school geweest, maar wel ontelbare keren naar de bioscoop. Beroemde scènes uit historische films als *El Cid* en *Robin Hood* lagen nog veilig in zijn geheugen opgeslagen.

'Hier is de boog waarover ik het met jou wilde hebben', zei hij toen hij de angstige blik in de ogen van Vandamme opmerkte. 'Het ding werkt zelfs nog.'

Carlo ging op een meter of vijf van zijn slachtoffer staan en schouderde de zware boog. Op die afstand kon hij onmogelijk missen. Het gezicht van Vandamme trok wit weg. Hij probeerde zich wanhopig los te rukken.
'Ik heb u toch de cijfercombinatie gegeven', schreeuwde hij. 'Wat wilt u nog meer?'
'Zekerheid.'
'Waarom zou ik liegen?'
Carlo kromde zijn vinger om de trekker en richtte op de borst van zijn slachtoffer. Er waren twee mogelijkheden: Vandamme bevestigde de cijfercombinatie of hij gaf toe dat hij de eerste keer gelogen had en gaf een andere. De test was puur een formaliteit. De opdracht was duidelijk: Vandamme moest sterven.
'Herhaal ze dan.'
Vandamme herhaalde de cijfercombinatie zonder een seconde na te denken, een bewijs dat hij de waarheid had gezegd. Carlo knikte en haalde glimlachend de trekker over. De stalen pijl doorboorde het borstbeen met een droge knak en verdween bijna volledig in het lichaam. Eén schot was waarschijnlijk voldoende geweest om hem te doden, maar Carlo wilde zekerheid. Hij herlaadde de boog en schoot opnieuw.

De brief die de Franse politie in de rugzak van Vandamme had aangetroffen, dateerde van 1984. Hij was nog goed leesbaar, hoewel de letters op sommige plaatsen een beetje vervaagd waren. Van In las hem voor:

Beste Jean-Pierre,
Ik voel me de laatste tijd moe, mijn gewrichten doen pijn en die verdomde koorts steekt weer de kop op. Op zich is dat allemaal niet erg, oude mensen worden nu eenmaal ziek. Mijn dokter probeert me te overtuigen

gezonder te gaan leven. Maar waarom zou ik gezonder gaan leven? Ik stel me eerder de vraag waarom ik überhaupt nog zou leven. Het is allemaal voorbij. Ik heb mijn best gedaan, tenminste dat beweren sommigen van mijn vrienden toch. Ik ben er niet zo zeker van. Dat heb ik je de vorige keer ook verteld. Ik heb je echter niet verteld dat ik het goud destijds in de brandkast van mijn ouderlijk huis in Brugge heb achtergelaten en dat jij de enige bent die er recht op heeft omdat jij de enige bent die het verdient. Je weet ook waar het vandaan komt en hoe ik het heb verworven. Ik laat het bijgevolg volledig aan jou over wat je er mee doet of hoe je het besteedt, zolang het maar niet in de klauwen van je broers valt, die me altijd hebben veracht om wat ik in Congo heb gedaan. Jij bent ook de enige die het voor me heeft opgenomen en begrip heeft getoond voor de moeilijke beslissingen die ik in mijn leven heb genomen. Adieu, mijn lieve neef. Hou je haaks.
Je oom
PS. Ik raad je aan nog eens 'De Gesloten Kamer' te lezen.

'Vreemde brief.'

Van In vouwde het vel papier in vieren, stak het terug in de envelop en nam in gedachten verzonken een slokje van zijn koffie, die ondertussen lauw was geworden.

'Het is wel een bewijs dat het goud echt bestaat', zei Hannelore iets luider dan ze bedoeld had.

Nadia deed alsof ze het niet gehoord had, maar Versavel wist zeker dat ze de hele tijd had zitten meeluisteren.

'Dat wel', reageerde Van In. 'Maar waar is het? De brief dateert van 1984. Als het in de brandkast lag, heeft Jean-Pierre Vandamme het ondertussen ongetwijfeld ergens anders verstopt.'

'Of hij heeft het verkocht', merkte Versavel op.

'Wie weet', knikte Van In. 'In dat geval moet zo'n transactie te traceren zijn.'

Hij stak een sigaret op en keek naar commissaris Verlaine. De arme man had er duidelijk geen snars van begrepen, maar Van In had geen zin om het allemaal uit te leggen. Dus bood hij hem nog een kop koffie aan en zei in het Frans dat ze zijn hulp bijzonder hadden gewaardeerd. Hij gebruikte met opzet de voltooid verleden tijd en dat had Verlaine perfect begrepen. Hij stak zijn hand uit en bedankte Van In voor de gastvrijheid.

'Ik heb alleen mijn plicht gedaan, commissaire Van Ien.'

Hij schoof zijn stoel naar achteren, wierp nog een laatste blik op de juge d'instruction en zei dat ze altijd weer contact met hem mochten opnemen als ze meer informatie over de mysterieuze kruisboogmoord wensten.

'Je vous en prie', reageerde Van In met een brede glimlach.

Hannelore en Versavel veerden bijna gelijktijdig van hun stoel en namen eveneens met een handdruk afscheid van hun Franse collega.

'Ik dacht dat we samen nog de plaats delict gingen bekijken', zei Hannelore licht verbaasd.

'Daarvoor hebben we de fransoos niet nodig', antwoordde Van In.

Tussen de stukken die commissaris Verlaine hun had overhandigd, zat een reeks foto's die de Franse politie van Google Maps had gehaald en waarop de exacte locatie stond aangekruist.

'Wat heeft die arme man je nu weer misdaan, Van In?'

'Ik denk dat hij zich meer in de juge d'instruction wilde verdiepen dan in de zaak, Hanne.'

Versavel had niet alleen Nadia zitten observeren, hij had ook gezien hoe Verlaine Hannelore met zijn ogen had verslonden, en als hij dat had opgemerkt dan had Van In dat zeker ook gedaan. Het bruuske afscheid verbaasde hem bijgevolg niet.

'Ieder diertje zijn pleziertje', sneerde Hannelore. 'Denk je misschien dat ik blind ben?'

Ze draaide haar hoofd in de richting van Nadia, die weer deed alsof ze niets hoorde. Wat deed het kreng hier eigenlijk?

'Je mobieltje is toch niet stuk?' lachte Saskia.

Ze had niet verwacht dat Jan nog zou langskomen. Het onderzoek van de technische recherche nam doorgaans de hele dag of meer in beslag. En hij belde altijd voor hij binnenwipte. Binnenwippen, het woord deed haar bijna blozen.

'Ik kon niet tot vanavond wachten, schat.'

'Vleier.'

Ze liep naar hem toe, sloeg haar armen stevig om hem heen en zoende hem ongegeneerd op de mond. Waarom zou ze zich nog schamen? Iedereen in het gebouw wist dat ze een relatie hadden.

'Ik vroeg me af of je geen zin hebt om samen iets te gaan drinken.'

'Stomme vraag.'

'Je kunt dus zonder problemen weg?'

'Natuurlijk, schat. Als Van In er niet is, kan ik gaan en staan waar ik wil. Kom, we zijn weg.'

Ze liepen als twee verliefde pubers hand in hand door de gang, namen de lift en verlieten het politiecommissariaat zonder iemand een woord te zeggen.

'En?' vroeg Saskia toen ze het Zand overstaken. 'Heeft het onderzoek iets opgeleverd?'

'Dat vertel ik straks', plaagde hij.

'Ik wil het nu weten.'

'Oké. Maar eerst een drankje.'

Het was vrij druk en de meeste terrasjes op het Zand waren bezet, maar er was nog een tafeltje vrij in 't Putje. Jan nam een Brugse Zot, Saskia bestelde een glas witte wijn.

Alleen al dat hij bij haar was maakte haar overgelukkig.
'En nu vertellen. Ik brand van nieuwsgierigheid.'
Jan kon moeilijk iets verbergen. Ze had allang aan zijn gezicht gezien dat hij iets belangrijks te melden had. Hij wachtte echter tot de kelner de drankjes had geserveerd en hij een slok had genomen, voor hij van wal stak.
'We beschikken over een perfecte voetafdruk van de moordenaar.'
Saskia reageerde ontgoocheld. Een voetafdruk was alleen belangrijk als je een verdachte had en die was er volgens haar nog niet.
'Laat me dan toch uitspreken.'
De schoen waarmee de voetafdruk was gemaakt was een Van Bommel en die was redelijk nieuw, want de afdruk van de merknaam op de zool was bijzonder scherp.
En dan? wilde ze zeggen, maar ze liet hem uitspreken.
'Ik kan me geen Van Bommels veroorloven', zei hij. 'Ik ken zelfs geen mensen die Van Bommels dragen. Daarom ben ik even langs geweest bij de enige twee winkels in Brugge die Van Bommel verkopen en je kunt niet raden wie er drie dagen geleden een paar heeft gekocht.'
Jan liet haar een afdruk zien van een foto die een van de bewakingscamera's in de schoenwinkel had gemaakt.
'Bob Bélotin. Dat meen je niet. Je zei net dat de moordenaar Van Bommels droeg.'
'Dat is ook zo. Het feit dat Bélotin de schoenen voor de moordenaar kocht, bewijst alleen dat ze elkaar goed kenden. Welke man koopt anders schoenen voor een andere man? En vooral, waarom?'
'Doen homo's zoiets dan niet voor elkaar?'
Jan nam een fikse slok Brugse Zot. Hij had het eerst ook in die richting gezocht, maar er was nog een reden waarom bepaalde mannen niet zelf schoenen gingen kopen in een

drukke winkelstraat. Als ze pas uit de gevangenis ontsnapt waren bijvoorbeeld.

Saskia stootte bijna haar glas om toen ze het hoorde. Zo trots was ze op hem.

8

'Ga je werkelijk de moeite doen om dat mens te verhoren?' snoof Hannelore.

Van In haalde zijn schouders op. Hij kon begrijpen dat ze een beetje jaloers was, Nadia was knap en verleidelijk, maar hij moest zijn werk toch doen? Ze was bovendien een van de laatste mensen die Vandamme nog levend had gezien. En waarom was ze teruggekomen? Kortrijk lag niet echt in de buurt van Joinville.

'Zal ik het aan Guido vragen dan?'

Ze probeerde hem boos aan te kijken. Haar ogen vonkten, maar hij kende haar te goed om te weten dat ze het niet echt meende. Ze hoefde trouwens ook niet jaloers te zijn. Het was niet omdat hij naar een andere vrouw keek dat hij iets met haar van plan was. Ontrouw bracht alleen ellende met zich mee.

'Wat moet je haar eigenlijk vragen?'

'De gewone dingen.'

'Je kunt ook vragen dat ze bij ons komt zitten.'

'Waarom niet? Jij bent tenslotte de onderzoeksrechter.'

Van In stond op en liep naar het tafeltje waar Nadia zat. Ze deed alsof ze schrok toen hij haar aansprak. De feeks, dacht Hannelore. Ze heeft verdomme de hele tijd zitten luistervinken.

'Wilt u bij ons aan tafel komen zitten, mevrouw...'

'Verdoodt', vulde ze haastig aan. 'Maar noemt u mij gerust Nadia.'

Van In hield zijn gezicht met opzet in een ernstige plooi, omdat hij wist dat ieder teken van sympathie voor haar hem duur zou komen te staan. Hij wendde zich tot Versavel met de vraag hoe laat het was.

'Twintig over elf', klonk het.

'Dan kunnen we misschien een aperitiefje nemen. Dat praat gemakkelijker.'

Hij hoefde niemand te roepen voor de bestelling. Olivier stond in de deuropening. Hij had alles gehoord.

'Ik bel ondertussen Saskia', zei Versavel. 'Wie weet heeft zij al meer nieuws.'

Hij pakte zijn mobieltje en liep naar boven om haar te bellen. Hij ging op de rand van het bed zitten en maakte het bovenste knoopje van zijn overhemd los voor hij het nummer van Saskia belde. Het duurde even voor ze opnam.

'Het is Versavel', zei ze met haar hand op het mondstuk toen Jan vroeg wie er aan de lijn was.

Ze vond het vreemd dat hij belde, omdat ze beloofd had dat zij hem zou bellen als er een doorbraak was in het onderzoek. Hij kon toch onmogelijk weten dat Jan bij toeval had ontdekt wie de vermoedelijke moordenaar van Bob Bélotin was en ze was bang dat hij haar zou uitlachen als ze het hem vertelde. Hij lachte haar echter niet uit. Integendeel. Hij zei dat er heel wat zaken door een toeval werden opgehelderd, maar dat bepaalde speurders zoiets niet graag toegaven. Ze zagen liever in de krant staan dat het oplossen van een misdrijf te danken was aan hun intelligente speurwerk.

'Ik hoop dat Van In er ook zo over denkt', zei ze opgelucht.

Versavel reageerde niet op haar opmerking. Ze hadden niet veel aandacht besteed aan de ontsnapping van Mad Max, maar als zou blijken dat hij iets te maken had met

de moorden op Jean-Pierre Vandamme en Livia Beernaert, zouden de poppen ongetwijfeld aan het dansen gaan.
'Hoe gaat het in Frankrijk?' vroeg ze.
'Prima.'
Hij zei niets over Nadia noch over de brief die de Franse politie in de rugzak van Vandamme had aangetroffen. De zaak was al complex genoeg. De nieuwe aanwijzingen warrelden als blanco puzzelstukjes door zijn hoofd.
'Wanneer komen jullie terug?'
'Vandaag of morgen', zei hij.

'Herinner je je nog waarover jullie die avond gesproken hebben?'
Nadia roerde bedachtzaam in een kop koffie. Eigenlijk had ze gehoopt Van In hier alleen aan te treffen, niemand had haar gezegd dat zijn vrouw er ook zou zijn, maar nu kon ze niet meer terug.
'Jean-Pierre zat met een schuldgevoel. Hij wilde met zichzelf in het reine komen, zoals heel wat mensen die een bedevaart naar Santiago de Compostela ondernemen.'
Ze zat op het puntje van haar stoel. Het zou een kwestie van geven en nemen worden en als ze meer wilde nemen dan geven, moest ze die vrouw zien kwijt te raken. Gelukkig beschikte ze over een geheim wapen. Als Van In niets losliet, had ze nog altijd Beekman.
'Weet je ook waarover hij zich schuldig voelde?'
'Nee', zei ze. 'Hij heeft me alleen verteld dat het iets te maken had met zijn oom, een koloniaal die in de jaren zestig kolonel was bij het huurlingenleger van Tshombe.'
Hannelore kreeg het op haar heupen. Ze mengde zich resoluut in het gesprek.
'Je hebt zo-even beweerd dat je Jean-Pierre Vandamme hebt leren kennen op de avond voor hij vermoord werd.

En we weten van Olivier dat jullie toen allebei flink wat gedronken hebben. Mij maak je niet wijs dat hij niets over de goudschat heeft losgelaten. En ik kan me evenmin voorstellen dat je een rit van vierhonderd kilometer hebt gemaakt om de nagedachtenis in ere te komen houden van een man die je amper een paar uur hebt gekend.'
'Dat is dan uw mening, mevrouw', reageerde ze giftig.
Van In sloeg zijn ogen op en keek naar Hannelore. De zaak schoot op die manier niet op, maar hij durfde niet tegen haar in te gaan. Hij stak gelaten een sigaret op terwijl ze Nadia verder aan de tand voelde. Hij kwam onder andere te weten dat ze vijf jaar geleden gescheiden was van een rijke zakenman en zich sindsdien om geld geen zorgen meer hoefde te maken. Normaal zei je zoiets niet spontaan. Of wilde ze duidelijk maken dat ze niet op geld uit was? Klopte haar verhaal? De BMW die aan de overkant van de straat geparkeerd stond, was minstens vijf jaar oud en er zat een deukje in de achterbumper. Mensen met veel geld lieten zoiets meestal zo snel mogelijk repareren. Misschien kreeg hij Hannelore zover dat ze een onderzoek beval naar de financiële toestand van mevrouw Verdoodt.
'Mag ik je een indiscrete vraag stellen?'
'Je mag het proberen', glimlachte ze met een zijdelingse blik naar Hannelore.
'Heb je Jean-Pierre Vandamme proberen te versieren?'
Versavel had iets dergelijks verwacht, hij draaide zijn hoofd naar de andere kant. Hannelore kon haar oren niet geloven. Nadia Verdoodt mocht haar beste vriendin niet zijn, zoiets vroeg je een vrouw niet.
'Je moest je schamen, Van In.'
'Waarom zou ik me moeten schamen? Het is niet de eerste keer dat de vlam overslaat bij een eerste ontmoeting. Of weet je niet meer hoe het bij ons is afgelopen?'

'Nu ga je te ver', reageerde Hannelore boos.
Nadia volgde de woordenwisseling geamuseerd. Misschien viel er toch iets met die flik aan te vangen. Zijn vrouw was in ieder geval behoorlijk snel op haar tenen getrapt.
'Laat maar, mevrouw', suste ze. 'Ik vind het niet erg. Waarom zou ik het trouwens erg vinden? Het was een zomerse avond en we waren allebei een beetje tipsy.'
'Wist je niet dat hij een vriendin had?' sneerde Hannelore.
'Een vriendin? Sorry, maar daar heeft hij me niets over verteld.'
Hannelore had geen opvliegend karakter en als magistraat was ze gewend haar woorden te wikken, de blonde del werkte echter zodanig op haar zenuwen dat ze haar kalmte verloor.
'Je was dus toch uit op zijn geld. Of moet ik goud zeggen?'
Zelfs Versavel schrok. Wat bezielde haar? Hij dacht aan de bizarre manier waarop Livia was vermoord. Was ze daardoor zo gechoqueerd dat ze nu op die manier tekeerging? Van In legde zijn arm op haar schouder om haar te kalmeren, ze duwde hem weg en liep woedend van de tafel weg. Van In liep haar achterna.

'Hoe was ik?'
'Je was ronduit schitterend, schat. Geen enkele actrice had het beter kunnen doen.'
'Slijmbal.'
Ze ging op de rand van het bed zitten. Toen Nadia gisteravond was gearriveerd, hadden ze zich allebei afgevraagd wat ze hier kwam doen en hoe ze haar ware bedoeling konden achterhalen. Het was Hannelore die met het idee op de proppen was gekomen om haar te laten geloven dat zij stikjaloers was en hij zich verongelijkt voelde. Ze hadden hun plannetje zelfs niet aan Versavel verteld.

'Ik weet zeker dat ze nu denkt dat ze haar slag kan binnenhalen', zei ze voldaan.
'Ik hoop dat jouw theorie klopt.'
'Reken maar. Ik weet hoe vrouwen in elkaar zitten.'
Hannelore veerde op van het bed en ging wijdbeens voor hem staan. Ze wist dat ze een gevaarlijk spelletje speelden en ze vertrouwde hem, toch kon ze het niet laten hem nog een keer de les te lezen.
'Je weet wat je te wachten staat als ik er ooit achter kom dat je haar met één vinger hebt aangeraakt.'
Ze maakte een knippend gebaar met haar wijs- en middelvinger. Hij greep met gespeelde angst naar zijn kruis.
'We kunnen het ook op een andere manier oplossen', zei hij met een gemeen lachje. 'We doen het nu drie keer na elkaar, dan hoef jij je straks geen zorgen te maken.'
'Macho.'
'Eén keer dan.'
Hij sloeg zijn armen om haar middel en trok haar mee op het bed. Ze hadden minstens een kwartier de tijd. Hannelore liet zich gewillig betasten terwijl ze aan vroeger dacht. Het bezorgde haar een heerlijk gevoel.

Versavel zag onmiddellijk dat er iets mis was toen Van In twintig minuten later naar beneden kwam. Nadia zat er nog steeds. Ze had een karaf witte wijn besteld en rookte nonchalant een sigaret.
'Het is toch weer niet zover', zei hij.
Van In maakte een wegwerpgebaar, pakte een stoel en ging aan tafel zitten. Olivier kwam hem met een benepen stemmetje vragen of hij iets te drinken wilde.
'Ik heb ondertussen een krat Duvel op de kop weten te tikken', voegde hij er met een schrale glimlach aan toe.
Olivier had de felle discussie tussen Hannelore en Van In

gevolgd, hij was blij dat hij tenminste iemand een genoegen kon doen. Over Nadia hoefde hij zich geen zorgen te maken, zij zou zich zelfs het lot van een jonge zeehond niet aangetrokken hebben als die voor haar ogen werd doodgeknuppeld.

'Doe mij dan maar een Duvel en neem er zelf ook een.'

Het was ondertussen druk geworden in de rue des Capucins. De auto's die voorbijraasden waren niet meer van de jongste, de meeste zaten onder de deuken, maar ze reden nog vinnig, net als de tractoren en andere landbouwvoertuigen die rakelings langs het trottoir scheerden. Bij de voetgangers ging het er veel rustiger aan toe. Ze sjokten met volle boodschappentassen voorbij, stopten af en toe om uit te blazen en grepen daarbij iedere gelegenheid aan om in de schaduw te blijven kletsen, zoals het hoorde in een landelijk dorp waar iedereen elkaar kende. Van In strekte lui zijn benen onder tafel en wierp een vluchtige blik naar Nadia. Ze reageerde niet, hoewel hij bijna zeker wist dat ze zat te popelen om het gesprek weer op te nemen.

'Wat doen we straks?'

Versavel voelde zich opgelaten. Hij voelde zich altijd opgelaten als ze ruzie maakten omdat hij geen partij wilde kiezen. Van In was zijn beste vriend, Hannelore droeg hij in zijn hart als een kostbare edelsteen. Alles wat hij nu zei, kon tegen hem gebruikt worden. Daarom stelde hij een algemene vraag. Om iets te zeggen.

'Is het nog geen tijd om te eten?'

'Ik denk het wel.'

Versavel liet zijn ogen over de gevel van het hotel glijden, naar de tweede verdieping waar Hannelore waarschijnlijk zat te mokken.

'Zal ik haar roepen?'

Hij vroeg het op gedempte toon en een beetje binnens-

monds opdat Nadia hem niet zou kunnen verstaan, wat natuurlijk een beetje stom was. Ze zat recht tegenover hem.
'Bespaar je de moeite, Guido. Hannelore wil naar huis. Ze is haar koffers aan het pakken.'
Dit keer reageerde Nadia wel. Ze liet net als Versavel haar blik over de gevel glijden. Haar mondhoeken krulden lichtjes naar beneden.
'Dat meen je niet.'
'Toch wel.'
Van In stak een sigaret op en nam een slok van de Duvel die Olivier ondertussen had gebracht. Hij leek een en al onverschilligheid.
'Hoezo dan? We zijn met de auto, het dichtstbijzijnde station ligt kilometers hier vandaan.'
'Ik heb gezegd dat jij haar zou wegbrengen.'
'Toch niet naar Brugge?'
'Natuurlijk. Waar zou ze anders naartoe gaan?'
Er viel een korte stilte. Versavel schoof onwennig op zijn stoel. Het was niet de eerste keer dat hij midden in een echtelijke ruzie terechtkwam, het was wel de eerste keer dat hij niet zomaar kon weglopen. Aan de andere kant was het zijn schuld niet en Van In had zelf gevraagd om haar weg te brengen. Het enige wat hem ongerust maakte was dat Van In van plan was om met Nadia in Joinville te blijven. Zou hij dan nooit volwassen worden?
'Vind je het erg als ik even met Hanne overleg?'
'Je doet wat je niet laten kunt', klonk het knorrig.

Versavel stak zijn hand op voor hij in de auto stapte, Hannelore deed geen moeite om afscheid te nemen. Ze draaide zelfs haar hoofd niet om toen ze wegreden. Ze waren nog niet om de hoek verdwenen of Van In schoof zijn stoel dichter bij Nadia.

'Getrouwd zijn is ook niet alles', glimlachte hij.
'Dat moet jij mij niet vertellen.'
Het is me dan toch gelukt, dacht ze. Niet dat ze er echt aan getwijfeld had, ze had nog nooit van een brave huisvrouw verloren. Ze draaide haar stoel een beetje in zijn richting en sloeg haar benen over elkaar. Van In was geen adonis, hij had een buikje en hij was niet erg gespierd, maar ze had al slechter getroffen. Olivier kwam aangesloft met een bordje met rauwe ham, olijven en kaas, omdat hij ook niet goed wist wat ze wilden.
'Er is straks lamsgebraad of gebakken heilbot,' zei hij, 'tenzij jullie de kaart wensen.'
Van In knikte. In Frankrijk wordt de lunch meestal tussen twaalf en twee geserveerd. Als ze iets wilden eten, konden ze beter nu bestellen.
'Voor mij mag je de kaart brengen.'
Hij keek met een vragende blik naar Nadia, terwijl hij zich afvroeg of de komedie die ze hadden opgezet iets zou opleveren. Stel dat ze niets wist en alleen maar uit was op een avontuurtje. Zou hij dan bestand zijn tegen haar charmes? Hij troostte zich met de gedachte dat Hannelore hem blijkbaar vertrouwde, anders had ze er nooit mee ingestemd.
'Doe mij maar de gebakken heilbot', zei ze.
'Sigaretje?'
Van In bood haar zijn pakje aan. Ze nam er een, waarbij haar lange nagel even langs de bovenkant van zijn vinger schuurde.
'Ik kan nog altijd niet geloven dat hij dood is', zei ze bij de eerste trek. 'Hij leek me een zachtaardige man, en dan nog voor een denkbeeldige schat.'
'Een denkbeeldige schat', herhaalde Van In ongelovig.
'Tja', zuchtte ze. 'Ik had het jullie eigenlijk eerder moeten vertellen, maar zoals ik net zei, wie gelooft er nu in een

schat? En je mag niet vergeten dat we allebei een beetje dronken waren.'

'Wie weet wilde hij je imponeren?'

Het was een beschaafde manier om duidelijk te maken dat sommige vrouwen heel ver willen gaan als het om geld gaat. Ze keek hem aan tussen haar lange wimpers. Wat wist hij? Ze had niet zo ver moeten gaan als hij dacht om erachter te komen waar Jean-Pierre Vandamme de goudschat bewaarde. Het probleem was dat ze er niet in geslaagd was hem de cijfercombinatie te ontfutselen.

'En wat wil jij van mij, commissaris Van In?'

De vraag bracht hem in verlegenheid. Erger nog, het deed zijn fantasie op hol slaan. Hoever was hij bereid te gaan om achter de waarheid te komen? Het was echter nog te vroeg om hoog spel te spelen.

'Ik hoop het onderzoek af te ronden en voldoende aanwijzingen te verzamelen om de moordenaar te vatten.'

Ze nam een olijf van het bordje, duwde ze tussen haar lippen en zoog ze heel langzaam naar binnen.

'Recherchewerk heeft me altijd gefascineerd', zei ze. 'Ik sta er soms versteld van hoe jullie het klaarspelen om alle stukjes van een puzzel bijeen te krijgen en ze daarna in elkaar te passen. Hoe pakt een mens zoiets in godsnaam aan?'

'Tja, hoe doet een mens zoiets.'

Ze was duidelijk naar informatie aan het hengelen. Waarom? Wat had zij met de hele zaak te maken? En hoe moest hij reageren? Als hij het boekje volgde, kon hij niet uit de biecht klappen. Het geheim van het onderzoek was bijna heilig, maar je kwam niets te weten zonder iets prijs te geven. 'Quid pro quo', zoals Hannibal Lecter het in *Silence of the Lambs* zo kernachtig uitdrukte. Of volstond het om haar nieuwsgierigheid wat aan te wakkeren?

'Het levert in ieder geval af en toe een snoepreisje op',

lachte ze. 'Of dat iets opbrengt is een andere vraag.'
'Soms wel, soms niet', reageerde Van In enigmatisch.
'En wat is het dit keer geworden?'
Het leek of Nadia ooit een cursus verhoortechnieken had gevolgd. De vragen die ze stelde waren direct en ter zake.
'Ik denk niet dat de belastingbetaler dit keer mag klagen.'
'Je hebt dus toch iets ontdekt.'
'Inderdaad', knikte hij. 'Hoewel het voorlopig nog een raadsel lijkt, maar raadsels zijn er om opgelost te worden.'
Ze schoof haar stoel nog een stukje dichterbij en boog zich naar voren zodat hij haar adem kon voelen.
'Je maakt me nieuwsgierig, Van In.'
Het klonk bijna als kreunen. Ze was blijkbaar niet alleen goed in verhoortechnieken. Van In probeerde wat afstand te nemen. Gelukkig redde Olivier hem uit zijn hachelijke situatie met de vraag: 'Hebben jullie al een keuze kunnen maken?'

'Als ik erin getrapt ben, is zij er ook in getrapt', glimlachte Versavel.
Hannelore nam een slokje van de campari-orange die ze net had besteld en keek naar het glooiende landschap onder haar. Ze zaten op een terras op een hogergelegen gedeelte in een naburig dorp. Ze had met Van In afgesproken dat ze in de buurt zou blijven tot hij haar belde. Liefst zo vlug mogelijk. De gedachte dat hij met een andere vrouw aan het flikflooien was zat haar niet lekker, maar wat moesten de partners van acteurs dan zeggen als hun man of vrouw op de set met een wildvreemde in bed lag te rotzooien? Dat het allemaal louter professioneel was? Hij had haar met dit argument proberen gerust te stellen.
'We beschikken in ieder geval nog over voldoende budget om lekker te eten', zei ze luchtig. 'En het blijft mooi weer.'

Wat kan een mens zich nog meer wensen?'

'Ja', zuchtte Versavel. 'Wat kan een mens zich nog meer wensen?'

Hij keek in gedachten verzonken voor zich uit. Hannelore had hem uitgelegd dat Van In de hele komedie had bedacht om Nadia uit haar tent te lokken. Hij vermoedde immers dat ze meer wist dan ze wilde toegeven. Maar wat kon ze meer weten? Versavel keek naar Hannelore, die eveneens voor zich uit zat te staren. Het was een vreemde situatie. Stel je voor dat hij geen homo was en hier met de vrouw van zijn beste vriend had gezeten. Had hij haar dan proberen te versieren?

'Is er iets?'

Versavel schrok. Haar ogen keken hem lachend en tegelijk vragend aan, hoewel ze onmogelijk kon weten waaraan hij had zitten denken.'

'Nee. Waarom vraag je dat?'

'Omdat je voortdurend met je hoofd zit te schudden', zei ze. 'Je maakt je toch geen zorgen?'

Versavel voelde zich betrapt. Hij glimlachte terwijl hij een wegwerpgebaar maakte.

'Ik was met de zaak bezig', zei hij.

Ze leunde achterover, strekte haar benen en nipte van de campari. Het was de taak van een onderzoeksrechter om een onderscheid te maken tussen feiten en verdachtmakingen en op basis daarvan te beslissen of een verdachte vervolgd diende te worden. Tot nu toe beschikten ze over weinig concrete aanwijzingen dat Nadia iets met de moord op Vandamme te maken had. Het leek haar bijvoorbeeld weinig waarschijnlijk dat een vrouw iemand met een kruisboog afmaakte. Dat ze was teruggekomen naar de plaats delict maakte haar weliswaar een beetje verdacht, maar het was onvoldoende om haar aan te houden.

'Ik ook', knikte ze.
'Het doet me denken aan een film die ik ooit heb gezien', zei Versavel.

Hij kon zich de titel niet meer voor de geest halen, daarvoor was het te lang geleden, maar hij herinnerde zich de beginscène nog. Een auto gaat over de kop op een drukke autosnelweg. De chauffeur is zwaargewond en sterft in het bijzijn van vier automobilisten die hem hulp komen bieden. Voor hij sterft vertrouwt hij hun echter een geheim toe. Hij noemt de naam van een stad waar een miljoen dollar begraven ligt en geeft een cryptische aanwijzing over de exacte locatie waar hij het geld, de buit van een overval, verborgen heeft; met als gevolg dat de vier behulpzame automobilisten aan een nietsontziende race beginnen met maar één doel: als eerste het geld vinden.

'Bedoel je daarmee dat er misschien meer kapers op de kust zijn?'

'Het zou wel een en ander verklaren', zei Versavel.

Vandamme was vermoord in Frankrijk. Livia Beernaert was de politie komen waarschuwen voor de hebzuchtige broers van het slachtoffer. Daarna was ook zij in vreemde omstandigheden overleden. En als de vriend van Saskia gelijk had, bestond er een verband tussen de ontsnapping van Mad Max en de dood van Livia. Het goud was de enige rode draad in het verhaal.

'Hebben jullie die broers eigenlijk al verhoord?'

'Nee.'

Hannelore fronste haar voorhoofd en ging weer rechtop zitten. Ze dacht onwillekeurig aan Van In, die een paar kilometer verderop het mysterie op zijn manier probeerde te ontrafelen. Op zijn manier? Ze had moeite om het beeld van een flirtende Nadia uit haar hoofd te verdrijven. Ze kreeg er nu al spijt van dat ze met de hele komedie had ingestemd.

Van In koos een dame blanche als dessert, Nadia hield het op een glaasje zoete witte wijn. Een aangename loomheid maakte zich van hem meester. Dat lag aan de stoere rode bordeauxwijn die hij bij de maaltijd had gedronken en de slaapverwekkende temperatuur op het terras. Nadia zag er kiplekker uit, zij had amper gedronken.

'Je zult het misschien vreemd vinden,' zei ze, 'maar ik zou het bijzonder waarderen als je me zou willen laten zien waar het gebeurd is. Anders zal ik het waarschijnlijk nooit van me kunnen afzetten. Daarom ben ik ook teruggekomen. Om met mezelf in het reine te komen.'

Van In stak een sigaret op. Ze hadden anderhalf uur met elkaar zitten praten over haar toevallige ontmoeting met Vandamme. Ze had toegegeven dat ze allebei te veel hadden gedronken en dat het niet veel had gescheeld of ze waren samen de koffer in gedoken. Het was een aannemelijk verhaal. Tegenwoordig was het niet abnormaal dat twee mensen die elkaar niet kenden een nummertje maakten. Nadia leek hem bovendien niet het type vrouw die van preutsheid een deugd had gemaakt. Tijdens het eten had ze hem geregeld verleidelijk aangekeken en ze had haar hand twee keer nonchalant over zijn schouder laten glijden als hij iets grappigs vertelde.

'Zou je ook terugkomen als je morgen zou vernemen dat ze mij vermoord hebben?'

Ze trok haar gezicht in een ernstige plooi en gaf hem een vermanende tik.

'Doe alsjeblieft niet zo flauw, Pieter.'

Van In had haar tijdens de maaltijd gezegd dat ze hem Pieter mocht noemen, iets wat hij nooit had gedaan als Hannelore erbij was geweest. Hij voelde zich een beetje schuldig. Een beetje maar. Dat kwam door de wijn.

'Hoe laat is het nu?' vroeg hij met een onderdrukte geeuw.

'Kwart over twee.'
Ze hadden afgesproken dat als ze vandaag terug naar huis gingen, ze ten laatste om vijf uur zouden vertrekken, en volgens commissaris Verlaine was het hoogstens een kwartier rijden naar de plek waar Jean-Pierre Vandamme vermoord was. Hij haalde de plattegrond die hij van de Franse commissaris had gekregen uit zijn binnenzak en vouwde hem open op tafel.
'Dan hebben we nog tijd', zei hij.

'Heb je nog geen honger?' vroeg Versavel bezorgd.
Hannelore had net haar derde campari besteld en ze had het voorbije halfuur al minstens drie keer op haar mobieltje gekeken om te zien of ze geen oproep had gemist. Hij kon zich voorstellen wat haar bezighield. Niet eten en blijven drinken zou het alleen erger maken.
'Nee', zei ze kordaat.
'Ook geen bordje salami?'
Versavel legde zijn hand op haar schouder. Hij voelde de spanning in haar lichaam, maar wat moest hij zeggen? Dat Van In haar nooit zou bedriegen? Wist hij dat wel zeker?
'Zal ik hem bellen?'
Ze schudde heftig haar hoofd. Hem nu bellen was een teken van zwakte. Ze probeerde aan iets anders te denken. Het lukte niet.
'S'il vous plaît, madame.'
De kelner zette de campari en een kannetje sinaasappelsap op tafel. Ze schoof het glas terzijde, terwijl ze zich afvroeg waarom ze in godsnaam een drankje had besteld waarvan ze nog meer dorst kreeg. Ze hield zelfs niet van de bittere smaak die bleef hangen in haar mond en stilaan de rest van haar lichaam binnendrong.

Nadia parkeerde haar BMW op de plek die Van In haar aanwees, een strook grind aan de rand van de weg. Ze bestuurde de wagen zoals ze was: zelfverzekerd. Haar zelfverzekerdheid maakte hem een beetje bang en onzeker, alsof hij nu al een excuus zocht voor zijn zwakheid.

'Als ik commissaris Verlaine mag geloven is de plek nog afgebakend.'

Ze liepen de glooiende helling op naar de partij bomen die op de plattegrond was aangekruist. Het deed hem denken aan de keer dat hij met Hannelore... Nee. Hij mocht er niet aan denken. Toch kon hij niet verhinderen dat er iets begon te tintelen onder zijn borstbeen.

'De moord op Vandamme was in ieder geval goed voorbereid', zei ze.

'En koelbloedig uitgevoerd', knikte hij.

Ze glimlachte. Haar glimlach joeg een rilling over zijn ruggengraat. Wilde ze hem verleiden of glimlachte ze om wat hij net had gezegd? Bepaalde vrouwen kickten op bruut geweld, sommige gingen zelfs zo ver dat ze moordenaars hun liefde gingen verklaren in de gevangenis. Was Nadia zo iemand?

'Ik denk dat het daar moet zijn.'

Hij wees naar een boom die met plastic linten was afgezet. Behalve platgetrapt gras en wat omgewoelde aarde was er niets te zien.

'Het doet me wel iets.'

Ze kwam dichter bij hem staan. Haar heup raakte die van hem. Van In had ooit gelezen dat jonge paren vroeger de liefde gingen bedrijven op plekken waar mensen waren terechtgesteld omdat zoiets vrouwen geil maakte. Hij durfde haast niet meer te bewegen. Zijn geest zat gevangen in een roes van verdovende fantasie.

'We kunnen beter terugkeren', zei hij.

Haar hand gleed over zijn rug. Ze draaide haar hoofd en keek hem diep in de ogen.
'Waarom zouden we nu al terugkeren, Pieter?'

9

'Tot vanavond.'
Van In gaf Hannelore een zoen op haar mond. Ze knikte verveeld. De kinderen aten in stilte. Ze voelden instinctief aan dat er iets mis was. Het gebeurde wel vaker dat papa en mama het met elkaar over iets niet eens waren, maar het kwam altijd weer goed. Volwassen mensen waren vreemde wezens. Papa ging zwijgend weg, ze kregen zelfs geen knuffel. De voordeur viel met een doffe bonk achter hem dicht.

Van In liep met gebogen hoofd door de Vette Vispoort naar de Moerstraat, terwijl hij nadacht over hun trip naar Joinville en de reactie van Hannelore toen hij gisteravond pas om halfvijf was komen opdagen op de plek waar ze hadden afgesproken. Ze had hem niet gevraagd waarom hij zo laat was, haar blik was niet mis te verstaan. In dergelijke omstandigheden was het beter om zelf ook niets te zeggen, omdat iedere verklaring als een smoes had geklonken. Oké, het had niet veel gescheeld of hij had Nadia gegeven wat ze de hele middag had proberen uit te lokken. Dat hij het uiteindelijk niet had gedaan, was niet om trots op te zijn. Hij had het overwogen en dat was bijna even erg. Hij liep over het smalle trottoir langs de Sint-Jakobskerk, waar hij moest uitwijken voor een oude vrouw met een looprek. Hij kende haar en zij kende hem. Ze zei 'Goedemorgen, commissaris'. Hij onderdrukte een geeuw en stak een sigaret op. Het was zijn eerste. De rook prikkelde zijn longen en deed hem hoesten. Een voorbijrijdende fietser keek met een meewarige blik over zijn schouder. Van In deed of hij het niet zag. Tegenwoordig raakten mensen over alles geïrriteerd. Een stadsbus draaide met een ongelooflijke precisie de smalle Naaldenstraat in. De bocht was zo kort dat het Van In verbaasde dat er nog geen enkele bus de gevel van het hoekhuis had geramd. Hij nam een lange trek van zijn sigaret en inhaleerde diep. Dit keer hoestte hij niet. Het deed hem goed. En de milde lentezon maakte hem een beetje welgezinder. Hij kon beter niet meer denken aan wat er gisteren gebeurd was, of eigenlijk wat er niet gebeurd was. Hij begon er zelfs steeds meer aan te twijfelen of Nadia iets met de zaak te maken had en hij was geneigd geweest haar te geloven toen ze had beweerd dat ze niet veel geloof hechtte aan het bestaan van een goudschat. De brief met het mysterieuze postscriptum was het enige wat hem echt bezighield. *De gesloten kamer* was een klassieke thriller van het beroemde schrijversduo Sjöwall en Wahlöö, een Zweeds echtpaar dat in de jaren zestig en zeventig de ene bestseller na de andere afleverde. Dit boek was een klassiek verhaal over iemand die vermoord wordt teruggevonden in een afgesloten ruimte die schijnbaar door niemand betreden is, geen geheime ingang heeft en waar nergens een spoor van braak is vast te stellen. Wat had Jacques Vandamme daarmee duidelijk willen maken? Van In sloeg de Geldmuntstraat in, omdat het er rustiger was dan in de Steenstraat. Zijn spieren waren stram en zijn kuiten deden pijn van de wandeling die hij de vorige dag had gemaakt. Het werd hoog tijd dat hij meer beweging nam, want zo ver hadden ze niet gewandeld. Eigenlijk waren ze alleen de heuvel opgelopen tot aan het bos waar Jean-Pierre Vandamme vermoord was. Van In gooide de opgerookte sigaret in de goot en stak een

nieuwe op. Hij had gelukkig voldoende geslapen. Toen ze gisteren om een uur of elf waren gearriveerd, waren ze bijna onmiddellijk naar bed gegaan. Een frisse geest in een ongezond lichaam, het was beter dan niets. Van In moest onwillekeurig glimlachen om zijn eigen stommiteiten.
'Hoi, Pieter.'
Van In herkende de stem van Saskia. Hij draaide zich om. Ze sprong van haar fiets en kwam naast hem lopen. Op kantoor begroette ze hem 's morgens met een zoen. Dat durfde ze niet op straat en zeker niet als ze in uniform was.
'Goede reis gehad?'
'Reis', bromde Van In. 'We zijn amper over de grens geweest.'
Ze hield haar fiets aan de hand, waardoor andere voetgangers moesten uitwijken. Daar trok ze zich niets van aan, haar uniform verschafte haar een zekere autoriteit en er was geen enkele wet die verbood om met je fiets aan de hand op het trottoir te lopen.
'En wat vind je van de resultaten die Jan geboekt heeft?'
Als hij Jan Bonte niet had gemogen, had hij waarschijnlijk gezegd dat het een gelukkig toeval was geweest dat de afdruk van de schoen hen naar Mad Max had geleid, maar hij zei niets omdat hij hem een geschikte kerel vond. Een mens had af en toe een dosis geluk nodig en hij was ook niet in de stemming om de wijsneus uit te hangen.
'Het maakt de zaak in ieder geval niet gemakkelijker', zei hij. 'Als Jan gelijk heeft en Mad Max zijn eigen kompaan heeft vermoord, staat er wellicht veel meer op het spel dan we denken.'
Bélotin had niet alleen meegewerkt aan de ontsnapping van Mad Max, hij was tevens verantwoordelijk voor de dood van Livia Beernaert. Het autopsieverslag had ondertussen uitgewezen dat hij haar niet had vermoord, Livia had een

aangeboren hartafwijking. Ze was gestorven aan de gevolgen van een panische angst. Het bleef natuurlijk de vraag hoe Bélotin wist dat ze doodsbang was voor slangen.
'Vergeet niet dat ze met twee waren', zei Saskia.
'Nu je het zegt. Heb je al iets over die andere kerel kunnen achterhalen?'
'Nee, maar ik heb Europol en Interpol ingelicht. Wie weet levert dat iets op.'
Ze staken de Noordzandstraat over en liepen over het Zand naar de grote fontein waar zoals iedere ochtend een groep scholieren samentroepte om nog snel een sigaret te roken of te flikflooien met hun liefje. Van In dacht met enige weemoed aan de tijd dat hij hetzelfde had gedaan. Saskia raadde zijn gedachten.
'Het doet me aan vroeger denken', lachte ze.
Twee agenten in een politiewagen staken hun hand op. Een collega op de fiets riep hun goedemorgen toe. Van In stak haastig nog een sigaret op.
'Ik zie je straks', zei hij toen Saskia bij de ingang bleef treuzelen.
Hij kreeg de tijd niet om van zijn sigaret te genieten. Dirk Duffel, de korpschef, kwam recht naar hem toe.
'Heb je even tijd?'
Van In knikte, gooide de halfopgerookte sigaret op de grond en volgde zijn chef naar binnen. Dirk Duffel leek geen tiran en had tot nu toe zelden bevelen uitgedeeld. Toch was het iedereen duidelijk dat je hem beter niet liet wachten.
'Ik hoop dat je je niet verveeld hebt in Frankrijk.'
'Nee', zei Van In.
Ze liepen door de gang naar het kantoor van Duffel, de werkkamer van de vorige korpschef die hij opnieuw had laten inrichten. Het strakke meubilair paste volledig bij zijn karakter. De kleuren waren helder en licht, alsof hij

wilde aantonen dat er een nieuw tijdperk was aangebroken. En het rook er bijzonder fris. Zijn voorganger had de boel een beetje laten verloederen. Duffel geloofde in de volkswijsheid: woorden wekken, voorbeelden trekken. Hij was vastbesloten het Brugse politiekorps een nieuw imago te geven en als een moderne onderneming te leiden.

'Ik heb gisteren meester Beernaert aan de lijn gehad. Hij was niet in de beste stemming. Correctie: hij is nog altijd boos omdat we zijn nichtje onvoldoende beschermd hebben en hij vindt dat we niet hard genoeg ons best doen om de zaak op te lossen.'

Hij bood Van In een stoel aan en schonk hem ongevraagd koffie uit een thermoskan die klaarstond.

'Volgens mij heeft ze nooit om politiebescherming gevraagd.'

'Dat weet ik ook, Van In, maar meester Beernaert vindt dat we zelf het initiatief hadden moeten nemen.'

'Meester Beernaert is een burger als een andere.'

'Natuurlijk. Het is een kwestie van public relations. Beernaert is iemand die je beter niet voor het hoofd stoot. Daarom dacht ik dat jij de klus zou kunnen klaren.'

'Welke klus? U wilt toch niet dat ik die oude bok ga opvrijen?'

'Opvrijen is een groot woord. Wat denk je van de vredespijp roken?'

Van In slaakte een diepe zucht. Duffel was een uitmuntende strateeg, een nuttige eigenschap voor een korpschef, en het was zijn taak om te delegeren. Het was echter niet verstandig hém met een dergelijke opdracht op te zadelen. De collega's die hem een beetje kenden wisten dat hij van diplomatie geen kaas had gegeten. Dat moest Duffel toch ook weten. Waarom deed hij dan zoiets?

'Er zijn collega's die geschikter voor die taak zijn dan ik.'

'Dat weet ik ook, Van In. Maar jij leidt nu eenmaal het onderzoek. En dat betekent dat je er de volle verantwoordelijkheid voor draagt.'

Van In kon het Duffel niet kwalijk nemen. Het was inderdaad zijn taak brandjes die hij veroorzaakt had te blussen. Hij had er alleen geen zin in.

'Oké. Ik maak er onmiddellijk werk van.'

Duffel glimlachte voldaan. Ze hadden hem gewaarschuwd voor Van In. Bij nader inzien viel hij best mee. Ondertussen waren de krijtlijnen uitgezet. Hij had hem zonder zijn stem te verheffen duidelijk kunnen maken hoe hij de dingen zag. Aan de rest konden ze nog werken.

'Wanneer kan ik een rapport over het onderzoek in Frankrijk verwachten?'

Duffel reikte Van In de kop koffie aan die hij vijf minuten geleden had ingeschonken en die ondertussen lauw was geworden. Het was nog slappe koffie ook.

'Dat hangt van meester Beernaert af.'

'Hoezo?'

'Ik kan geen twee dingen tegelijk doen, chef.'

Duffel slikte, maar hij reageerde niet op de impertinente reactie van Van In. Hij besefte nu ook dat het niet zo gemakkelijk zou worden om hem in het gareel te krijgen.

'Wat dacht je van zo snel mogelijk?'

Vragen stellen die alleen positief beantwoord konden worden, was een beproefde manier om gelijk te krijgen. Duffel was benieuwd hoe Van In zou reageren. Het antwoord ontgoochelde hem een beetje. Van In zei gewoon: Ik zal mijn best doen, chef.

Van In liep met gemengde gevoelens naar zijn kantoor op de tweede verdieping waar Versavel en Saskia op hem zaten te wachten. Hij wist niet goed wat te denken van de nieuwe

korpschef. Aan de ene kant voelde hij een zekere sympathie voor hem, aan de andere kant vertrouwde hij hem niet. De tijd zou uitwijzen wat het tussen hen zou worden.
'Kopje koffie, Pieter?'
'Graag, Sas. En liefst een pittig bakje.'
Hij vertelde in een paar woorden wat Duffel gezegd had, stak ondertussen een sigaret op, hoewel dat formeel verboden was, en liet zich neerzakken op zijn stoel. De krant lag klaar op zijn bureau.
'Er staat een stukje in over onze missie in Joinville', zei Versavel.
Het was geen lovend artikel. De journalist die het geschreven had, koesterde duidelijk geen sympathie voor de politie. Hij noemde de missie een snoepreisje op kosten van de belastingbetaler. Maar het ergste was de kop: COMMISSARIS VAN IN WORDT OUD EN GEMAKZUCHTIG.
'Met of zonder foto?' vroeg Van In terwijl hij de krant opensloeg.
'Met', zuchtte Versavel.
Het klonk niet erg veelbelovend. De foto was genomen in een café, met een Duvel op tafel en een sigaret in de asbak. De reactie was dan ook navenant. Zijn gezicht verstrakte en hij klemde zijn tanden op elkaar terwijl hij het stukje las. Het werd muisstil in kamer 204.
'Klootzakken.'
Van In scheurde de pagina uit de krant, verfrommelde ze tot een balletje en gooide het woedend weg. Het was een zinloos gebaar. Bijna iedere collega had het stukje al gelezen.
'Oud en gemakzuchtig. Ik zal eens laten zien wat ik nog waard ben. Godverdomme.'
Hij stond op, stak zijn pakje sigaretten en zijn aansteker in zijn broekzak en gaf Versavel een teken dat hij moest meekomen.

'Mag ik ook mee?' vroeg Saskia voorzichtig.
'Nee. Jij blijft hier. Bel je vriendje en maak een resumé van alle onderzoeksdaden die tot nu toe gesteld zijn in de zaak-Vandamme, de zaak-Beernaert en de zaak-Bélotin. En doe het grondig, Saskia. Ik wil alles weten.'
'Oké, baas.'
Ze vond het aan de ene kant jammer dat hij haar met een louter administratieve klus opzadelde, aan de andere kant was ze opgetogen dat hij zoveel vertrouwen in haar stelde en dat ze met Jan mocht samenwerken.'
'Ik denk dat je niet in de stemming bent om met de stafhouder te gaan flikflooien', zei Versavel.
'Dat heb je goed gedacht, Guido.'
Van In klonk nog kwaad. Versavel wist gelukkig dat hij het op hem noch op Saskia gemunt had. Hij was gewoon op zijn pik getrapt en eigenlijk was dat nog zo slecht niet, want niemand werkte efficiënter dan Van In als hij kwaad was.
'Ik wil dat het huis van Vandamme opnieuw doorzocht wordt.'
Van In stak zenuwachtig een sigaret op nog voor ze buiten waren. Een burger die in de gang zat te wachten keek geërgerd op, maar hij hield wijselijk zijn mond.
'Goedemorgen, commissaris.'
Jan Bonte grijnsde hen aan. Hij had een bos rozen in zijn hand. Zijn ogen twinkelden. De hele wereld wist ondertussen dat hij stapelverliefd was op Saskia en ieder excuus aangreep om bij haar langs te komen. Het kwam vandaag bijzonder goed uit. Zijn mobieltje ging over nog voor Van In iets had kunnen zeggen. Een blik op de display waar haar nummer en foto verscheen was voldoende om hem nog breder te doen grijnzen.
'Het is Saskia.'
'Dat weten we, Jan. Ze heeft werk voor jou. Amuseer je.'

'Waar is de tijd dat jullie zo romantisch deden', grapte Versavel toen ze naar de auto liepen.

Van In gooide zijn sigaret in een greppel op de binnenplaats. Het was halftien. De meeste politiewagens waren al uitgereden.

'De pot verwijt de ketel weer.'

'Luk houdt niet van bloemen.'

De motor sloeg aan. Versavel zette de versnelling in zijn achteruit en wachtte tot Van In zijn veiligheidsgordel had vastgemaakt. Hij kon zijn vriend geen ongelijk geven. Het was inderdaad ook al een tijdje geleden dat hij Luk nog iets cadeau had gedaan, maar het kon toch niet dat Van In vergeten was dat Hannelore over een paar dagen jarig was?

'Wat zijn je plannen?'

'De broers van Jean-Pierre Vandamme een bezoekje brengen. Ik wil weten of het klopt dat ze hem niet konden luchten.'

Van In had het na de inbraak bij Jean-Pierre Vandamme niet nodig gevonden zijn broers te verhoren omdat hij weinig geloof had gehecht aan het verhaal van Livia Beernaert. En hij had zich ook niet kunnen voorstellen dat een van hen de hand had in de moord. Nu lagen de kaarten anders. Na het stukje in de krant was hij vastbesloten iedere steen om te keren tot de waarheid boven kwam.

'Met wie wil je eerst spreken?'

'Het maakt niet uit, Guido.'

Versavel had de namen en de adressen van de drie broers genoteerd in het notitieboekje dat hij altijd bij zich had. Hij haalde het uit zijn borstzakje, sloeg het open op de pagina waarop hij de namen had geschreven en gaf het aan Van In. Dominique Vandamme was architect. Hij woonde in de Vuurkruisenlaan. Zijn jongere broer Louis had een galerie in Damme. Thibaud was beheerder van vennootschappen. Hij

had een villa in Sint-Martens-Latem, maar verbleef geregeld in Antwerpen, waar hij een kantoor had in de Goedehoopstraat in de buurt van de Waalse Kaai.
Van In koos voor de gemakkelijkste weg.
'Doe de architect maar', zei hij.

De Vuurkruisenlaan lag in een beboste, residentiële wijk van Sint-Kruis op een kilometer of vier van het centrum van Brugge. Het staat er vol met protserige villa's waarvan de meeste nog uit de gouden jaren zestig dateren. Waarom wonen architecten steevast in oerlelijke huizen, vroeg Van In zich af toen Versavel de Audi voor de woning van Dominique Vandamme parkeerde. Ze stapten uit, maar hij noch Versavel besteedde aandacht aan de chauffeur van de grijze Toyota die hen voorbijreed. Carlo Liabadia parkeerde de grijze Toyota een eindje verderop en liep daarna langzaam terug.

'Is meneer Vandamme thuis?'
De vrouw die net de deur had opengedaan, keek hem verbaasd aan. Van In schatte haar een jaar of vijfendertig. Ze droeg een knielange, deftige rok en een bloes van grijs katoen. Haar blonde haar zat in een knotje.
'Commissaris Van In en hoofdinspecteur Versavel van de Brugse recherche', voegde hij er aan toe toen ze niet reageerde. Het hielp.
'Een ogenblikje', zei ze. 'Ik ben onmiddellijk terug.'
Ze draaide zich om en liep door de gang naar achteren. De voordeur bleef half openstaan.
'Het is misschien zijn minnares', merkte Van In schamper op.
Versavel haalde zijn schouders op. Waarom dachten gehuwde mannen altijd aan dat soort dingen? De vermeende

minnares kwam niet meer terug. De voetstappen die ze dichterbij hoorden komen, waren afkomstig van een man. Dominique Vandamme was vrij lang en extreem mager. In profiel vormden zijn borstkas en zijn buik een rechte lijn en zijn broek fladderde om zijn schrale benen. Een spichtig ringbaardje gaf hem de allure van een uitgerekte mefisto.

'Waarmee kan ik u van dienst zijn, heren?'

Zijn stem klonk zoals hij eruitzag: scherp en droog. Hij was de oudste van de broers, maar hij leek van geen kanten op Jean-Pierre, die een levensgenieter was.

'Het gaat om uw broer', zei Van In. 'Mogen we binnenkomen?'

'Is dat echt nodig?'

'Nee', reageerde Van In gepikeerd. 'Toch niet als u liever met ons meekomt naar het politiebureau.'

'Waarom zou ik met u meekomen?'

Dominique Vandamme mocht niet juridisch geschoold zijn, hij kende zijn rechten. Hij hoefde de politie niet binnen te laten, ze konden hem evenmin verplichten met hen mee te komen. Bovendien wilde hij niets meer met Jean-Pierre te maken te hebben. Hij was zelfs niet van plan de uitvaart bij te wonen. Van In, die aanvoelde dat de architect niet zou toegeven, waagde een gokje.

'We kunnen u inderdaad niet dwingen om met ons mee te komen', zei hij heel rustig. 'Maar u kunt ons ook niet beletten bij het Kadaster na te gaan of alle projecten waaraan u werkt voldoen aan de geldende bouwvoorschriften.'

Het was een gemene gok. Als hij het niet bij het rechte eind had zou de architect hen uitkafferen en de deur dichtgooien, maar hij kafferde hen niet uit. Versavel zag zijn onderlip trillen en er verscheen een boosaardige glans in zijn ogen.

'Ik zal u die moeite besparen, meneer de commissaris.'

Hij gaf een teken dat ze mochten binnenkomen en liep hen voor naar zijn werkkamer. Versavel deed de voordeur achter zich dicht. Van de vrouw met het blonde knotje was geen spoor te bekennen. Had Van In toch gelijk en reageerde de architect kregelig omdat ze hem met zijn minnares hadden betrapt?

De werkkamer was karig ingericht. Er stond een tekentafel bij het raam die ouder was dan Van In, het bureau was geërfd of de architect had het in een kringloopwinkel op de kop getikt, net als de boekenkast en de stoelen, waarvan de zittingen versleten en verschoten waren. Aan de muren hingen gescheurde blauwdrukken van gebouwen die hij lang geleden had ontworpen. Mensen die op die manier werkten en leefden, waren steenrijk en gierig of straatarm en mislukt.

'We zullen niet lang beslag leggen op uw kostbare tijd', zei Van In.

Zijn woordkeuze paste perfect bij het oubollige bureau en waarschijnlijk ook bij de conservatieve opvattingen van Dominique Vandamme. Zoiets voelde je instinctief aan. De architect knikte en bood hun een stoel aan. Het bleef daarbij.

'Men beweert dat uw broer destijds een goudschat heeft gekregen van zijn oom, de broer van uw vader. Kunt u mij daar iets meer over vertellen?'

Dominique Vandamme liet niet merken dat de vraag hem woedend maakte. Niemand had het recht zich met hun familiezaken te bemoeien. Zeker niet na al die jaren. Maar hij wilde het risico niet lopen dat de commissaris zijn dreigement uitvoerde en hij een boete van honderdduizenden euro aan zijn laars gelapt kreeg omdat hij het af en toe niet al te nauw had genomen met de geldende bouwvoorschriften. Hij probeerde rustig adem te halen terwijl hij nadacht

over hoe hij de vraag zou beantwoorden. Versavel zag hem plotseling glimlachen. Of was het grijnzen?
'Laten we eerst iets drinken', zei hij. 'Wat kan ik jullie aanbieden? Koffie?'
Van In keek naar Versavel. De verbazing in zijn ogen sprak voor zich. De ervaring had geleerd dat mensen zoals Dominique Vandamme niet zomaar van mening veranderden. Wat was die kerel in godsnaam van plan?
'Koffie is oké', zei hij. 'Maar ik zou het nog meer op prijs stellen als ik ook mocht roken.'
Je kon het ruiken als er in een huis niet gerookt werd. Als Vandamme op zijn verzoek inging, was dat een teken dat hij hun zand in de ogen wilde strooien. Het antwoord bevestigde zijn vermoeden. Vandamme zei: Natuurlijk. Met een brede glimlach nog wel. Hij stond op en haalde uit een van de kasten een verzilverd schaaltje dat duidelijk nog nooit als asbak dienst had gedaan. Hij zette het ding op tafel, liep naar de gang en riep: Isabelle, wil je ons een kop koffie brengen. Daarna kwam hij weer bij hen zitten.
'De familie Vandamme heeft een goede reputatie', zei hij. 'Mijn vader was jurist, net als mijn grootvader en mijn overgrootvader. Weet u dat het geen haar heeft gescheeld of hij was in de adelstand verheven?'
'Uw vader of uw grootvader?'
Van In had het gevoel dat Vandamme hem om de tuin probeerde te leiden met nietszeggende informatie.
'Mijn vader.'
'De broer van Jacques Vandamme dus.'
'Inderdaad.'
Dominique Vandamme keek als een pastoor die een moordenaar in de biechtstoel vergiffenis schonk. Zijn ogen waren half dicht, zijn vingers ineengestrengeld.
'Jacques heeft zijn ouders veel verdriet aangedaan', zei hij.

Van In stak nadenkend een sigaret op. Brugse bourgeoisfamilies hadden meestal een duister kantje. Brugse katholieke bourgeoisfamilies waren gewoon pervers. Mensen die zich schikten naar de leer van de katholieke kerk hadden ook een uitlaatklep nodig, wilden ze het strenge regime volhouden. Ze zondigden in de wetenschap dat iedere zonde hun werd vergeven.
'Mijn grootvader is eraan gestorven en mijn grootmoeder heeft hem niet lang overleefd.'
'Waar is uw grootvader aan gestorven?'
'Aan de schande.'
Het bleef even stil. Dominique Vandamme snufte terwijl hij in de leegte keek. Hypocrieten, dacht Van In. Het zijn allemaal hypocrieten. Straks sloeg hij nog een kruisteken.
'Welke schande?'
'Welke schande?' herhaalde Dominique met een lege blik. 'Zijn zoon was een moordenaar, een verkrachter en een dief. Hij heeft de hele familie te schande gemaakt.'
'Omdat hij zijn plantage probeerde te beschermen?'
'Nee, commissaris. Omdat hij een moordenaar, een dief en een verkrachter was. Waarom denk je anders dat hij eerst naar Portugal en daarna naar Brazilië is gevlucht?'
'Ik zou het niet weten', zei Van In droog.
Jacques Vandamme was huurlingenleider geweest, hij had gevochten tegen het Congolese leger dat zijn bezittingen wilde inpalmen. Wie was er dan een dief? Verkrachten en doden was inherent aan een oorlog. Het was verkeerd, maar onvermijdelijk.
'Ik heb het niet over Congo, commissaris.'
'Hoezo?'
Van In trok zijn wenkbrauwen op. Probeerde Vandamme hem iets op de mouw te spelden, of stonden ze op het punt iets te ontdekken dat klaarheid kon scheppen in een zaak

die steeds complexer aan het worden was?

'Jacques heeft een Belgische vrouw vermoord en verkracht.'

Is dat dan erger dan een Congolese vrouw? dacht Van In.

Hij zei niets omdat het nu niet verstandig was Vandamme uit te dagen.

'In Congo?'

'Nee, in Brugge.'

'Wanneer was dat?'

'In 1968. Toen hij terug was uit Congo.'

'Tiens.'

Van In herinnerde zich nog dat Jacques Vandamme in 1968 teruggekeerd was uit Congo en wat later naar Portugal was getrokken. Hij had zich daar geen vragen bij gesteld. Jacques Vandamme was een avonturier en avonturiers maken bokkensprongen. Hij vergat zelfs even waarom ze hier waren. Het goud was nog niet ter sprake gekomen.

'Weet u toevallig nog hoe het slachtoffer heette?'

'Marijke Verdoodt.'

Versavel sloeg zijn ogen op en keek naar Van In. Het kon toch niet dat er een verband bestond tussen Nadia Verdoodt en de vrouw die Jacques Vandamme vierendertig jaar geleden had vermoord? Of wel? Verdoodt was geen courante naam.

Er werd geklopt voor hij iets kon zeggen. Het was Isabelle, de geheimzinnige vrouw die de voordeur had opengemaakt.

'Ik stoor toch niet?' zei ze bedeesd.

De architect zei dat het goed was en gaf haar een teken dat ze het dienblad met de koffie neer mocht zetten. Het bleef stil tot ze de deur achter zich had dichtgetrokken. Van In had ondertussen dezelfde bedenking gemaakt als Versavel, maar hij ging er niet dieper op in.

'Is zij uw huishoudster?'

'Nee. Isabelle is mijn dochter.'
'Ach zo', zei Van In.

Politiewerk maakte een mens paranoïde. Waarom geloofde hij Vandamme niet? Had hij een reden om daarover te liegen? Van In krabde achter zijn oor. Dat Isabelle de dochter van Vandamme was deed niet ter zake. Hij kon beter bij de les blijven.

'Ik kan begrijpen dat u Jacques haat om wat hij uw familie heeft aangedaan, maar wat heeft Jean-Pierre daar in godsnaam mee te maken? Hij is uw broer.'

De architect stond op en schonk zwijgend de koffie in. De commissaris had gelijk. Jean-Pierre was zijn broer. Hij had de familie nooit mogen verraden. Erover zwijgen had geen zin meer. De flik zou er hoe dan ook achter komen hoe de vork in de steel zat.

'Jean-Pierre stond destijds in nauw contact met Jacques. Hij is hem zelfs een paar keer gaan opzoeken in Brazilië.'
'En dat had hij niet mogen doen.'
'Juist.'

Familievetes konden lang aanslepen, sommige werden zelfs nooit vergeten, laat staan vergeven. Toch kon Van In moeilijk aannemen dat een van de broers Jean-Pierre had laten vermoorden omdat hij contact had gezocht met zijn oom.

'Goud doet vreemde dingen met mensen, meneer Vandamme.'

De architect begon hortend te lachen en maakte daarbij een geluid alsof hij net helium had ingeademd. Van In bekeek hem met een meewarige blik. Hij dacht aan één ding: inteelt.

'Het goud van Katanga. Het goud dat niemand ooit te zien kreeg. Het goud waarmee hij ons probeerde terug te winnen. Het goud dat hij niet kon meenemen naar de hel.

Laat me niet lachen, commissaris. Alleen een dwaas gelooft een dergelijk verhaal.'
'Iemand als Livia Beernaert.'
De architect stopte abrupt met lachen toen hij haar naam hoorde.
'We hebben haar gewaarschuwd', zei hij ernstig. 'Maar ze wilde niet naar ons luisteren. Ze hechtte liever geloof aan de praatjes van Jean-Pierre. U hebt gelijk, commissaris. Goud doet vreemde dingen met mensen.'
'Moest ze daarom sterven? Om een goudschat die zogezegd niet bestaat?'
'Vrouwen geloven graag in sprookjes.'
De architect glimlachte. In zijn ogen waren vrouwen minderwaardige wezens. Zeker op intellectueel gebied. God had alleen de man naar Zijn evenbeeld geschapen. Van In wierp een blik naar Versavel met de vraag: hoe moet het nu verder? Een bijna onmerkbaar schouderophalen was het antwoord. Hij gaf het op. Dominique Vandamme beschikte over een waterdicht alibi voor zowel de moord op Jean-Pierre als de inbraak in het ouderlijk huis erna.

Ze konden hem niets ten laste leggen, behalve dat hij vrouwonvriendelijk was, maar dat was tot nu toe nog niet strafbaar.

'Mag ik u danken voor de koffie, meneer Vandamme.'
Versavel wachtte niet tot Van In opstond, hij zette zijn kopje neer en veerde op van zijn stoel. Hij wist dat zijn vriend het niet meer zag zitten. Toch was er geen reden om pessimistisch te zijn. Die reden heette Marijke Verdoodt.

Carlo Liabadia zag de flikken naar buiten komen en in hun auto stappen. In plaats van snel naar zijn eigen wagen te lopen en zijn schaduwopdracht voort te zetten, belde hij Mad Max.

'Ze zijn net weggereden.'
'En? Heb je het zendertje kunnen installeren?'
'Heeft een stier ballen?'
Het grapje viel niet in goede aarde. Mad Max schold hem de huid vol, maar dat was hij ondertussen van hem gewend. Hoe zou je zelf reageren na een week alleen in een appartement?

10

Van In bewaarde mooie herinneringen aan Damme. Die herinneringen hadden echter weinig te maken met het lieflijke stadje. Hij liet zijn gedachten teruggaan naar een tarweveld langs het kanaal waar hij voor de eerste keer de liefde had bedreven met een meisje dat hij later nooit meer had teruggezien. Hij kon zich het ranke lichaam nog perfect voor de geest halen, haar kleine borsten en haar platte, zachte buik. Ze heette Rita en ze had lang golvend, ros haar. Hij was er nooit achter gekomen waarom ze die dag beslist met hem had willen vrijen en hij had het zich eerlijk gezegd nooit afgevraagd. Vrijblijvend met een meisje vrijen was destijds niet evident, meestal beperkte het contact zich tot knuffelen en frutselen, maar Rita was haar tijd ver vooruit geweest. Ze wilde gewoon seks en dat had hij haar gegeven, uren aan een stuk.

'Scheelt er iets?'

Versavel draaide zijn hoofd naar Van In, die gelukzalig naar buiten zat te kijken.

'Nee, waarom vraag je dat?'

De vraag had hem brutaal uit zijn dagdroom gerukt. De gelukzaligheid gleed van zijn gezicht af als een zijden sluier.

'Ik dacht even dat je een verschijning had.'

Van In stak zijn elleboog uit het raampje. De zwoele luchtstroom langs zijn bovenarm bezorgde hem een aangename

tinteling. Het leek of Rita hem streelde. Hij glimlachte.
'Dan zat je er heel dicht bij, Guido.'
'Toch niet weer een van je vunzige verhalen?'
'Wat noem jij vunzig?'
'Alles wat er zich in jouw hoofd afspeelt als je aan vrouwen denkt.'
'Ze heette Rita. En...'
'De rest wil ik niet weten.'
'Stop dan je vingers in je oren.'
Toen Versavel de politiewagen drie minuten later in de hoofdstraat parkeerde, had Van In zijn wilde vrijpartij met rosse Rita in geuren en kleuren beschreven. Hij stak zelfvoldaan een sigaret op terwijl hij nagenoot van de beelden in zijn hoofd. Het waren kostbare herinneringen uit een tijd die nooit meer terug zou keren, een melancholische gedachte die hem even had ontrukt aan de realiteit.
'Ken jij hier een beetje de weg?'
De galerie van Louis Vandamme lag in de Sint-Janstraat. Damme mocht dan niet groot zijn, Van In had geen zin om lang doelloos rond te lopen of een voorbijganger de weg te moeten vragen.
'Niet echt', zei Versavel. 'Zal ik een plattegrond halen in het VVV-kantoor? Dat is hier vlak om de hoek.'
Van In knikte. Het gaf hem de tijd om een tweede sigaret te roken, wie weet zelfs een derde als Versavel aan de balie moest aanschuiven. Hij ging in de schaduw staan omdat het ondertussen behoorlijk warm was geworden en keek ontspannen om zich heen. In de week was het meestal rustig in Damme, vandaag leek het daarop een uitzondering, wellicht vanwege het mooie weer. De terrasjes op de Markt zaten zo goed als vol en er zwierven groepjes mensen door de smalle straatjes van het middeleeuwse stadje. Er reed zelfs een bus met een Duitse nummerplaat voorbij.

'Dat was snel.'
Van In had net zijn tweede sigaret opgestoken toen hij Versavel de hoek zag omslaan. Versavel reageerde met een grapje.
'Ambtenaren werken sneller als ze een uniform zien, Pieter.'
Het was amper een paar minuten lopen van de hoofdstraat naar de galerie van Louis Vandamme, een witgekalkt huis met een massieve deur in twee delen waarboven een smeedijzeren bord hing.
'Modern Art & Jewelry', las Van In. 'Et pour les Flamands la même chose.'
'Tja.'
Versavel had net als Van In bedenkingen bij mensen die Engels chiquer vonden dan Nederlands, maar hij had het opgegeven om er nog over te zeuren omdat het toch vechten tegen windmolens was.
'Veel volk loopt er binnen in ieder geval niet rond.'
De benedenverdieping van de galerie was ruim. De tientallen halogeenspots aan het plafond tussen de eiken dwarsbalken gaven verschrikkelijk veel warmte af. Versavel bekeek een van de schilderijen met een bedenkelijke blik. Het was een doek van twee bij twee meter met donkere vegen die een soort patroon vormden dat waarschijnlijk een of andere diepere betekenis had. De titel van het werk was *Genesis*, maar daar werd een mens ook niet wijzer van.
'Goedemiddag, heren.'
Ze hadden geen van beiden de man zien aankomen die hen begroette. Hij was klein van stuk, corpulent en hij had een lange baard, waardoor hij sprekend op een kabouter leek. Hij droeg een lichtblauw pak, een oranje hemd en witte schoenen. Op een van de revers van zijn jasje zat een rouwbandje. Van In doopte hem Plop.

'We zijn op zoek naar Louis Vandamme', zei hij.
'Dat treft', zei Plop. 'Ik ben Louis Vandamme.'
Van In durfde Versavel niet in de ogen te kijken, anders hadden ze allebei hun lach niet kunnen inhouden.
'We komen in verband met Jean-Pierre', zei hij.
Het gezicht van kabouter Plop betrok en hij sloeg zijn ogen neer. Dominique Vandamme had beweerd dat de drie broers Jean-Pierre niet konden uitstaan. De reactie van Plop en het rouwbandje op zijn revers spraken dat tegen.
'Kunnen we hier ergens rustig praten?'
'Natuurlijk', zei Plop.
Hij leidde hen naar een zijruimte waar een eiken tafel en vier stoelen met biezen zittingen stonden. Op de vensterbank lag een stapel kunstboeken, de meeste met gescheurde en verfomfaaide wikkels.

Saskia stond op de toppen van haar tenen bij het bord, waardoor haar topje naar boven was gekropen en ze een flink stuk naakte rug liet zien.
'Lukt het?'
'Nee, ik kom er niet bij.'
'Oké. Dan doe ik het wel voor jou.'
Jan liet zijn hand over haar half ontblote rug glijden voor hij de stift van haar overnam en bovenaan op het bord de naam bijschreef van een gevangenisbewaarder die ze net hadden gebeld.
'Profiteur.'
Ze deed alsof ze het niet prettig vond. Hij trok er zich niets van aan. Zijn hand verdween vliegensvlug onder haar topje en bedreigde de sluiting van haar beha. Nu deed ze niet meer alsof. Ze zette verschrikt een stap opzij. Te laat. De korpschef had hen bezig gezien.
'Is er iets?' grijnsde Jan. 'We doen toch niets verkeerds?'

Jan Bonte was zich van geen kwaad bewust. Hij had Duffel niet gezien om de eenvoudige reden dat hij met zijn rug naar de deur toegekeerd stond. Hij schrok pas toen hij de deur hoorde opendraaien.
'Ik heb de indruk dat jullie het best met elkaar kunnen vinden', zei Duffel met een uitgestreken gezicht.
Ze stonden er als beteuterde schoolkinderen bij. Saskia voelde zich opgelaten omdat Duffel hen betrapt had; Jan was ervan overtuigd dat hij nooit nog toestemming zou krijgen om met haar alleen te werken. Duffel besefte op zijn beurt dat hij niet kon toestaan dat zijn medewerkers aan elkaar zaten te frunniken tijdens de diensturen – en dat had niets te maken met morele overwegingen, hij was bijzonder breeddenkend op dat gebied, het was louter een kwestie van discipline. Aan de andere kant was een blik op het bord voldoende om te zien dat ze de hele ochtend hard hadden gewerkt. En dat legde voor hem meer gewicht in de schaal dan het frivole intermezzo waarvan hij een glimp had opgevangen. Hij wist bovendien ook dat gezag en respect hand in hand gaan.
'Heeft Van In dit al gezien?'
Hij wees naar het bord dat van boven tot onder volgekrabbeld stond.
'Nee', zei Saskia. 'Ik denk dat commissaris Van In vanmiddag pas laat langskomt.'
'Fijn', knikte Duffel. 'Leg het mij dan maar uit.'
Saskia keek naar Jan. Op het bord stonden alle gegevens die ze nodig hadden om het resumé op te stellen dat Van In hun gevraagd had, maar een resumé maken was iets anders dan mondeling verslag uitbrengen bij de korpschef. Gelukkig haalde Jan haar uit de nood.
'We zijn tot de conclusie gekomen dat er een verband bestaat tussen de moord op Jean-Pierre Vandamme en de

ontsnapping van Mad Max', stak hij van wal.
'Kunnen jullie dat bewijzen?'
'Ik denk het wel.'
'Denken of weten?'
'Zeker weten', reageerde Jan Bonte zelfverzekerd.
Ze beschikten nu ook over het getuigenis van de chauffeur van de gevangeniswagen. Hij had een van de nepagenten die bij de ontsnapping van Mad Max betrokken was geïdentificeerd als Bob Bélotin, de man die in een Blankenbergse dierenwinkel een hazelworm had gekocht die ze op het lijk van Livia Beernaert hadden teruggevonden.

'Wat op zijn beurt bewijst dat Mad Max en zijn kompanen iets te maken hebben met de zogezegde goudschat van Jacques Vandamme, de huurlingenleider die in de jaren zestig spoorloos verdween, maar blijkbaar nog in contact stond met zijn neefje, Jean-Pierre Vandamme.'

'Ga verder', zei Duffel.

Hij had alle pv's zelf bestudeerd en hij moest toegeven dat Jan Bonte de hele zaak bijzonder helder uiteenzette.

'We gaan er eveneens van uit dat Bob Bélotin door een van zijn kompanen werd vermoord omdat hij iets mispeuterde. Voor de rest zitten we nog met een boel vragen. Hoe wist Bélotin bijvoorbeeld dat Livia Beernaert doodsbang was voor slangen, hoe kwamen ze erachter wanneer het gevangenistransport zou plaatsvinden en wie bracht hen op de hoogte van de te volgen procedure?'

'Iemand die Livia goed kende', zei Duffel.

'Dat zou kunnen', reageerde Jan Bonte. 'Maar het verklaart de rest niet.'

'Waarom geen gevangenisbewaarder?' zei Saskia. 'Die kerels verdienen geen fortuinen en het komt wel vaker voor dat ze zich laten omkopen.'

Zowel Duffel als Jan Bonte schrok van haar conclusie.

'Jean-Pierre is altijd een buitenbeentje geweest', zei Plop.
'Weet u dat hij op zijn dertiende paus wilde worden?'
'Dat meent u niet', reageerde Van In gespeeld verbaasd.
Als je het mij vraagt zijn jullie allemaal buitenbeentjes, dacht hij. Dominique ontwierp excentrieke huizen die bijna niemand zich kon veroorloven en Plop verkocht dito schilderijen die niemand in huis wilde hebben. Wedden dat Thibaud, de derde broer, vennootschappen beheerde die geen winst maakten?
'Hij heeft die ambitie gelukkig laten varen toen hij hoorde dat de paus geen seks mocht hebben. Toch niet met vrouwen', voegde hij er met een zuinig glimlachje aan toe.
'Uw broer viel dus op vrouwen?'
'Vallen is een understatement. Jean-Pierre was gek op vrouwen. Vrouwen en de middeleeuwen waren zijn enige passies.'
'Een vreemde combinatie.'
Van In dacht aan Nadia Verdoodt, met wie Jean-Pierre de avond voor zijn dood had doorgebracht. Zij beweerde dat ze niet met hem had geslapen en hij kon het niet meer navertellen. Wie moest hij nu geloven? Hij kon evenmin geloven dat Nadia op die bewuste avond toevallig in Joinville was beland en hij had aan den lijve ondervonden dat ze een hypnotische kracht op mannen uitoefende.
'Ik dacht dat hij een vaste relatie had met Livia Beernaert?'
Plop begon te schuddebollen van het lachen. Zijn buik bewoog als een gelatinepudding. Versavel keek Van In verbaasd aan. Hij had het gevoel dat ze in een tafereel van *Alice in Wonderland* waren beland. Het leek allemaal zo irreëel. Of werd hij te oud voor deze wereld, waar het aantal normale mensen stilaan een minderheid vormde?
'Een vaste relatie', kreunde Plop. 'Het kreng was alleen op zijn geld uit.'

'Geld?' herhaalde Van In.
Het was de eerste keer dat Jean-Pierre met geld geassocieerd werd, niet met goud. Plop legde zijn handen op zijn buik en spreidde zijn vingers alsof hij de klomp gelatine in vorm wilde houden, terwijl hij zich afvroeg of hij niet te loslippig was geweest.
'Nu ja, geld', zei hij bedrukt. 'Sommige vrouwen zijn met heel weinig tevreden.'
Hij merkte aan de blik van de commissaris dat die hem niet geloofde. Wie Livia Beernaert een beetje had gekend, wist dat ze verzot was op luxe.
'Wat maakt het eigenlijk uit.'
Plop haalde zijn handen van zijn buik en liet zijn armen slap langs zijn lichaam hangen. Hij had nooit geloof gehecht aan de goudschat uit Katanga, maar hij wist wel dat oom Jacques als huurlingenleider een aardig bedrag bijeen had geschraapt. Volgens Dominique had hij in Congo meer dan tien miljoen Belgische frank verdiend. Of gestolen? Wie zou het nog zeggen?
'Ik luister, meneer Vandamme.'
Van In voelde aan dat er belangrijke informatie in de lucht hing. Leven en werk van Jean-Pierre Vandamme werden steeds complexer naarmate ze meer over hem te weten kwamen. Bovendien vond hij geld een beter motief om iemand te vermoorden dan een vermeende goudschat.
'Oom Jacques schreef vlak voor hij stierf in Brazilië een testament en duidde daarbij Jean-Pierre als zijn enige erfgenaam aan. Dat was zijn volste recht natuurlijk. De rest van de familie had met hem gebroken, Jean-Pierre was de enige die nog contact met hem had.'
'Ging het om veel geld?'
'Ik denk het wel.'
Plop noemde het bedrag niet dat hij in zijn hoofd had

en hij verzweeg eveneens dat Jean-Pierre met het geld het ouderlijk huis in de Vlamingstraat had ingekocht dat na de dood van zijn grootouders voor de helft ook het eigendom van zijn vader was geworden. Tot grote consternatie van de rest van de familie.

'Voldoende om van te rentenieren?'

Buiten een onbezoldigde functie als secretaris van de Sint-Sebastiaansgilde oefende Jean-Pierre Vandamme geen beroep uit. Hij had geen vaste baan en hij kreeg evenmin een uitkering.

'Ik denk het wel', klonk het opnieuw.

Een schaduw op de muur verraadde dat er een klant was binnengekomen. Plop had het ook gezien. Hij hees zich uit zijn stoel, verontschuldigde zich en verdween naar de expositieruimte.

'Wat denk je, Guido?'

Versavel wreef nadenkend over zijn snor. Het was zijn taak om aandachtig te luisteren en dingen op te vangen die Van In eventueel had gemist. Hij had eveneens de lichaamstaal van Plop bestudeerd, maar daar viel helaas niet veel uit op te maken, behalve dat hij zich als een echte kabouter gedroeg.

'Hij is in ieder geval gematigder dan zijn broer.'

'Of geslepener?'

Familievetes konden onvoorstelbaar waanzinnige proporties aannemen en het was soms heel moeilijk om de partijen in te schatten. Er werden coalities gevormd en verbroken om redenen die voor iedereen duister waren. De enige constante was geld. Geld of een erfenis, wat eigenlijk op hetzelfde neerkwam.

'Is Plop getrouwd?'

'Geen idee', zei Versavel.

'We vragen het hem als hij terug is.'

Het gerechtsgebouw van Brugge begon na meer dan twintig jaar stilaan uit zijn voegen te barsten. Niet omdat er na al die tijd te veel mensen werkten, er was gewoon geen plaats meer voor de dossiers die nog behandeld moesten worden. Het was een flauwe grap die regelmatig in de wandelgangen werd opgedist, maar er zat een kern van waarheid in. Procureur Beekman had nochtans bij de opening van het gerechtelijk jaar plechtig beloofd dat hij vastbesloten was een aanzienlijk deel van die achterstand weg te werken. Hannelore was dan ook verbaasd dat hij ijlings zijn kantoor verliet nog geen tien minuten nadat hij was binnengekomen.

'Je lijkt wel door een hond gebeten', zei ze toen ze elkaar kruisten in de gang.

Hij hield zijn autosleutels in zijn hand en had de deur van zijn kantoor dubbel op slot gedaan, een teken dat hij vandaag niet meer zou terugkeren. Beekman bleef staan terwijl hij naar een excuus zocht om zijn ijlingse vertrek te verklaren. Hij kon niet zeggen dat hij naar een plaats delict was geroepen of dat zijn moeder plotseling ziek was geworden. Eigenlijk was hij haar geen verklaring schuldig. Het was zijn geweten dat knaagde. Dus zei hij gewoon: Ik moet dringend weg, Hanne, en zij repliceerde terecht dat hij zich daarvoor niet hoefde te verontschuldigen.

'Je bent tenslotte de baas', zei ze.

Hannelore had zich inderdaad niet te bemoeien met zijn tijdsgebruik, maar vrouwen zijn nu eenmaal nieuwsgierig.

'Ik moet ook naar beneden', glimlachte ze. 'Je vindt het toch niet erg dat ik even met je meeloop?'

Beekman haalde zijn schouders op en wendde het hoofd af. Te laat. De ongeruste blik in zijn ogen was haar niet ontgaan. Waarom deed hij zo vreemd?

'Het is toch niets ernstigs?'

Ze werkte al meer dan tien jaar met hem samen en in die tijd was er tussen hen een hechte vertrouwensrelatie ontstaan.

'Natuurlijk niet.'

Beekman probeerde luchtig te klinken, maar hij kon niet verbergen dat haar aanwezigheid hem stoorde. Hij struikelde bijna over de vloermat voor ze de trap afliepen. Het maakte haar alleen nog nieuwsgieriger. Breng me niet op ideeën, Jozef, dacht ze. Het duiveltje in haar hoofd gaf het echter niet op. Hij bleef haar bestoken met ongeoorloofde veronderstellingen.

'Tot ziens dan maar', zei ze toen ze bij de uitgang waren. Ze stak haar hand uit, omdat ze de afspraak hadden dat ze elkaar geen zoen gaven in het openbaar.

Zijn hand voelde klam aan en hij durfde haar niet in de ogen te kijken. Het duiveltje in haar hoofd won het pleit. Ze liep terug naar de balie, waar Frank, de onthaalbediende, de scepter zwaaide. Gelukkig stond ze bij hem in een goed blaadje. Correctie: hij adoreerde haar. Tenminste, dat beweerden de collega's.

'Hoi Frank. Mag ik je iets vragen?'

De onthaalbediende draaide zich onmiddellijk om toen hij haar stem herkende, hoewel hij met iemand anders in gesprek was.

'Jij mag me alles vragen, mevrouw de onderzoeksrechter.'

Zijn ogen glinsterden en hij begon zichtbaar sneller te ademen. Wat een eer en wat een vrouw.

'Mag ik even je auto lenen? Heel even maar.'

De vraag bracht hem van zijn stuk. Zijn wagen mocht bijna zes jaar oud zijn, hij was er bijzonder zuinig op. Niemand anders dan hij had er ooit mee gereden. Hij voelde een blos naar zijn wangen stijgen, maar hij kon niet meer terugkrabbelen.

'Dat spreekt toch voor zich, mevrouw Martens.'
Hij forceerde een glimlach, haalde zijn autosleutels uit zijn broekzak en gaf ze haar. Hij kreeg er een schouderklopje voor terug.

'Je bent een schat, Frank.'
Ze liet hem verbouwereerd achter en haastte zich naar de uitgang. De wagen van Frank stond altijd dicht bij de inrijpoort geparkeerd omdat hij doorgaans 's ochtends als eerste arriveerde. De procureur beschikte natuurlijk over een gereserveerde plaats op een afzonderlijk parkeerterrein naast het gerechtsgebouw, waardoor ze de verloren tijd ruimschoots kon inhalen. Ze zat minstens al een minuut achter het stuur van Franks kleine Renault toen ze Beekman langs de vip-uitrit zag wegrijden. Ze slikte, maar haar keel was droog. Wat was ze in godsnaam aan het doen? Er zou wat zwaaien als Beekman erachter kwam dat ze hem was gevolgd. En hij zou gelijk hebben. Het waren haar zaken niet. Ze aarzelde. Misschien kon ze beter uitstappen. Maar dan zou ze nooit weten of haar gevoel klopte. Er was iets mis met Beekman. Ze draaide de contactsleutel om, zette de Renault in zijn achteruit en stoof Beekmans auto achterna. De grijze Mercedes sloeg achter de Kruispoortbrug rechts af. Gelukkig was Beekman geen agressieve chauffeur. Hij reed met een gezapige vaart in de richting van het station. Hannelore kreeg al spijt van haar beslissing. Hij wil gewoon een trein halen, dacht ze. Ze had het mis. Hij reed rechtdoor, nam de tunnel onder het Zand en zette koers naar Blankenberge. Het kostte haar weinig moeite om hem te volgen, want er was bijna geen verkeer. Nog geen twintig minuten later parkeerde Beekman zijn wagen aan de jachthaven en liep langs de Franchommelaan naar het Oosterstaketsel. Hannelore wist niet goed wat te doen. Hem te voet volgen was uiterst riskant. Als hij zich een keer omdraaide was ze

gezien. Ze zocht dekking achter de vuurtoren, vanwaar ze hem ongemerkt in de gaten kon houden. Wat kwam hij hier doen? Toch niet zomaar een frisse neus halen? Ze dacht koortsachtig na.

'Kan ik u helpen, juffrouw?'

Een man van een jaar of zestig met grijs haar in een marineblauwe blazer en met een witlinnen broek keek haar onderzoekend aan. Hij had in zijn leven al menige mooie vrouw weten te versieren. Het was een kwestie van aandacht geven en belangstelling tonen en ze lagen in je bed voor je het goed besefte. Hij wist zeker dat hij een kans maakte. Wat deed een jonge mooie vrouw hier anders alleen?

'Nee, dank u.'

Hannelore wilde de dekking van de vuurtoren niet opgeven. Aan de andere kant had ze geen zin om de oude snoeper enige hoop te geven. De man gaf het echter niet direct op.

'Wacht u op iemand?' vroeg hij.

Dat gaat u geen moer aan, wilde ze zeggen. Trouwens, op wie zou ze wachten? Ze kende niemand in Blankenberge. Of toch. Woonde Zlotkrychbrto niet in Blankenberge? Natuurlijk. Ze pakte haar mobieltje en zocht zijn naam onder de contacten. Bingo.

'Excuseer dat ik jullie zo lang liet wachten.'

Plop ging zitten, legde zijn handen op zijn buik en slaakte een diepe zucht. Hij kreeg per dag gemiddeld tien bezoekers over de vloer en hij had zeker een gat in de lucht gesprongen als een van hen aanstalten had gemaakt om iets te kopen. Zelfs een beetje interesse had zijn dag goedgemaakt, maar tegenwoordig was niemand meer in moderne kunst geïnteresseerd. Of ze hadden er het geld niet voor over.

'Geen probleem', reageerde Van In laconiek. 'Wij ambtenaren hebben tijd zat.'

Plop kon er niet om lachen omdat hij in een vorig leven ook ambtenaar was geweest. Bij Financiën dan nog. Ze hadden vroeger genoeg de draak met hem gestoken.

'Wat wilde u nog weten?' vroeg hij korzelig.

'Doet u dit al lang?'

'Vijftien jaar.'

'En?'

'Ik red me wel.'

Het laatste antwoord bevestigde Van Ins vermoeden. Louis had het financieel niet breed en Dominique haatte Jean-Pierre. Hun jaloersheid had een grond, hoewel dit nog geen reden was om hem om het leven te laten brengen. Tenzij ze van hem zouden erven natuurlijk.

'Bent u getrouwd?'

Plop haalde zijn handen van zijn buik en maakte een wegwerpgebaar waarmee hij duidelijk probeerde te maken dat de vraag irrelevant was.

'Maakt dat iets uit, commissaris?'

De komst van een tweede klant deed hem opveren. Versavel zuchtte. Toch niet weer tien minuten wachten? Ze hadden geluk. De tweede klant bleek nog minder geïnteresseerd dan de eerste. Plop was binnen dertig seconden terug.

'Is er nog iets waarmee ik u van dienst kan zijn?' vroeg de galeriehouder verveeld.

'Ja', knikte Van In. 'Als u nog tijd hebt tenminste.'

Plop legde gelaten zijn handen op zijn buik. Het kon hem allemaal niet veel meer schelen. Zijn leven was een puinhoop. De ene dag was een blauwdruk van de andere. En ze waren bovendien geteld. Het monster in zijn buik groeide als een olievlek uit een lekgeslagen tanker.

'Weet u iets af van de goudschat die uw broer in zijn kluis bewaarde?'

De vraag deed Plop glimlachen, ondanks de sombere ge-

dachten die door zijn hoofd spookten. Wat moest hij daarop zeggen? Dat Jean-Pierre een mythomaan was? Dat hij de goudschat had uitgevonden om jonge grieten in zijn bed te krijgen?
'Een goudschat komt alleen in stripverhalen voor, commissaris. Of in piratenfilms. Tegenwoordig is een mens beter af met plastic.'
'U ontwijkt de vraag, meneer Vandamme.'
'Waarom zou ik de vraag ontwijken? Er is geen goudschat, tenzij u kunt bewijzen dat hij bestaat.'
'Het gaat dus louter om geld.'
'Pecuniae oboediunt omnia.'
'Wat zegt u?'
'Dat alles gehoorzaamt aan het geld', verduidelijkte Versavel.
'Wat bedoelt hij daarmee?'
Plop bracht zijn hand naar zijn kin. Jean-Pierre had ermee gedreigd zijn hele fortuin na te laten aan Livia Beernaert. Dominique had kort na Jean-Pierres dood contact opgenomen met de notaris, maar die had niet willen zeggen of er een testament was, laat staan wat erin stond. Hij had alleen gezegd dat hij hem op de hoogte zou houden. Het antwoord op de vraag of er een testament was en wat erin stond, zou bepalen of hij al dan niet aan geld zou gehoorzamen. Tot dan viel er niets meer te bespreken.
'Ik bedoel daarmee dat ik niets meer te zeggen heb', zei hij.
Van In knikte. Het had geen zin Plop nog te confronteren met zijn gerechtelijk verleden. Vandaag toch niet.

'Daar is nog een tafeltje vrij', zei Van In.
Het gesprek met Louis Vandamme had niet veel opgeleverd, behalve dat ze nu zeker wisten dat het allemaal om

geld draaide, wat op zich geen verrassing was. Als iemand doodging, draaide het altijd om geld.
'Hebben we nog tijd?' vroeg Versavel.
Hij wierp een blik op zijn horloge. Het was tien over drie. Het argument dat het te laat was om nog iets te drinken verviel. Hij kon zich er beter bij neerleggen.
'Vergeet niet dat we ambtenaren zijn, Guido.'
Van In stak een sigaret op en liep haastig de straat over om te voorkomen dat iemand anders hun plekje zou inpikken. Versavel voelde zich een beetje gegeneerd in zijn uniform. Hij ging zitten met zijn rug naar de straat toe gekeerd. De ober kwam onmiddellijk de bestelling opnemen. Van In nam een Duvel, Versavel hield het op perrier.
'Ik stel voor dat we morgen contact opnemen met de notaris van Jean-Pierre Vandamme', zei Van In. 'Een testament kan heel wat verduidelijken.'
'Of nog ingewikkelder maken.'
'Laten we daar nog niet aan denken, Guido.'

Zlotkrychbrto was thuis en hij reageerde enthousiast toen Hannelore hem vroeg of hij even naar de vuurtoren wilde komen. Het duurde amper vijf minuten voor hij er was. Hij hijgde en zijn gezicht was rood aangelopen omdat hij de fiets had genomen. Ze kreeg een zoen en een compliment dat ze er stralend uitzag.
'Vleier.'
Zlot grijnsde. Hij had met genoegen zijn pink afgestaan voor een nacht met haar, maar dat deed je niet met de vrouw van een vriend. Zelfs eraan denken was niet netjes.
'De waarheid, niets dan de waarheid. Zo helpe me God.'
'Je gelooft niet eens in God.'
'Er zijn uitzonderingen, meid.'
Hannelore keek vluchtig om zich heen. Gelukkig was er

weinig volk in de buurt. Stel je voor dat iemand hen hier samen zag.'

'Ik wil dat je iets voor me doet, Zlot, en dat je me belooft het aan niemand te vertellen.'

'Ook niet aan Van In?'

Ze aarzelde. Van In en Zlotkrychbrto waren twee handen op één buik. Ze zou nooit met zekerheid weten of hij woord hield. Dus zei ze dat hij daar zelf over mocht beslissen.

'Oké. Wat wil je dat ik doe?'

Zlotkrychbrto fronste zijn wenkbrauwen toen hij hoorde wat ze wilde, terwijl hij toch wel een en ander gewend was. Een onderzoeksrechter die een procureur liet bespieden was dan ook geen alledaags gegeven. Toch deed hij wat ze van hem verlangde. Het duurde twintig minuten voor hij terug was.

'En?' vroeg Hannelore.

Zlotkrychbrto grijnsde. Beekman genoot net als hij de reputatie dat hij niet vies was van vrouwen, maar hij had nooit gedacht dat Hannelore zich daarmee zou bemoeien. Beekman hoefde zichzelf niets te verwijten. Hij was vrijgezel en zijn eigen baas.

'Het is niets om je zorgen over te maken. Beekman heeft gewoon een afspraakje met zijn liefje.'

Hij haalde zijn mobieltje uit zijn broekzak, activeerde de fotogalerij, zocht de foto die hij stiekem had gemaakt en liet ze haar zien.

'Is er iets?' vroeg hij, toen hij Hannelore gebiologeerd naar de display zag kijken.

Ze schudde haar hoofd omdat ze geen zin had hem te vertellen dat de vrouw op het scherm Nadia Verdoodt was.

11

Het was rustig aan de haven. Hannelore slenterde langs de kade met een zwoele bries in de rug. Zlotkrychbrto liep zwijgend naast haar. Hij kende de vrouw niet van wie hij een foto had gemaakt, maar hij wist zeker dat ze indruk had gemaakt. Hannelore was in principe openhartig, ze hadden geen geheimen voor elkaar. Waarom zweeg ze nu?

'Heb je zin om iets te drinken?' vroeg hij.

Aan de overkant lonkten de terrasjes. En ze waren voor een keer dunbevolkt. Als ze wilde praten, hoefde ze zich geen zorgen te maken over mensen die meeluisterden, want zo ging dat meestal als je in Blankenberge op een terrasje ging zitten. De mensen luisterden mee. Ze keek vluchtig op.

'Waarom ook niet', zei ze.

Ze staken de straat over. Een voorbijganger keek hen hoofdschuddend na. Waarom krijgen de lelijkste mannen altijd de mooiste vrouwen, dacht hij.

'Originele naam.'

Zlotkrychbrto wees naar het opschrift boven het café. The Northsea. Ze gingen voor het raam zitten op comfortabele stoelen met kussens. Ze zaten er nog maar pas of een breed glimlachende jonge vrouw met lang, loshangend blond haar kwam de bestelling opnemen. Zlotkrychbrto wierp een begerige blik in haar decolleté toen ze zich vooroverboog om de lege glazen van de vorige klanten weg te nemen.

'Wat mag het zijn?' vroeg ze met een lichthese stem.
'Doe mij maar een koffie', zei Hannelore verstrooid. 'Of nee. Liever een glas witte wijn.'
Zlotkrychbrto bestelde een Duvel. De jonge vrouw dacht net hetzelfde als de voorbijganger die hen de straat had zien oversteken, terwijl ze snel naar binnen liep en de bestelling doorgaf aan de barman, een potige kerel met een ruige baard en krulhaar.
'Je hoeft niets te zeggen als je het niet wilt, Hanne, maar je maakt me wel nieuwsgierig.'
Ze bleef een paar seconden voor zich uit staren. Van magistraten wordt verwacht dat ze eerlijk en plichtsgetrouw zijn. In haar ogen was procureur Beekman zo'n man. Akkoord, hij had zijn kleine kantjes en hij was een beetje ijdel, maar hij was in wezen een betrouwbare kerel. Het kon toch geen toeval zijn dat hij stiekem een afspraak had gemaakt met een verdachte in een moordzaak?
'Je hebt gelijk, Zlot', zei ze onverwachts. 'Je hebt evenveel recht om het te weten als Van In.'
'Is het dan zo erg?'
'Ik hoop van niet. Het ergste is dat...'
De jonge vrouw met het loshangende haar bracht de bestelling en schoof het ticket onder de asbak. Hannelore wachtte tot ze weer weg was voor ze de zin afmaakte.
'Het ergste is dat ik er met hem over zal moeten praten.'
'Wie was die vrouw?'
Ze keek hem geschrokken aan. Waarom eigenlijk? Zlotkrychbrto was niet achterlijk. Een klein kind had gemerkt dat de vrouw haar zorgen baarde.
'Ze heet Nadia Verdoodt.'
'Mooie naam', lachte Zlotkrychbrto. 'Heeft ze ook iets verkeerds gedaan?'
'Lees jij dan geen dossiers?'

'Nee, schat. Ik snijd alleen lijken open. En voor zover ik kan oordelen, is mevrouw Verdoodt nog springlevend.'

Hij deed haar glimlachen en legde zijn hand op haar schouder. Als een andere man zoiets had gedaan had ze hem tot de orde geroepen, maar Zlotkrychbrto was niet zomaar een andere man, hij was een vriend van Van In. En een vriend deed geen verkeerde dingen met de vrouw van zijn vriend.

'Als blijkt dat Beekman een relatie heeft met een verdachte, moet ik dat melden', zei ze.

'Tja.'

Zlotkrychbrto haalde zijn hand van haar schouder en nam een slok Duvel. Een slok. Hij dronk het glas bijna voor de helft leeg.

'Kom, kom', zei hij troostend. 'Wie weet heeft Van In een andere oplossing.'

'Er is geen andere oplossing, Zlot.'

Notarissen woonden meestal in statige herenhuizen. De notaris bij wie Van In en Versavel aanbelden, was een uitzondering op die regel. Hij hield zijn kantoor in een bescheiden rijtjeshuis.

Een mollige vrouw van een jaar of vijfenveertig kwam openmaken.

'Kan ik u helpen?' vroeg ze vrolijk.

Zelfs de medewerkers vielen uit de toon. Wie voor een notaris werkt, lacht alleen in zijn of haar vrije tijd.

'Kunnen we de notaris spreken? Het is dringend.'

Dringend was een woord dat je bij een notaris beter niet in de mond nam. Dringend betekende ook niet dat je geen afspraak hoefde te maken. Hier maakte het blijkbaar niets uit. De mollige vrouw zette een stapje achteruit en liet hen binnen.

'Ik zal zien wat ik voor jullie kan doen.'

Ze ging hun voor naar een kleine wachtkamer waar vier stoelen stonden en een tafeltje met een stapeltje beduimelde tijdschriften.

'Er bestaan nog mirakels', zei Van In met een knipoog.

Ze gingen zitten. Versavel nam het bovenste tijdschrift van de stapel, een maandblad over hoe je gezond en fit moest blijven, maar hij kreeg amper de tijd om het door te bladeren. De deur zwaaide open. Het was de mollige medewerkster die hun verzocht om mee te komen.

'De notaris zal u onmiddellijk ontvangen', zei ze.

Ze liet hen binnen in een betrekkelijk klein kantoor, waar een ouderwets bureau en een paar archiefkasten stonden. Van de notaris was geen spoor.

'Zou hij naar het toilet zijn?'

Van In deed alsof hij thuis was. Hij ging zitten en strekte zijn benen. Versavel bleef staan tot de notaris een halve minuut later binnenkwam. Zijn handen waren vochtig. Van In had dus weer gelijk.

'Goedemiddag, heren. Wat kan ik voor u doen?'

'We komen in verband met Jean-Pierre Vandamme.'

De notaris liet zich op zijn stoel ploffen en veegde zijn klamme handen droog aan zijn broek.

'Tja', zei hij met een ernstige blik. 'Ik heb in de krant gelezen wat hem overkomen is. Arme drommel.'

Van In rechtte zijn rug en trok zijn benen terug. Had hij de notaris goed verstaan?

'In de krant?' herhaalde hij ongelovig. 'Heeft niemand u officieel van het overlijden op de hoogte gebracht?'

'Nee. Maar dat verbaasde me niet. Jean-Pierre leefde sinds jaren in onmin met zijn broers.'

Er kwam geen einde aan Van Ins ongeloof. Notarissen waren in de regel uiterst discreet over hun klanten, zelfs tegen de politie. En ze hielden zeker de vuile was binnen. Het werd steeds duidelijker dat ze niet bij een normale notaris waren terechtgekomen. Of waren al die anderen abnormaal?

'U bent dus op de hoogte van de familievete?'

'Natuurlijk. Waar dient een notaris anders voor? Bij een priester hoef je tegenwoordig niet meer aan te kloppen. En dan zwijg ik nog over advocaten.'

Het ongeloof veranderde in verbijstering. De situatie deed Van In denken aan een verhaal van Edgar Allan Poe waarin een nietsvermoedende arts tijdens een bezoek aan een psychiatrische instelling pas 's avonds merkt dat de patiënten de plaats van het personeel hebben ingenomen en vice versa. Aan de andere kant maakte het zijn probleem eenvoudiger. Als de notaris geen blad voor de mond nam over het privéleven van zijn klanten, zou hij waarschijnlijk geen bezwaar maken als hij naar het testament informeerde.

'Dan heb ik nog maar één vraag', zei hij. 'Heeft meneer Vandamme een testament?'

'Nee. Of liever, dat heeft hij niet meer.'

Versavel keek naar Van In. Zijn blik sprak voor zich. Dit was toch niet normaal? Van In sloeg zijn ogen neer en wreef nadenkend over zijn kin. Er moest een reden zijn die het vreemde gedrag van de notaris kon verklaren.

'Ik wil niet ondankbaar zijn, meneer de notaris. Maar...'

'U vindt dat ik me weinig aantrek van het beroepsgeheim.'

'Dat zijn uw woorden', zei Van In voorzichtig.

De notaris maakte een sussend gebaar. Hij begreep dat zijn bezoekers niet echt begrepen wat er aan de hand was en hij er beter aan had gedaan hen eerst in te lichten over zijn relatie met Jean-Pierre en het laatste gesprek dat hij met hem had gevoerd.

'U moet weten dat Jean-Pierre mijn beste vriend was',

zei hij. 'En dat hij mij uitdrukkelijk heeft opgedragen alle informatie over hem aan de politie mee te delen als hem ooit iets overkwam.'

De laatste zin verklaarde alles. En hij voegde een nieuw element toe aan een zaak die steeds groteskere proporties aannam. Jean-Pierre Vandamme was bang geweest dat hem iets zou overkomen.

'Jean-Pierre is me komen opzoeken voor hij op bedevaart naar Santiago de Compostela vertrok. Hij was bang. Ik heb hem proberen te kalmeren maar ik heb hem niet kunnen doen afzien van zijn voornemen.'

'U had ons veel moeite bespaard als u ons eerder was komen opzoeken', zei Van In.

'Misschien', knikte de notaris. 'Maar dan had ik nooit echt geweten of u de informatie ernstig had genomen.'

'Hoezo ernstig?'

'Jean-Pierre was bang dat justitie de zaak in de doofpot zou stoppen als hem iets overkwam. Daarom heb ik gewacht tot u zelf naar me toekwam. Want zegt u eens eerlijk, is dat niet een van de eerste stappen in een moordonderzoek?'

Van In kon de notaris geen ongelijk geven. Hij voelde zich een beetje schuldig, maar er was iets dat hem meer zorgen baarde.

'Waarom zou ik in godsnaam een zaak in de doofpot willen stoppen?'

'U misschien niet, commissaris Van In. Maar u bent de baas niet.'

'Mijn vrouw is onderzoeksrechter', probeerde Van In zich te verdedigen.

'Dat weet ik. Maar er bestaan hogere machten.'

'Heeft Jean-Pierre u dat verteld?'

De notaris knikte. Hij had liever niets met de zaak te maken gehad, maar Jean-Pierre was zijn vriend en hij had hem plechtig beloofd dat hij hem niet in de steek zou laten. Nu was het zover. Hij had zijn hart kunnen luchten.

'Wat wist hij dat wij niet weten?'

De notaris ging verzitten op zijn stoel. Van In merkte aan de gespannen uitdrukking op zijn gezicht dat hij het moeilijk had. Met welke hogere machten hadden ze verdomme te maken?

'Heeft het iets met het goud te maken?'

Er kwam niet onmiddellijk een antwoord. De notaris bleef in gedachten verzonken. Hij had het goud nooit gezien, hoewel Jean-Pierre was blijven beweren dat het er wel was.

'Livia Beernaert was een van de begunstigden van het laatste testament van Jean-Pierre', zei hij. 'Zij zou de inhoud van de brandkast krijgen.'

'Het goud dus?'

'Dat dacht ik ook', zei de notaris.

'Heeft hij ook gezegd waarom hij zijn testament heeft laten vernietigen?'

'Hij zei dat hij zich schuldig voelde.'

'Of hij is erachter gekomen dat Livia Beernaert alleen op zijn fortuin uit was.'

'Dat zou best kunnen', zei de notaris.

Het plaatje begon stilaan te kloppen. Jean-Pierre Vandamme had een goudschat gekregen van zijn oom, een huurlingenleider die in Congo rijk was geworden en om die reden door de rest van de familie was verstoten, en hij was daarvan zelf de dupe geworden. Hij had troost gezocht in de armen van de knappe Livia Beernaert, die hem op haar beurt had bedrogen, met als gevolg dat hij haar uit zijn testament had geschrapt en uit pure frustratie een bedevaart naar Santiago de Compostela had ondernomen. Het plaatje was echter niet volledig. Het verklaarde de rol van Mad

Max en zijn kompanen niet. En dan waren er nog Nadia en Marijke Verdoodt. Was de notaris daarvan op de hoogte? De vraag lag voor de hand, maar hij stelde ze niet. Hij wilde eerst nog met een paar andere mensen spreken.
'U hebt ons in ieder geval voortreffelijk geholpen', zei hij.
'Vindt u het erg als we u later nog eens komen opzoeken?'
De notaris keek verbaasd. Hij had verwacht dat de commissaris dieper op de zaak zou ingaan. Niet dat er nog veel te vertellen viel. Jean-Pierre was een introverte kerel, die hem zeker niet alles had toevertrouwd.
'Nee, natuurlijk niet', zei hij.
Van In voelde zijn mobieltje in zijn broekzak trillen.
'Een ogenblikje.'
Hij drukte de notaris de hand en nam op. Het was Hanne.

De notaris bleef in de deuropening staan toen ze wegreden. Het bezoek van de politie had hem niet verrast, integendeel, hij had hen vroeger verwacht. Hij vroeg zich alleen af of hij zichzelf niet in gevaar had gebracht. Als de moordenaar van Jean-Pierre vermoedde dat hij meer wist, was hij misschien het volgende slachtoffer.
Een eindje verderop stond een auto geparkeerd. Er zat een man achter het stuur die zowel de notaris in de deuropening zag staan als de politieauto die wegreed. Hij pakte zijn mobieltje, belde Mad Max en vroeg wat hij moest doen.

'Hannelore zit op een terras aan de jachthaven in Blankenberge', zei Van In. 'Met Zlotkrychbrto nota bene.'
Versavel stelde geen vragen. Hij reed naar de ringweg en sloeg even later af naar Blankenberge. Het gesprek met de notaris had een paar bruikbare elementen opgeleverd en hij wist zeker dat Van In daarover aan het nadenken was. Daarom liet hij hem met rust en concentreerde zich op het

verkeer, dat steeds drukker werd.
'Denk je dat hij meer weet?' vroeg Van In.
Tot nu toe, ze reden voorbij het industrieterrein de Blauwe Toren, had hij nog niets gezegd.
'Je hebt in ieder geval niet veel moeite gedaan om het uit te vissen', reageerde Versavel onverschillig.
'Ik vraag jouw mening, Guido', klonk het kribbig.
'Zijn wij vrienden?'
'Wat heeft dat ermee te maken?'
'Echte vrienden vertellen elkaar alles. Of toch bijna alles', voegde Versavel eraan toe toen hij Van In vreemd zag opkijken. 'De vraag is bijgevolg: hoe goed was Jean-Pierre Vandamme bevriend met de notaris?'
Het bleef even stil in de wagen. Versavel was een man van weinig woorden, maar je mocht hem niet onderschatten. Hij was in staat de essentie van een gesprek in een paar woorden samen te vatten.
'Waar hebben jullie afgesproken?'
'In café The Northsea aan de jachthaven.'

De notaris was nog een tijdje in de deuropening blijven staan en hij had wat staan rondkijken voor hij weer naar binnen ging. Mensen die hem beter kenden wisten dat hij bijzonder achterdochtig was, wat op zich een voordeel was voor een notaris. Wie in zijn positie niet bij de pinken was, liep iedere dag het risico bedrogen te worden. Daarom had hij geleerd op details te letten en dingen in zich op te nemen die er op het eerste gezicht niet toededen. Een man die bij dit weer in een geparkeerde auto bleef zitten was op zich niet verdacht, hij registreerde het gewoon. Het was pas toen er vijf minuten later werd aangebeld en hij de man herkende die zijn assistente had binnengelaten, dat hij zich zorgen begon te maken.

'Wat wil die meneer?'
'Hij wil u dringend spreken', antwoordde de assistente ontdaan omdat de vraag nogal ruw had geklonken.
'Waarover?'
'Een familiekwestie.'
'Heb je gezegd dat ik er ben?'
Ze verschoot van kleur. Waarom zou ze zeggen dat hij er niet was? De notaris tokkelde met zijn vingers op zijn bureau. Hij was normaal een toonbeeld van onverstoorbaarheid. Ze had hem nog nooit zo zenuwachtig gezien.
'Wat moest ik anders zeggen?'
Haar stem schoot uit. De notaris probeerde haar te sussen met een vaderlijke glimlach, terwijl hij zichzelf probeerde wijs te maken dat de man in de wachtkamer geen enkel gevaar vormde.
'Oké. Laat hem maar binnen.'
De medewerkster verdween met de staart tussen de benen. Ze werkte al meer dan vijftien jaar voor hem. Hij had haar nog nooit op die manier behandeld.
Carlo Liabadia glimlachte toen ze de deur van de wachtkamer opende en hem vroeg om mee te komen. Hij legde het tijdschrift terzijde dat hij had zitten doorbladeren en volgde haar door de gang naar het bureau van de notaris.
'Goedemiddag. Wat kan ik voor u doen?'
De notaris stond op, liep met een uitgestoken hand op zijn gast toe, een mediterraan type met gitzwart haar en donkere, flitsende ogen. Hij had geen twijfels bij nationaliteiten of standen, hij hield evenmin rekening met hun financiële toestand, wat hem al ontelbare keren zuur was opgebroken. Hij was niet rijk en hij zou nooit rijk worden. Zeker niet met de idealen die hij aan zijn studententijd in de jaren zestig had overgehouden.
'Ik wil informatie', zei Carlo.

De kerel die voor hem stond was een schlemiel, dat kon je zo zien. Het zou weinig moeite kosten om hem te doen meewerken. Niet langer dan een kwartier.

'Gaat u toch zitten.'

De gast bleef staan. Hij maakte zelfs geen aanstalten om te gaan zitten. Zijn lippen weken uiteen en lieten een wit streepje glazuur zien. Het was een spottend lachje met een wrede ondertoon. Of verbeeldde hij zich dat maar?

'Mijn assistente heeft mij gezegd dat het over een familiekwestie ging', ging de notaris schijnbaar onverstoorbaar verder. 'Ik neem aan dat het om een erfenis gaat.'

'Zoiets', gromde Carlo.

De snelste manier om de schlemiel te doen meewerken was zijn lul vastgrijpen en zijn eikel platdrukken tot hij kronkelde van de pijn. Een man hield zoiets niet langer dan een paar minuten vol.

De notaris sloeg zijn ogen neer. Hij mocht dan misschien geen briljante notaris zijn, hij had in de loop van de jaren ongelooflijk veel mensenkennis opgedaan. Eigenlijk was hij beter psychiater geworden, maar dat had zijn vader hem ten stelligste afgeraden. En behalve over mensenkennis beschikte hij eveneens over een buitengewone intuïtie.

'Momentje', zei hij. 'Ik haal eerst even mijn bril in de kamer hiernaast.'

De deur achter hem stond half open. In de kamer stonden een stuk of vijf archiefkasten en een metalen tafel die hij op een veiling had gekocht en die als tweede bureau dienstdeed als hij iets moest opzoeken. Carlo wierp een blik over de schouder van de notaris. Hij zag een stukje van de metalen tafel met daarop een donkere bril. De notaris glimlachte bedeesd en schuifelde naar de half openstaande deur, maar in plaats van zijn bril van de tafel te nemen, sloeg hij de deur achter zich dicht en draaide ze op slot. Carlo was zo verrast dat het twee seconden duurde voor hij reageerde. Hij haalde uit met zijn voet en trapte zo hard als hij kon tegen de deur. De trap was zo hevig dat een normale deur uit de hengsels was gesprongen, maar het was geen normale deur. De notaris mocht niet rijk zijn, hij hield van de stevige dingen. De deur was van massief eikenhout, de schoot van het slot en de scharnieren die stevig in de muur zaten vastgeschroefd waren van gehard staal. De notaris stond te duizelen op zijn benen. Zijn intuïtie had hem niet in de steek gelaten, maar hij zat als een rat in de val. De bijkamer had geen ramen en er was geen andere uitweg dan de deur die naar zijn werkkamer leidde.

De late middagzon hulde de jachthaven in een okerachtige gloed. Een groepje nieuwsgierige wandelaars stond zich te vergapen aan het ranke motorjacht van een of andere rijke Nederlander dat bijna geluidloos binnenvoer. Ze droomden allemaal van hetzelfde: wanneer winnen wij nu een keer de lotto? Van In stapte uit, stak een sigaret op en wachtte tot Versavel de auto had afgesloten. De terrassen aan de kant van de Franchommelaan zaten overvol met vrolijke mensen. Het leven kan toch mooi zijn, dacht hij. Ze staken het parkeerterrein over en liepen langs de gevels van de appartementsgebouwen naar café The Northsea, waar ze met Hannelore en Zlotkrychbrto hadden afgesproken.

'Hoi.'

Van In boog zich vooalcohol, maar hij zei er niets van. Hannelore dronk zelden en als ze dronk zou ze daar wel een goede reden voor hebben. Bij Zlotkrychbrto lag het anders. Hij hoefde hem niet te zoenen om te weten dat hij gedronken had.

'Ik ben benieuwd.'

Van In ging tegenover Hannelore zitten en stak zijn hand op naar de jonge vrouw met het loshangende haar die aan een andere tafel een bestelling opnam. Versavel kwam naast hem zitten. Hij was ook benieuwd naar wat Hannelore niet over de telefoon had willen vertellen. Ze schraapte haar keel en nam haastig nog een slokje wijn. Het was haar vierde glas. De lichte roes maakte haar iets moediger.

'Ik heb vanmorgen Beekman achtervolgd', zei ze met een flauwe glimlach.

Van In bekeek haar met een afwachtende blik, terwijl hij probeerde te achterhalen waarom ze zoiets had gedaan. Het klonk even ongeloofwaardig als bekennen dat ze een moord had gepleegd. Ze hield hem gelukkig niet te lang in spanning.

'Dat was het dus', zei Hannelore toen ze uitgesproken was en Van In noch Versavel onmiddellijk reageerde.

'Jullie zeggen niets.'

'Het is ook een ongelooflijk verhaal', zei Van In.

'Je gelooft me dus niet.'

'Toch wel. Het is alleen nog erger dan je denkt.'

Hij vertelde in een paar woorden wat Dominique Vandamme hun vanochtend had verteld over zijn oom Jacques Vandamme en Marijke Verdoodt.

'Dat meen je niet.'

Hannelore dronk nog eens van haar wijn. Het duurde een tijdje voor het allemaal tot haar doordrong.

'Zou het kunnen dat Beekman daarvan op de hoogte is en hij daarom met haar heeft afgesproken?'

Van In haalde zijn schouders op. De procureur was een ervaren jurist, maar hij was geen speurder. De kans was klein dat hij een verband had gelegd tussen Nadia Verdoodt en de moord op Marijke Verdoodt van meer dan dertig jaar geleden.

'Het zou ook kunnen dat zij hem heeft gebeld', zei Versavel.

De conclusie van Versavel was zo helder en logisch dat ze hen alle drie met stomheid sloeg. Natuurlijk, dacht Hannelore. Waarom heb ik daar zelf niet aan gedacht in plaats van me als een nieuwsgierig schoolmeisje aan te stellen? Zlotkrychbrto vond het allemaal minder dramatisch. Hij had een prettige middag doorgebracht in het gezelschap van een knappe vrouw en dat was voor hem meer dan voldoende.

'Dan zal iemand hem dat moeten vragen', zei Van In.

Hij keek naar Hannelore. Zij had de carrousel op gang gebracht en ze verkeerde als onderzoeksrechter in de beste positie om de procureur te interpelleren. Ze nam het ruiterlijk op. Nog een glas wijn en ze voelde zich zelfverzekerd genoeg om Beekman onder ogen te komen.

'Je hebt gelijk', knikte ze. 'Ik regel het wel.'

Van In stak een sigaret op. Als de conclusie van Versavel klopte dat Nadia Verdoodt Beekman had gebeld, was het bijna zo goed als zeker dat ze meer wist over de zaak dan ze had willen toegeven en dat verontrustte hem een beetje. Welk spel werd hier gespeeld? Hij kreeg niet de tijd om lang over de vraag te piekeren. Zijn mobieltje ging over. Het was Saskia. Hij nam op en luisterde zonder een woord te zeggen tot ze uitgesproken was.

'Verdomme.'

'Wat is er nu weer?' vroeg Hannelore.

'De notaris is spoorloos verdwenen.'

'Welke notaris?'

'Dat vertel ik je in de auto. Kom, we zijn weg.'

De medewerkster van de notaris had zichtbaar gehuild. Haar ogen waren rood en gezwollen. Van In begroette haar met een scheve glimlach.

'We zijn zo snel mogelijk gekomen', zei hij.

Het was akelig stil in het eenvoudige rijtjeshuis. De medewerkster leidde hen door de gang naar een kleine woonkamer annex keuken die even armoedig was gemeubileerd als het kantoor en de wachtkamer. De muren waren nagenoeg kaal, waardoor de foto op de schoorsteenmantel onmiddellijk de aandacht trok. Er stonden twee mannen op. Ze droegen allebei een tropenhelm.

'Vertel nu eens rustig wat er gebeurd is', zei Van In.

Ze gingen aan de tafel zitten, die eigenlijk te krap was voor vijf personen. De medewerkster schuifelde naar de keuken. Ze kwam terug met een krukje en een envelop die ze aan Van In gaf. Hij maakte ze open, haalde er een velletje papier uit en las wat erop stond. Het was een korte tekst in een klein, regelmatig handschrift.

Lieve Dora,
Ik moet onverwijld weg. Mijn leven is in gevaar. Als ik over een week niet terug ben, moet je de politie waarschuwen en hun zeggen wat er gebeurd is. Maak je geen zorgen om geld. Er ligt voldoende in de la.
Marc

'Merkwaardig.'

Hij gaf het briefje aan Hannelore en stak ongevraagd een sigaret op. Wat was hier in godsnaam aan de hand? Welke rol speelde de notaris in dit verhaal en waarom was hij na hun bezoek halsoverkop op de vlucht geslagen? Omdat hij iets wist dat hij niet had willen vertellen?

Hannelore fronste haar voorhoofd en gaf het briefje door aan Versavel, die het op zijn beurt las. Zlotkrychbrto, die het dossier amper kende, begreep er niets van.

'Bent u al lang in dienst bij de notaris?'

De vrouw keek schichtig op. De vraag klonk scherp en

deed haar ineenkrimpen. Hannelore zag de angst in haar ogen.

'De commissaris wil u alleen helpen', suste ze.

Haar zachte stem maakte veel goed. Ze kreeg een dankbare blik terug. De vrouw werd rustiger. Van In stelde de vraag opnieuw. Op een andere toon.

'Vijftien jaar', zei ze.

'Jullie kennen elkaar dus tamelijk goed?'

'Meneer Marc is een brave mens', snikte ze.

'Dat wil ik best geloven', zei Van In zacht. 'Daarom bent u de enige die ons kan helpen. Hebt u er enig idee van waarom hij op de vlucht is geslagen?'

De vrouw sloeg haar ogen op. Haar handen trilden toen ze terugdacht aan wat er gebeurd was.

'De man was een bruut. Hij wilde meneer Marc pijn doen.'

'Welke man?'

De vrouw deed haar verhaal in horten en stoten. Ze kon echter niet vertellen wat er zich in de werkkamer van de notaris had afgespeeld. Ze had de man alleen wild tekeer horen gaan. Daarna was hij woedend weggelopen.

'Kunt u hem beschrijven?'

Versavel haalde een notitieboekje uit zijn binnenzak en pakte een balpen. De vrouw zag er op het eerste gezicht een beetje simpel uit, maar toen ze uitgesproken was, moest hij toegeven dat ze over een over een fenomenale opmerkingsgave beschikte. De beschrijving die ze van de man had gegeven, was bijzonder accuraat. De tekenaar die straks de robotfoto kwam maken zou ervan snoepen.

'Wat is er daarna gebeurd?'

'Meneer Marc is nog een tijdje in de bijkamer blijven zitten', zei ze. 'Tot ik hem er uiteindelijk van heb kunnen overtuigen dat de bruut weg was en dat alle deuren op slot waren.'

'Hoe zag hij eruit?'

'Ik heb meneer Marc nog nooit zo bang gezien', zei ze.

Van In krabde achter zijn oor. Dat de notaris ongewenst bezoek had gekregen nog geen tien minuten nadat zij vertrokken waren, deed het ergste vermoeden. Dit kon geen toeval zijn. Iemand moest hen gevolgd hebben. En dat kon hij moeilijk geloven, omdat het zo goed als onmogelijk was dat Versavel niet had opgemerkt dat ze gevolgd werden.

'We kunnen beter een andere wagen nemen', zei hij.

'Je denkt dat je gevolgd wordt?'

'Je hoeft iemand niet meer te schaduwen om te weten waar hij zich bevindt, Hanne.'

'Een zendertje?'

'Zoiets, ja.'

Van In pakte zijn mobieltje, belde Saskia en vroeg of ze iemand kon sturen met een andere wagen. Terwijl hij belde viel zijn oog weer op de foto op de schoorsteenmantel.

'Kent u die mensen op de foto?' vroeg hij terloops.

Het antwoord deed hem perplex staan. De man links op de foto was de vader van de notaris, de andere was Jacques Vandamme, huurlingenleider en oom van de vermoorde Jean-Pierre Vandamme.

12

Hannelore haalde diep adem, veerde op van haar stoel, beende energiek naar de deur, pakte de klink vast en... bleef staan. Nee, zei ze bij zichzelf, ik doe het straks. Ze ging weer aan haar bureau zitten, sloeg een map open en probeerde zich te concentreren op het eerste stuk van het dossier, een verklaring van een ambtenaar die iemand op sluikstorten had betrapt. Ze verloor haar aandacht na een paar regels. Het heeft geen zin om het nog langer uit te stellen, dacht ze wanhopig. Ik doe het nu. Ze sloeg de map dicht, haalde diep adem, veerde weer op van haar stoel en liep naar de deur. Ze was niet alleen in de gang. Wie ze tegenkwam, knikte goedendag. Ze beantwoordde de groet telkens met een schuw knikje terwijl ze zich met lichtgebogen hoofd voorthaastte.
'Binnen.'
Ze had amper aangeklopt toen hij al antwoordde. Het liefst was ze naar haar kantoor teruggelopen, maar daarvoor was het nu te laat. Ze duwde voorzichtig de klink naar beneden.
'Wie we daar hebben', klonk het enthousiast.
Ze stond in de deuropening met de klink nog in haar hand. Beekman maakte een uitnodigende beweging met zijn arm.
'Je bent toch niet bang om binnen te komen?'
Er ging een rilling door haar lichaam en haar maag trok

samen. Haar voeten leken vastgezogen aan de vloer.

'Waarom zou ik bang zijn?'

Ze onttrok haar rechtervoet aan de zuigkracht van de vloer en zette een stap naar binnen, de tweede voet volgde automatisch.

Beekman stond op en kwam vanachter zijn bureau vandaan om haar een zoen te geven. Ze voelde zijn hand op haar schouder.

'En vertel me nu eens waaraan ik dit onverwachte bezoek te danken heb.'

Ze ging recht tegenover hem zitten en kruiste zedig haar benen. Ze voelde haar keelslagader kloppen. Beekman keek haar verbaasd aan. Waarom deed ze zo vreemd? Ze was stil en bedeesd, alsof ze bang was voor hem.

'Er scheelt je toch niets?' vroeg hij bezorgd.

'Nee', glimlachte ze. 'Je hoeft je geen zorgen te maken.'

'Fijn.'

Beekman legde zijn handen plat op zijn bureau terwijl haar vragend aankeek.

'Kopje koffie?'

'Graag.'

Het gaf haar een paar minuten uitstel. Beekman was immers dol op verse koffie en had om die reden een kleine espressomachine in zijn kantoor laten installeren, zo'n ding met capsules.

'Hoe gaat het met de kinderen?' vroeg hij om de stilte te breken.

Ze had een lang antwoord kunnen geven om de stilte op te vullen, maar ze kreeg alleen 'goed' over haar droge lippen.

'En met Van In?'

'Zoals gewoonlijk.'

'Is dat goed of slecht?'

Het eerste kopje liep vol. Hij verwijderde de capsule en

nam een nieuwe voor het tweede kopje.

'Vandaag is het goed', zei ze.

Hij had haar gisteravond verwend met een etentje en daarna hadden ze thuis nog een flesje wijn opengetrokken. De rest was vanzelf gegaan. Soms kon hij heel romantisch zijn.

'Vordert het onderzoek een beetje?'

De vraag deed haar opschrikken, maar eigenlijk was ze blij en opgelucht dat hij het onderwerp zelf ter sprake bracht. Ze kon de geboden kans beter aangrijpen in plaats van er straks bij de koffie omheen te draaien.

'Sinds gisteren wel.'

'Je klinkt zo geheimzinnig.'

Beekman zette de kopjes, die nu allebei gevuld waren, op een ovaal dienblad en legde er suiker en melk bij.

'Ik heb gisteren ook een onderzoeksdaad verricht', zei ze. 'Maar volgens Van In ben ik mijn boekje te buiten gegaan.'

Het laatste was een leugentje om bestwil, maar op die manier was hij al een beetje voorbereid.

'Normaal is het toch omgekeerd?'

Beekman zette het dienblad op zijn bureau en reikte haar een kopje aan. Daarna bediende hij zichzelf en ging met een brede glimlach weer aan zijn bureau zitten.

'Ik ben je gisteren gevolgd, Jozef.'

De glimlach op zijn gezicht versteende, hij zette het kopje dat voor zijn lippen zweefde met een traag gebaar neer op zijn bureau. Op iets betrapt worden is nooit prettig. Het verzwakt je positie. Procureur Beekman was de baas van het parket en dat vond hij heel belangrijk. Toch mocht hij niet laten blijken dat hij zich verongelijkt voelde. De aanval was de beste verdediging.

'Ik ben ook maar een man, Hanne. En wat doet een man als zijn vriendin hem onverwachts belt om een afspraakje te maken?' probeerde Beekman de bom te ontmijnen.

'Is zij jouw vriendin?'

'Mag dat dan niet?'

Hij deed zijn best om weer normaal te glimlachen, maar Hannelore bleef hem ongelovig aankijken. Waarom had niemand, behalve Zlotkrychbrto, willen aannemen dat Nadia Verdoodt een relatie had met Beekman? Wat moest hij nu van haar denken? Dat ze jaloers was? Een bemoeizieke tante? Uitgerekend zij had moeten weten dat Beekman een notoire rokkenjager was, hij had haar zelf ooit het hof gemaakt.

'Sorry', zei ze beteuterd. 'Van In had gelijk. Ik ben mijn boekje ver te buiten gegaan.'

Beekman knikte vaderlijk, terwijl hij erover nadacht hoe hij deze kiese zaak het best kon afhandelen. Er met geen woord meer over reppen was waarschijnlijk de beste optie, maar dan zou hij er nooit achter komen waarom ze hem gevolgd was en welk verband ze tussen hem en Nadia hadden gelegd.

'Niemand is perfect, Hanne. Laten we er een kruis over maken. Ik wil echter nog één ding weten.'

Hij stelde de vraag. Zij vertelde hem alles.

'Je had gelijk, Pieter. Jan heeft net gebeld. Ze zijn net klaar met de auto en ja, er zat een zendertje in.'

Saskia kwam bij hem staan. Ze glunderde. Van In keek naar haar op en glimlachte vanwege het fraaie perspectief. Om nog maar te zwijgen van het rokje dat als een tweede huid om haar kontje zat. Het was echter geen vunzige blik, hij kon ook om louter esthetische redenen van vrouwen genieten.

'Bedank Jan in mijn plaats', zei hij.

'Dat zal ik zeer zeker doen.'

Ze had vanavond bij hem thuis afgesproken voor een

kaas-en-wijnavond met een paar vrienden, wat op zich een mooi vooruitzicht was. Wat daarna gebeurde kon het alleen nog beter maken. Ze verlangde nu al dat het avond was.

'Is er al nieuws over de robotfoto?'

Van In draaide zich half om naar Versavel, voor wie de vraag bedoeld was. De tekenaar was vanochtend om acht uur vertrokken, hij kon ieder ogenblik terug zijn.

'Zal ik hem bellen?'

'Ja. Doe dat maar.'

Van In liet zich onderuitzakken in zijn stoel en sloeg de krant open. Het gesprek met de notaris en de dingen die daarna gebeurd waren, bleven hem bezighouden. En de foto natuurlijk. Hij had een halfuur geleden de griffie gebeld en een medewerker de opdracht gegeven het dossier van Marijke Verdoodt, die volgens Dominique Vandamme in 1968 was vermoord, op te spitten en het hem zo snel mogelijk te laten bezorgen. Naast hem lag een A4'tje met de namen van alle betrokkenen en hun onderlinge relatie. Er stonden ook drie vraagtekens bij. Was er een verband tussen Nadia Verdoodt en Marijke Verdoodt, welke rol speelde Beekman in dit verhaal en wat had de vader van de notaris gemeen met Jacques Vandamme, de oom van Jean-Pierre, die in Frankrijk met pijl en boog was vermoord? Er waren natuurlijk nog andere vraagtekens, maar die maakten de zaak nog complexer. De foto was in ieder geval een interessant gegeven en wie weet kon Thibaud Vandamme, de derde broer, een nieuw element toevoegen. Maar daarvoor moesten ze hem eerst te pakken zien te krijgen. Versavel had de man al een paar keer proberen te bereiken, maar hij was niet verder gekomen dan zijn antwoordapparaat. Die kerel had het ofwel heel druk ofwel nam hij gewoon zijn telefoon niet op.

'Kopje koffie?'

Saskia keek hem aan met deugnietachtige ogen. Soms leek ze nog een meisje van zestien.
'Graag.'
Ze wilde zich omdraaien, maar Van In hield haar tegen.
'Ik moet je nog iets vragen voor ik het vergeet', zei hij.
'Of liever, jij moet Jan nog iets vragen voor ik het vergeet.' Het was een vreemde manier om te vragen of Jan er ook in geslaagd was de herkomst van het zendertje te traceren dat ze in de auto hadden aangetroffen. Hij deed het met opzet zo om haar niet de indruk te geven dat hij de professionaliteit van haar vriendje in twijfel trok. De glimlach die hij van haar terugkreeg bevestigde dat hij het goed had gedaan.
'Ik bel hem onmiddellijk', zei ze.
Van In stak een sigaret op en nam een slokje koffie. Het smaakte heerlijk. Daarna pakte hij de krant en begon te lezen. Premier De Wever verliest meer dan twintig kilo in minder dan twee maanden, kopte de tweede pagina. Hij las het stuk terwijl hij regelmatig een trekje nam en van zijn koffie nipte.
'De tekenaar is gearriveerd. Hij vraagt of hij naar boven mag komen.'
Van In keek op van zijn krant, naar Versavel die nog met zijn mobieltje aan zijn oor stond.
'Natuurlijk.'
Hij sloeg de krant dicht, doofde zijn sigaret in het schoteltje en gooide de peuk in zijn kopje. De tekenaar hoefde niet te weten dat hij op kantoor rookte en soms de hele ochtend de krant zat te lezen.
'Goedemorgen.'
De tekenaar droeg een uitgerafelde spijkerbroek en een iets te kort T-shirt met daarover een jasje dat om zijn benige schouders flodderde. Net een rebelse kunstenaar die zelfs van de academie was weggestuurd. Alleen de baard ontbrak.

Hij had een map van gemarmerd karton onder de arm, de riem van de leren tas op zijn heup liep diagonaal over zijn borst.

'Dat is snel', zei Van In. 'Kopje koffie?'

De tekenaar ontdeed zich van zijn tas, zette de map tegen het bureau en ging op de stoel zitten die Van In hem aanbood. Mensen die hem kenden, wisten dat hij een perfectionist was en zelden of nooit tevreden was over zijn werk. Dit keer was hij gematigd optimistisch, maar dat lag niet aan hem. Alle eer ging naar de medewerkster van de notaris die de robottekening voortdurend had bijgestuurd.

'Graag.'

De tekenaar pakte de map, sloeg ze open en liet Van In de robottekening zien. Van In reageerde met een zekere bewondering.

'Je zou zweren dat het een foto is', zei hij.

De tekenaar knikte droog, hoewel hij in zijn binnenste ongelooflijk trots was. Commissaris Van In was niet de eerste de beste en ze hadden hem gezegd dat hij bijzonder zuinig was met complimenten.

'Dank u.'

Van In bekeek de tekening geruime tijd terwijl hij nadacht over wat hij ermee zou doen. Een opsporingsbericht verspreiden op de televisie leek hem geen goed idee. Zoiets had meestal een averechts effect. Een verdachte die zichzelf op de televisie zag, was geneigd een tijdje onder te duiken en dat wilde Van In vermijden. Hij wilde weten waarom die kerel hen had geschaduwd.

'Mag ik je even storen, Pieter?'

Van In had Versavel niet horen aankomen.

'Zeg maar.'

Versavel gaf met zijn ogen te kennen dat hij liever alleen met hem wilde zijn. Van In knikte, verontschuldigde zich

bij de tekenaar en volgde zijn vriend naar het bureau van Saskia.
'En?'
Versavel overhandigde hem een kopie van een geboorteakte die hij net had binnengekregen. Van In bekeek het document en las wat er stond. Hij reageerde verrast, hoewel hij iets in die zin had verwacht.
'Het verklaart in ieder geval een en ander', zei hij.
'Ja. Maar wat?' opperde Versavel.

West-Vlamingen waren nijvere mensen. Ze werkten en ze bleven werken. In eerste instantie voor zichzelf, daarna voor de kinderen later en vervolgens eventueel ook voor de kleinkinderen nog later. Mensen die in het noorden van de provincie woonden, gingen op een bescheiden manier met hun geld om. In het zuiden waren ze flamboyanter. Daar was het geen schande om met zijn geld en goed te pronken. Versavel parkeerde de wagen op de oprit van een villa die minstens twee miljoen euro waard was. Er waren een zwembad, een tennisbaan en een tuinhuis dat twee gezinnen onderdak kon bieden. Het zag er alleen een beetje verwaarloosd uit. Het water in het zwembad was lichtbruin, de omheining van het tennisveld roestig en een van de ramen van het tuinhuis was dichtgetimmerd.
'Sic transit gloria mundi', zei Versavel.
Van In stak een sigaret op.
'Vergane glorie heeft wel iets, Guido.'
Ze liepen over het pad naar de voordeur. Aanbellen hoefde niet. Nadia had hen zien aankomen. Ze deed open en probeerde verrast te kijken.
'Commissaris Van In. Wat doe jij hier?'
'Mogen we binnenkomen?'
Nadia droeg een lange katoenen jurk die strak om haar

lichaam zat. Van In was blij dat hij niet alleen was gekomen. Of was het net andersom? Hij had moeite om zijn ogen van haar af te houden. In de hal hing een kitscherig schilderij van een onbekende meester. Het stelde een jachttafereel voor met veel rode en bruine tinten. Van In durfde er een eed op te doen dat het in de buurt vol met dit soort konterfeitsels hing. Zo werkte het nu eenmaal. Als een snob een kunstwerk kocht, wilden de andere snobs ongeveer hetzelfde, op voorwaarde dat het groter en duurder was.

'Er is toch niets ergs gebeurd?' vroeg ze.

De woonkamer had de afmetingen van een basketbalveld. Het parket was afgesleten, het meubilair had eveneens zijn beste tijd gehad. Van In ging op de bank zitten, die doorboog onder zijn gewicht. Hij zakte bijna tot op de grond.

'Het hangt ervan af wat je erg vindt.'

Er verscheen een zorgelijke trek om haar lippen. Wat bedoelde hij daarmee? Ze probeerde weer te glimlachen.

'Ik ben ondertussen een en ander gewoon, commissaris', zei ze. 'Zo erg zal het niet zijn.'

'Dat weten we nog niet.'

Verdomme. Hij speelde met haar als een kat met een muis. Had ze hem dan zo verkeerd beoordeeld? Wie was commissaris Van In eigenlijk? Een naïeve flik met een zwak voor mooie vrouwen zoals ze eerst had gedacht, of was het allemaal schijn om haar om de tuin te leiden?

'Mag ik dan ook weten wat jullie niet weten?'

'Natuurlijk.'

Van In haalde de kopie van de geboorteakte uit zijn binnenzak en gaf haar het document. Versavel hield haar scherp in de gaten om te zien hoe ze reageerde. Was het verbazing of ontsteltenis die hij van haar gezicht aflas?

'Marijke Verdoodt was uw nicht. Of vergis ik me?'

'Ja. En dan?'

Ze probeerde haar lichaam onder controle te houden, maar ze kon niet verhinderen dat er een rilling door haar heen ging, een rilling die haar tepels door de dunne stof van haar jurk deed priemen.

'Dan weet u ook dat uw nicht werd vermoord en dat de oom van Jean-Pierre Vandamme de vermoedelijke dader was?'

'Dat zegt men, ja.'

Ze besefte dat ze over bitter weinig manoeuvreerruimte beschikte. Toch was ze niet van plan om zich zonder slag of stoot over te geven. Ze moest iets zien te bedenken.

'Heb je daar met Jean-Pierre over gesproken?'

'Natuurlijk.'

'Je was dus niet toevallig in Joinville de avond voor hij vermoord werd.'

'Nee.'

'Waarom heb je daar dan over gelogen?'

'Omdat ik niet van moord verdacht wilde worden.'

Van In haalde diep adem. Een door de wol geverfde strafpleiter zou een rechter ervan kunnen overtuigen dat ze om die reden had gelogen, en dat het puur toeval was dat ze in contact was gekomen met de neef van de man die haar tante had vermoord.

'Dat wil ik best geloven', zei hij.

Ze ontspande zichtbaar. Er was natuurlijk nog de goudkwestie, maar ook dat viel op te lossen. Ze kon er beter zelf over beginnen.

'Nu het toch zover is, kan ik beter alles opbiechten', zei ze met neergeslagen ogen. 'Zoals u wellicht opgemerkt hebt is mijn situatie niet echt rooskleurig. Oké. De villa is mijn eigendom, maar wat doet een mens met een hoop verwaarloosde bakstenen?'

Het viel Van In op dat ze hem niet meer tutoyeerde. Hij

realiseerde zich echter niet dat ze hem in slaap probeerde te wiegen.
'Jean-Pierre is me trouwens een paar maanden geleden zelf komen opzoeken. U moet weten dat hij zich de laatste jaren intens met de geschiedenis van zijn familie bezighield. Toen hij op een dag erachter kwam dat zijn oom de vermoedelijke moordenaar was van mijn tante, wilde hij weten of ik daar iets van af wist.'
'En?'
'Ik kende het verhaal van mijn moeder. Naar verluidt heeft mijn tante een kortstondige verhouding gehad met de oom van Jean-Pierre. Alles verliep uitstekend tot ze een jongere kerel leerde kennen en hem de bons gaf. Jean-Pierre liet me een foto van haar zien en zei dat ik erg op haar leek. En van het een komt het ander, nietwaar. Jean-Pierre bleef slapen en...'
'Hij werd verliefd op jou.'
'Ik denk het wel, want hij is de hele week gebleven.'
'En dan heeft hij je over de goudschat verteld.'
'Ja.'
'Geloofde je hem?'
'In het begin wel, maar toen ik hem vroeg of ik het goud mocht zien en hij er niet op in wilde gaan, ben ik aan zijn verhaal beginnen te twijfelen.'
Van In kon de rest raden. Nadia had Jean-Pierre gedumpt toen ze besefte dat hij niet de droomprins op het witte paard was. Maar waarom was ze hem dan een paar maanden later weer gaan opzoeken in Joinville? Hij stelde de vraag en Nadia gaf onmiddellijk een antwoord, omdat ze ondertussen ruimschoots de tijd had gekregen om zich voor te bereiden.
'Hij heeft me zelf gebeld met de mededeling dat hij zich ongelooflijk eenzaam voelde en dat de tijd nu misschien

rijp was om nog eens over bepaalde kwesties van gedachten te wisselen.'
'De goudschat.'
'Dat dacht ik ook.'
'Wist je dat hij ondertussen een nieuwe vriendin had?'
Ze schudde heftig het hoofd. Zo heftig dat haar borsten heen en weer gingen. Van In deed alsof het hem niet interesseerde. Haar verhaal klonk geloofwaardig. Het gaf een antwoord op een aantal vragen die hij zich tijdens het onderzoek had gesteld. Eén ding bleef onduidelijk: haar relatie met Beekman. Hij vroeg zich echter af of het verstandig was haar nu die vraag te stellen.

De Brugse binnenstad telde vroeger vijftigduizend inwoners, nu amper twintigduizend, ondanks de inspanningen van het stadsbestuur om de leegloop tegen te gaan. De redenen voor die systematische ontvolking waren legio. Jonge gezinnen gaven de voorkeur aan een huis met een tuin en die waren zeldzaam in de binnenstad, de huurprijzen waren te hoog en parkeren was er bijna onmogelijk geworden. Ouderen verkozen steeds vaker het comfort van een bejaardentehuis of een serviceflat en als ze stierven kozen hun erfgenamen voor de poen. Ze stelden de woning van hun ouders of grootouders gewoon te koop in plaats van er zelf te gaan wonen. Saskia had altijd in de binnenstad willen wonen, maar ook zij had uiteindelijk aan haar droom verzaakt en een appartementje gekocht in een van de randgemeenten. Toch genoot ze er telkens weer van om door de straten van Brugge te flaneren en plekjes te ontdekken die ze nog niet kende. Het pleintje aan het einde van de Raamstraat vlak naast het Pastoor Vanhaeckeplantsoen was zo'n plekje. Er stonden een achttal bescheiden huisjes. Voor de rest was er stilte.

'Ik hoop dat hij thuis is', zei ze.
Ze keek nog even om zich heen voor ze aanbelde. Jan kneep speels in haar billen. Van In had hun carte blanche gegeven, het zou zonde geweest zijn van dit privilege geen gebruik te maken. Het was weer Jan geweest die met een origineel idee op de proppen was gekomen.
'Ik denk dat we geluk hebben.'
Ze hoorden een deur opengaan en voetstappen in de gang. Een man van een jaar of vijfenveertig met borstelige wenkbrauwen en een grauwe huid trok de voordeur open, keek hen nors aan en zei dat hij niets nodig had, voor Saskia zich kon voorstellen. Jan reageerde zoals gewoonlijk alert.
'Wij zijn geen verkopers, meneer', zei hij snel. 'En ook geen getuigen van Jehovah.'
De norse man haalde zijn schouders op en maakte aanstalten om de voordeur dicht te slaan. Nu was het de beurt aan Saskia om te reageren.
'Politie Brugge.'
Ze haalde haar politiekaart uit haar handtas en stak die onder zijn neus. De man bekeek de kaart argwanend maar hij gooide de deur niet dicht.
'Jullie zien er helemaal niet uit als politieagenten', zei hij.
'Omdat we geen uniform dragen', repliceerde Saskia scherp. 'Als ik me niet vergis ben jij er de vorige keer wel in gelopen.'
De man keek haar verbijsterd aan. Na de ontsnapping van Mad Max hadden de mensen van Slachtofferhulp hem geholpen het trauma te verwerken dat hij toen had opgelopen en de dokter had hem drie weken rust voorgeschreven.
'Wees maar gerust', suste Saskia. 'Wij zijn echte agenten. Mogen we binnenkomen?'
De man knikte gelaten. Ze volgden hem naar een kleine, duffe woonkamer die volgestouwd stond met donkere eiken

meubelen. Bij het raam hing een kooi met twee kanaries aan een vergulde standaard. Een ouderwetse staartklok tikte de seconden weg. De man woonde duidelijk alleen. Op het aanrecht in de aanpalende keuken stonden aangekoekte borden en ongewassen glazen. De vaatdoek was groezelig en zat vol met gaten.

'We gaan u niet lang lastigvallen', zei Jan, die het een beetje benauwd kreeg in de kleine bedompte ruimte.

Hij haalde de robottekening uit zijn binnenzak en liet ze zien aan de chauffeur van de gevangeniswagen waaruit Mad Max was ontsnapt. Ze waren erin geslaagd één van zijn kompanen te identificeren, van de tweede wisten ze niets af. Jan was ervan uitgegaan dat de kerel die de notaris had proberen te intimideren, wel eens die tweede man kon zijn, en er waren maar een paar mensen die hem van dichtbij hadden gezien: de chauffeur van de gevangeniswagen en enkele bewaarders.

Hij hoefde niet lang op een antwoord te wachten. Het was positief.

'U weet het dus zeker.'

'Heel zeker', zei de man.

Saskia keek vol bewondering naar haar vriend. Hij is minstens even verstandig als Van In, dacht ze trots. En jonger.

'Ik heb de indruk dat je haar gelooft', merkte Versavel op.

Het klonk sceptisch. Zou je haar ook geloofd hebben als ze oud en dik was geweest, wilde hij nog zeggen. Hij deed het niet omdat hij geen zin had om te bekvechten. Van In reageerde echter niet zoals verwacht.

'Het is belangrijker dat zij gelooft dat wij haar geloven, Guido.'

'Ach zo.'

Versavel boog lichtjes het hoofd. Was hij er dan weer in

getrapt? Ze kenden elkaar nu al zo lang en toch... Hij wreef over zijn snor en ging achter het stuur zitten. Van In nam eerst een paar trekken van de sigaret die hij bij het buitenkomen had opgestoken voor hij instapte.

'Als ze liegt, valt ze door de mand en dan wil ik weten waarom ze heeft gelogen.'

Versavel startte de auto, zette hem in zijn achteruit en reed langzaam de oprit af. Het was drie uur. Hij vroeg zich af wat ze vandaag nog zouden doen.

'Naar huis dan maar?' vroeg hij toonloos.

Van In antwoordde niet onmiddellijk. Hij bleef een poosje in gedachten verzonken, tot Versavel hem voor de tweede keer vroeg of ze naar huis gingen.

'Wat zou jij overhebben voor een ton goud, Guido?'

Versavel draaide links af en nam de weg terug. Wat moest hij zich voorstellen bij een ton goud? Een landgoed in de Lubéron met een helikopter binnen handbereik? Een luxejacht met twaalf man personeel? Een verzameling moderne kunst? Wat deed een mens met zoveel geld behalve ongelukkig zijn?

'Ik vrees dat ik de vraag niet goed begrijp.'

'Oké. Ik zal ze anders formuleren. Wat heeft een vrouw als Nadia Verdoodt over voor een ton goud?'

'Haar maagdelijkheid.'

Van In glimlachte. Dekselse Guido, dacht hij. Je kunt niet verdragen dat je de situatie verkeerd hebt ingecalculeerd.

'Nee, mijn beste vriend. Een vrouw als Nadia Verdoodt heeft er alles voor over. Daarom geloof ik niet dat ze Jean-Pierre Vandamme al na een week heeft gedumpt en nog minder dat ze hem een paar maanden later met hangende pootjes in Frankrijk is gaan opzoeken, alleen maar omdat hij zich eenzaam voelde.'

'Eindelijk', zuchtte Versavel.

'Je dacht dus net hetzelfde als ik.'
Versavel zweeg wijselijk.

De notaris stapte uit de trein, mengde zich tussen de massa op het perron en liet zich meedrijven naar de trap die naar de monumentale hal van het station afdaalde. Eenmaal beneden, keek hij schichtig om zich heen op zoek naar een uitgang. De meeste mensen liepen naar links. Hij volgde de meute en belandde op de De Keyserlei, die hij alleen van naam kende, want hij was nog nooit in Antwerpen geweest, behalve als kind een keertje in de Zoo. Hij stak de straat over. Wat nu? Hij overwoog even ondergronds te gaan en de tram naar het centrum te nemen, vanwaar het nog tien minuten lopen was voor hij op zijn bestemming was. Waarom eigenlijk? Hij had tijd zat, een wandeling zou hem goed doen. Toen hij twintig minuten later de slanke spits van de Onze-Lieve-Vrouwetoren zag opdoemen, wist hij dat zijn doel niet meer veraf was. Op de Groenplaats sprak hij een oude man aan van wie hij veronderstelde dat het een Antwerpenaar was.

'Kunt u me zeggen hoe ik in de Goedehoopstraat kom?' vroeg hij vriendelijk.

Het was een Antwerpenaar aan zijn accent te horen, maar dat wilde niet zeggen dat hij de vraag kon beantwoorden. Een sinjoor de weg vragen en zonder problemen je bestemming bereiken had evenveel kans op slagen als zonder voorbereiding Het Kanaal overzwemmen. De notaris moest nog vier mensen aanspreken voor hij in de Kloosterstraat belandde. En dan is het gewoon rechtdoor, had de laatste hem verzekerd. Antiek, brocante en vintage interesseerden hem normaal niet, hij had zich altijd tevreden gesteld met wat hij had. Toch betrapte hij zich erop dat hij af en toe bleef stilstaan bij de etalages van de talrijke antiekzaakjes die er een onderkomen hadden gevonden. Zelfs de prijzen vielen best mee. En hij hoefde zich niet te haasten. Hij gunde zich zelfs een kort oponthoud op een terrasje aan de Riemstraat, voor hij al zijn moed bijeenpakte en de Goedehoopstraat insloeg. De straat werd aan de rechterkant gedomineerd door een modern appartementsgebouw van turfbruine baksteen met witte balkons. Het Zuid was een trendy buurt geworden. De appartementsgebouwen schoten er als paddenstoelen uit de grond en de appartementen verkochten als warme broodjes. De notaris vergeleek het huisnummer met het nummer dat hij haastig op een papiertje had genoteerd. Het klopte. Hij duwde de deur open en bekeek de naamplaatjes naast de bellen. Het duurde geen halve minuut voor hij gevonden had wat hij zocht: Thibaud Vandamme, beheerder van vennootschappen.

13

'Je hebt weer te lang liggen lezen', zei Hannelore toen ze hem geeuwend de trap zag afkomen.
Van In knikte en ging zwijgend aan tafel zitten. Hij had het verdomde boek De gesloten kamer van Sjöwall en Wahlöö al twee keer gelezen en het was hem nog steeds niet duidelijk geworden waarom de oom van Jean-Pierre Vandamme het in een postscriptum had vermeld. Of had het boek toch niets met de zaak te maken? Eén ding was zo goed als zeker: als het goud in de kluis had gelegen, dan hadden de dieven die het ouderlijk huis van Jean-Pierre Vandamme waren binnengedrongen, het meegenomen. Het goud. Straks begon hij zelf nog te geloven dat het er geweest was.
'Vergeet niet dat je een dagje ouder wordt, Pieter.'
'Dat zegt onze juf ook', knipoogde Sarah naar haar mama.
'En onze meester heeft onlangs nog gevraagd of die meneer die me af en toe naar school brengt mijn opa is', deed Simon er nog een schepje bovenop.
'Het zal wel gaan, zeker.'
Van In haalde zijn vingers door zijn verwarde haardos en nipte van de koffie die Hannelore tien minuten geleden had ingeschonken, terwijl de kinderen gniffelend zaten te fezelen. Hannelore knabbelde op een stukje beboterde toast. Zij dacht aan de gênante confrontatie met Beekman gisteren.
'Ik denk dat ik vandaag vrij neem', zei ze plotseling.

Van In vroeg niet waarom ze dat plotseling had beslist. Hij zei gewoon: Dan doe je dat maar, schat.
'Ik breng de kinderen wel naar school.'
'Dat zal onze meester fijn vinden', giechelde Simon. Hij ontweek de vernietigende blik van zijn vader. Hannelore keek met opzet de andere kant op. Het waren schatjes, maar ze waren niet op hun mondje gevallen.

'Is het gisteren nog laat geworden?'
Van In kon er niet om lachen, hoewel het op zich een onschuldige vraag was. Saskia keek verbaasd naar Versavel, die net zijn computer aan het opstarten was.
'Heb ik iets verkeerds gezegd?'
'Nee, Sas. Hij ziet er al veel beter uit dan een halfuur geleden.'
'Tja', zei ze. 'Hij werkt ook veel te hard.'
'En hij wordt een dagje ouder.'
Van In gaf het op. Hij stak een sigaret op, inhaleerde diep en liet zijn gedachten wegdrijven. Wanneer beseft een mens eigenlijk dat hij oud wordt? Hij had er vroeger nooit bij stilgestaan. Toch kon hij hun geen ongelijk geven. Hij kreeg het steeds moeilijker om te bekomen van een slechte nachtrust en de tijd was voorbij dat hij ongelimiteerd Duvels kon drinken. Hij was strammer geworden en zijn geheugen liet het af en toe afweten. Af en toe. Stel je voor dat het erger werd.
'We hebben ondertussen het dossier van Marijke Verdoodt binnengekregen', zei Versavel. 'Wil je het inkijken?'
'Heb ik een andere keus?'
Het klonk niet enthousiast. Dossiers bestuderen was niet zijn favoriete bezigheid. Hij drukte verveeld zijn sigaret uit en nam een slokje koffie terwijl hij zich probeerde te herinneren wat Nadia over de zaak had verteld. Versavel liep naar de archiefkast en haalde het dossier uit de onderste lade.

'Schrik niet van de foto's', zei hij.
'Is het zo erg?'
Van In sloeg het dossier open en las eerst de processen-verbaal voor hij de foto's bekeek. Marijke Verdoodt was met messteken om het leven gebracht. De wetsdokter had er zevenentwintig geteld. Daarna had Jacques Vandamme haar in stukken gehakt. Hij had de stukken in plasticfolie verpakt en ze in Oostkamp op de vuilnisbelt gedumpt. Bij een huiszoeking had de politie haar bebloede kleren gevonden. Het was bijna te mooi om waar te zijn. Het volgende pv was een verklaring van Jacques Vandamme die alles ontkende, ondanks het verpletterende bewijsmateriaal. Daarna volgden de foto's. De eerste twee zagen er normaal uit omdat het foto's waren van toen Marijke nog leefde. De rest was walgelijk.

'En?' vroeg Versavel.

'Je kent me, Guido. Ik word er misselijk van.'

'Heb je het verslag van de technische recherche gelezen?'

'Nog niet. Waarom?'

'Ik vind het nogal merkwaardig. Iedereen neemt aan dat Jacques Vandamme Marijke Verdoodt bij hem thuis heeft vermoord en je hebt zelf kunnen vaststellen dat het een bloederige bedoening is geweest. Vind jij het dan niet vreemd dat de technische recherche geen bloedsporen op de plaats delict heeft aangetroffen?'

'Vreemd ja, maar niet onmogelijk. Je mag niet vergeten dat zij in 1968 werd vermoord en forensische experts toen nog niet over de technieken beschikten die we nu gebruiken. Wie zich de moeite getrootste de plaats delict grondig en meermaals schoon te maken had veel kans om ermee weg te komen.'

'Dat is waar', knikte Versavel. 'Maar waarom heeft hij dan ook niet onmiddellijk haar bebloede kleren weggegooid?'

'Fetisjisme?'
Sommige psychopaten vielen door de mand omdat ze persoonlijke bezittingen van hun slachtoffers als een soort aandenken bewaarden. De gruwelijke manier waarop Marijke was vermoord wees in die richting.
'Misschien.'
'Denk je dat we de zaak opnieuw moeten onderzoeken?'
Versavel zuchtte. Het water kwam hun nu al tot aan de lippen. Van In dacht hetzelfde. De zaak waarmee ze nu bezig waren, slorpte al hun energie op. Hij sloeg van pure frustratie het dossier weer open en haalde er de twee foto's uit van Marijke toen ze nog leefde. Toen viel er hem iets te binnen. Hij gaf Versavel een teken dat hij dichterbij moest komen en legde de foto's naast elkaar op zijn bureau.
'Vind jij dat zij op Nadia lijkt?'
Nadia had gisteren verteld dat Jean-Pierre haar was komen opzoeken vanwege de treffende gelijkenis met Marijke. Marijke was een knappe meid, maar ze leek in de verste verte niet op Nadia. Zelfs Versavel, die normaal weinig aandacht aan het uiterlijk van vrouwen besteedde, was het onmiddellijk met hem eens.
'Ze liegt dus.'
Van In stak een tweede sigaret op en vroeg Saskia of ze een nieuwe pot koffie wilde zetten. Als Nadia loog over iets waarover ze niet had hoeven te liegen, zat er ook een geurtje aan haar relatie met Beekman. Het probleem was dat Beekman zijn baas was en hij hem daarover moeilijk kon interpelleren.
'Dan stel ik voor haar de klok rond onder surveillance te plaatsen en haar telefoon te laten afluisteren.'
'Akkoord', zei Versavel. 'Maar wie geeft ons daar de toestemming voor? Beekman?'
'Ik heb mijn vrouw nog, Guido.'

'Ja, maar zal ze zoiets aandurven na alles wat gebeurd is?'
Versavel had een punt, maar ze hadden geen andere mogelijkheid. Zonder de toestemming van een magistraat konden ze niets doen.
'Ik verzin wel iets', reageerde Van In.
'Zorg dan dat het goed is.'
Oeps. Saskia sloeg haar hand voor haar mond. Ze had beter kunnen zwijgen.

Mad Max stond in de badkamer voor de spiegel. Hij kwam net van onder de douche. Zijn kleren hingen netjes gevouwen over een bankje. Het gedwongen verblijf in het appartement begon op zijn zenuwen te werken. Daarom had hij gisteren een callgirl gebeld. Om de tijd te verdrijven en hem te verlossen van bepaalde spanningen. Het meisje had haar best gedaan, maar daarmee waren zijn problemen niet opgelost. Hij overwoog om terug naar de slaapkamer te gaan en haar nog een keer een ruwe beurt te geven. Het vooruitzicht trok hem aan. Waarom ook niet? Hij liet zich op het bed neerploffen en schudde haar wakker. Ze bood geen weerstand toen hij haar benen opentrok en in haar kruis begon te friemelen. Ze begon professioneel te kreunen en maakte hem geil met opzwepende woordjes. Dan duurde het niet te lang. Nog geen drie minuten later was het zover. Zijn lichaam begon spastisch te schokken en zijn ogen draaiden in hun kassen. Het meisje keek met een lege blik naar het plafond, tot ze plotseling iets hoorde. Mad Max voelde haar lichaam verstijven. Hij gooide zich op zijn zij.
'Wat scheelt er nu weer?' snauwde hij.
'Ik heb iets gehoord.'
Hij was gelukkig klaargekomen voor ze verstijfde, anders had hij haar waarschijnlijk een pak slaag verkocht. Het meisje keek hem angstig aan.

'Er is iemand in de woonkamer', zei ze.
Mad Max hoorde het nu ook. Hij sprong op van het bed, trok de lade van het nachtkastje open en pakte zijn pistool. Hij was vastbesloten zijn huid duur te verkopen, hoewel hij niet begreep hoe ze erin geslaagd waren hem op te sporen. Seconden verstreken. Mad Max had zich met zijn pistool in de aanslag aan de zijkant van de deur opgesteld. Het was een komisch gezicht, maar het kwam niet in het meisje op te lachen. Ze was doodsbang. Waar blijven ze toch, dacht Max toen er na twee minuten nog niets was gebeurd. Arrestatieteams verspilden geen tijd, ze gingen onmiddellijk tot de actie over. Wat moest hij doen? Zichzelf schietend een uitweg banen? Het geklik van een aansteker deed hem zijn voorhoofd fronsen. Flikken staken geen sigaretten op tijdens een operatie. Hij liep nijdig naar de badkamer, sloeg een handdoek om, beende terug naar de slaapkamer en trok de deur open. Carlo Liabadia zat op de bank een sigaret te roken. Hij zag er moe en bezorgd uit.

'Wat doe jij hier?'

Liabadia wierp een blik op zijn horloge.

'We hadden toch om negen uur afgesproken?'

Mad Max liet zijn pistool zakken en gaf zijn kompaan een klap op zijn schouder. Hij was de afspraak compleet vergeten, maar dat betekende niet dat Liabadia kapsones moest krijgen. Hij was de baas, niemand anders.

'Je had kunnen bellen', klonk het streng.

Liabadia schoof een beetje opzij. Hij riskeerde een tweede klap als hij de waarheid zei, aan de andere kant had het geen zin iets voor hem te verzwijgen. Mad Max gaf iemand een opdonder als het hem uitkwam.

'Je hebt het misschien niet gehoord,' zei hij, 'maar ik heb gebeld.'

Er kwam geen tweede klap. Integendeel, Mad Max grijns-

de. Hij had zijn mobieltje vannacht uitgezet omdat hij niet gestoord wilde worden als hij met een griet bezig was. Liabadia mocht geen groot licht zijn, hij had tot nu toe nog geen fouten gemaakt.
'Vertel me liever het goede nieuws', zei hij.
Liabadia schoof nog een eindje verder weg op de bank. Hij had nooit durven vragen waarom Bob Bélotin in ongenade was gevallen, omdat hij Mad Max lang genoeg kende om te weten dat je niet veel verkeerd hoefde te doen om bij hem in ongenade te vallen. Het ergste was dat hij nooit liet merken dat hij je iets kwalijk nam.
'De notaris heeft me weten te verschalken. Ik ben hem kwijt.'
Hij vertelde kort wat er gebeurd was. Mad Max hoorde hem aan zonder een spier te vertrekken, terwijl hij aan dingen dacht die een normaal mens deden walgen.
'Ik had geen andere keuze dan zo snel mogelijk te verdwijnen. Zijn assistente was er nog. Wie weet had ze de politie al gebeld.'
Mad Max deed alsof hij het allemaal niet erg vond. Hij gaf Liabadia gelijk en zei dat hij wel een andere manier zou bedenken om de zaak op te lossen. Nog geen vijf minuten later namen ze afscheid van elkaar. Het was precies vijfentwintig over negen. Mad Max liep in gedachten verzonken naar de slaapkamer, waar het meisje onderdanig op hem zat te wachten. Hij gunde haar nog amper een blik.
'Is duizend goed?'
Ze hadden afgesproken dat hij haar tweeduizend zou betalen als ze de hele nacht bleef. In normale omstandigheden had ze op haar strepen gestaan en geëist dat hij het afgesproken bedrag betaalde. Met iemand als Mad Max deed je zoiets beter niet. Dus knikte ze. Hij pakte zijn broek die in de badkamer lag, haalde een rolletje bankbiljetten uit

zijn broekzak en stopte haar vier briefjes van tweehonderd toe. Het meisje telde ze niet. Ze griste haar handtas van het nachttafeltje en bedankte hem met een kushandje. Klootzak, dacht ze. Mad Max keek haar grijnzend na. De baas zijn had zo zijn voordelen. Hij liep naar de keuken en beloonde zichzelf met een stukje chocolade.

De koerier die om halfelf aanbelde, kreeg te horen dat hij het pakje boven mocht komen afgeven. Het was altijd hetzelfde met die appartementsbewoners. Ze deden zelden de moeite om zelf naar beneden te komen. Het kon hun geen zier schelen dat hij daardoor kostbare tijd verloor. Boven werd het nog grover. De deur ging op een kier, een stem gebood hem de zending door de kier te geven. Hetzelfde voor het ontvangstbewijs. De deur sloeg bijna sneller dicht dan hij zijn hand kon terugtrekken. Mad Max bekeek het pakje voor hij het openmaakte. Hij was benieuwd of de producten van de firma SPFX zo goed waren als ze door Rusty Slusser werden aangeprezen. Rusty Slusser was een Amerikaanse make-upartiest die zich al meer dan acht jaar toelegde op het vervaardigen van siliconenmaskers, die als je ze opzette een ander mens van je maakten en niet van een echt gezicht te onderscheiden waren doordat het zachte materiaal natuurgetrouw met iedere spierbeweging meebewoog en het haar echt was. Mad Max had negenhonderd euro betaald voor een masker dat hem in een oude man zou transformeren. Er zaten ook twee overtrekken bij voor zijn handen en onderarmen die er even natuurgetrouw uitzagen als het masker. Mad Max knikte vergenoegd. Hij kon eindelijk weer naar buiten. Zelfs zijn eigen moeder zou hem niet herkend hebben.

'Heb ik vandaag al gezegd dat je er goed uitziet?'
Hannelore lachte schamper. Ze kreeg zelden een com-

plimentje en als hij er eentje gaf, verwachtte hij daar iets voor in de plaats.
'Wat heb je nu weer nodig, Pieter?'
Ze schoof een dossier opzij en keek hem recht in de ogen. Versavel keek met opzet de andere kant uit. Hij had Van In op andere gedachten proberen te brengen, maar dat was even moeilijk als een Clubsupporter te laten juichen als Anderlecht een doelpunt maakte.
'Waarom zou ik iets nodig hebben?'
'Omdat ik je ken, Van In.'
'Oké dan. Ik heb iets nodig.'
'Iets dat zo dringend is dat je me op mijn werk moet komen lastigvallen?'
'Dan zie ik je tenminste nog een keer', probeerde Van In vrolijk te doen.
Een klopje op de deur onderbrak het gesprek. De deur zwaaide open voor Hannelore 'binnen' kon zeggen. Weinig mensen kunnen het zich veroorloven onaangekondigd het kantoor van een onderzoeksrechter binnen te stappen. Procureur Beekman was er een van. Hij keek vreemd op toen hij Van In en Versavel zag staan.
'Wat doen jullie hier?' vroeg hij bijna arrogant.
Hannelore is mijn vrouw en we werken toevallig allebei aan dezelfde zaak, wilde Van In zeggen.
'We waren in de buurt en ik dacht: waarom niet even binnenwippen en mijn vrouw goedendag zeggen.'
Hannelore om toestemming vragen de telefoon van Nadia Verdoodt af te luisteren lag bijzonder moeilijk als Beekman er bij was.
Beekman liet zich echter niet inpakken. Van In kwam nooit zomaar langs bij Hannelore. En na alles wat er gebeurd was, wilde hij weten of hij weer iets aan het bekokstoven was.

'Maak dat de nonnetjes wijs', reageerde hij strijdlustig. 'Je hebt haar voor iets nodig.'
Van In keek naar Hannelore. Hij had Beekman in alle toonaarden kunnen tegenspreken, maar dan zette hij zichzelf schaakmat. De procureur zou er vroeg of laat toch achter komen dat hij een telefoontap had aangevraagd en dan zou hij moeten toegeven dat hij gelogen had. Of hij moest zijn verzoek inslikken.
'Het gaat om een kiese zaak', zei hij. 'Zeker nu u er ook een beetje bij betrokken bent.'
Hannelore zakte bijna door de grond toen Van In het verzoek formuleerde. Beekman kneep zijn ogen tot spleetjes. Dat Hannelore hem met Nadia had betrapt zat hem nog steeds hoog, het verzoek om haar telefoon af te luisteren was de druppel die de emmer deed overlopen. Wat dacht Van In? Dat hij God was? Hem de levieten lezen was gezien de omstandigheden niet verstandig, het verzoek weigeren evenmin. Hij ontspande zijn gezichtsspieren en trok zijn mondhoeken omhoog, waardoor je de indruk kreeg dat hij glimlachte. Het tegendeel was waar. Zijn bloed kookte.
'Als je over zwaarwichtige redenen beschikt om een dergelijk onderzoek te voeren, zie ik niet in waarom ik niet op je vraag zou ingaan', zei hij zeemzoet.
Ze wisten alle drie dat Beekman een spel aan het spelen was en dat het afluisteren van Nadia's telefoon een nutteloze operatie dreigde te worden, maar er was geen weg meer terug. Hannelore dankte hem met een frivole zoen op zijn wang. Van In en Versavel drukten hem de hand. En daarmee was de kous af.
'Heb je zin om ergens iets te gaan drinken?' stelde Van In voor toen Beekman eindelijk weg was.
'Nee', zei ze. 'Ik heb nog te veel werk. Bovendien drink ik niet tijdens de diensturen.'

'Kan ik u helpen, meneer?'
De agent die de informatiebalie bemande was nog niet lang in dienst bij de politie. Hij begroette iedere bezoeker met een brede glimlach en sloofde zich uit om het de klanten naar hun zin te maken, zeker als het oudere mensen betrof. Hij schatte de man die voor hem stond een jaar of zeventig. Zijn bleke gezicht was diep gerimpeld en hij droeg een zwarte hoornen bril en een werkmanspetje.

'Ik ben op zoek naar commissaris Van In', zei de man.

Wie niet, dacht de jonge agent die de reputatie van de eigenzinnige commissaris kende, hoewel hij nog niet lang bij de politie werkte.

'Mag ik ook vragen waarom u commissaris Van In zoekt?'

Hij nam een balpen en schoof een blad papier onder zijn hand om notities te maken. Hij wist zeker dat niemand ze zou lezen, maar dan hij had tenminste zijn best gedaan.

'Het is in verband met de moord op Jean-Pierre Vandamme.'

De jonge agent schrok. Zijn collega's hadden hem gewaarschuwd voor mythomanen en flauwe grappenmakers die beweerden over belangrijke informatie te beschikken waarvan later bleek dat ze het allemaal zelf hadden verzonnen. En ze hadden nog iets met elkaar gemeen: ze wilden altijd met de commissaris spreken. De jonge agent had zich voorgenomen zich niet door de verhalen van zijn collega's te laten beïnvloeden. Hij bracht zijn balpen in schrijfpositie en vroeg of hij eerst een paar gegevens mocht noteren.

'Mag ik uw naam weten?' vroeg hij.

'André Spegelaere', zei de oude man.

De jonge agent knikte bemoedigend. Iemand die spontaan zijn naam zei was meer te vertrouwen dan iemand die bezwaar begon te maken.

'Adres?'

'Ik woon in Thailand.'
'In Thailand?'
'Ja', zei de oude man. 'In Thailand. Het leven is daar veel goedkoper dan hier.'
'Dat wil ik best geloven', zei de jonge agent, die Thailand alleen kende van de stoere verhalen van collega's die er hun vakantie hadden doorgebracht.
'Maar ik was toevallig in Brugge toen het gebeurde.'
'Ach zo. Nu begrijp ik het. U logeert in Brugge.'
'Ja. Dat hebt u goed geraden.'
De man gaf het adres van het appartement waar hij na de ontsnapping zijn intrek had genomen. Het was eigendom van een rijke kerel die nog in het krijt stond bij een vriend van hem. Als de politie contact met hem zou opnemen, zou hij zonder twijfel verklaren dat hij het appartement ter beschikking had gesteld aan een vriend van een vriend. De jonge agent vroeg ook naar het telefoonnummer van de oude man. Dit keer was het antwoord negatief.
'Op mijn leeftijd heb ik geen behoefte meer aan een telefoon', zei de oude man. 'Bovendien weet ik niet hoe die dingen werken.'
'Dat wil ik best geloven. Tegenwoordig zijn die dingen zo ingewikkeld geworden dat je bijna gestudeerd moet hebben om ze te gebruiken. Dat zegt mijn grootvader toch.'
'Uw grootvader heeft gelijk, jongen', zei de oude man. 'Het was vroeger allemaal eenvoudiger.'

Van In herinnerde zich nog de tijd dat het woord 'onthaasten' even populair was als 'ontdopen'. Een paar uur op een zonnig terras doorbrengen was zonder twijfel een vorm van onthaasten, het probleem was dat het niets oploste omdat er nadien toch niets veranderde. Een mens bleef zich haasten of hij bleef gedoopt. Er was maar één manier om het euvel te verhelpen: nog een drankje bestellen.

'Wat denk je, Guido?'

Versavel wierp een blik op zijn horloge. Het was vijf voor vijf. Hun dienst zat er toch bijna op en zelfs als dat niet zo was geweest, had hij geknikt. Als Van In zin had om nog een Duvel te drinken, zou niemand hem daarvan afhouden.

'Ik bel Luk dat ik wat later thuiskom.'

Hij kreeg de kans niet om hem te bellen. Zijn mobieltje ging over voor hij het nummer kon kiezen. Het was Saskia.

'Ik ben er eindelijk in geslaagd Thibaud Vandamme te bereiken', zei ze trots. 'Hij kan jullie morgen ontvangen in zijn kantoor.'

'In Antwerpen?'

'Ja', zei ze. 'In de Goedehoopstraat.'

'Dat klinkt veelbelovend.'

'In die buurt klinken alle straatnamen veelbelovend', lachte Saskia. 'De Goedehoopstraat loopt parallel met de Fortuinstraat en een eindje verderop kom je in de Rijkemanshoek.'

'Die Antwerpenaars toch', zuchtte Versavel.

'Wat is er mis met die Antwerpenaars?' vroeg Van In toen het gesprek afgelopen was.

'Niets. Het ging over de straatnamen.'

Versavel vertelde dat Saskia erin geslaagd was een afspraak te maken met Thibaud Vandamme en dat ze morgen om negen uur in Antwerpen werden verwacht. Van In stak een sigaret op en nam een slok Duvel. Hij was benieuwd wat het bezoek aan de derde broer van Jean-Pierre Vandamme zou opleveren.

Procureur Beekman stond voor een dilemma. De vraag om de telefoon van Nadia af te luisteren had hem in nauwe schoentjes gebracht. Haar niet op de hoogte brengen dat zoiets zou gebeuren, was laf en hypocriet. Het omgekeerde was deontologisch onverantwoord. Het kwam er eigenlijk op neer dat hij moest kiezen tussen stomende seks en zijn beroepseer. Hij trok een lade van zijn bureau open, haalde er een kistje sigaren uit en stak er een op. Dat deed hij alleen als hij een moeilijke beslissing moest nemen. Volgens Van In speelde Nadia een schimmige rol in de zaak-Vandamme en was ze misschien medeplichtig aan moord. Als Van In gelijk had en het kwam tot een rechtszaak, zou zijn relatie met haar breed in de pers worden uitgesmeerd en maakte hij zich onsterfelijk belachelijk bij zijn collega's. Het probleem was dat Van In zelden ongelijk had. Aan de andere kant werd hij gek van lust als hij aan haar lenige lichaam dacht. Was er dan verdomme geen tussenoplossing? Hoe zou Van In reageren als ze een ander nummer nam? Of moest hij haar vragen hem niet meer op te bellen? Ze kon toch op een andere manier contact met hem opnemen. Ook dat was zinloos omdat ze onder surveillance stond. De geur van de sigarenrook verspreidde zich in de kamer en drong door tot in de gang. Hij wist zeker dat niemand daar een opmerking over zou maken. Hij was tenslotte de baas. De baas. Het woord echode in zijn hoofd. Natuurlijk ben ik de baas en de baas neemt altijd het initiatief. Hij had nog tijd. Het zou minstens nog tot morgen duren voor de telefoontap was geïnstalleerd. Beekman drukte zijn halfopgerookte sigaar uit in een theeschoteltje, pakte zijn mobieltje en belde haar.

'Hallo, schat.'
'Ben jij het, konijntje?'
'Ik mis je.'
'Ik jou ook.'
'Kom dan onmiddellijk. Ik wil je voelen.'
Nadia aarzelde een seconde voor ze ja zei, een seconde waarin ze zich afvroeg wat er in godsnaam zo dringend was.

'Waar spreken we af?'
Hij aarzelde, net als zij zo-even. Bij hem thuis was riskant want het was nog klaarlicht, en een hotel in de buurt was uitgesloten omdat de meeste mensen hem kenden van gezicht.
'Ik pik je thuis op', zei hij. 'De rest zien we nog.'
'Oké. Ik maak me ondertussen mooi voor jou. En je mag straks raden of ik ondergoed draag.'
Beekman trok een scheve mond en het scheelde niet veel of hij begon te kwijlen. Dit wordt een nacht waarvan een doorsneeman alleen kan dromen, dacht hij.

Dora, de medewerkster van de notaris, maakte zich zorgen omdat hij nog niets van zich had laten horen. Waarom toch? Ze nam een voorverpakt stukje varkensgebraad uit het koelvak en legde het in haar boodschappenmandje. Daar hield hij van. Varkensgebraad met een mosterdsausje en kroketjes. Ze liep langs de kaasafdeling en overwoog of ze ook een stukje Saint Albray zou kopen. Waarom ook niet, dacht ze. De notaris was een fijn mens die haar op handen droeg, net zoals zij hem adoreerde. Ze mocht er niet aan denken dat hem iets zou overkomen. Hij was te goed voor deze wereld en hij had zich nooit mogen inlaten met de problemen van zijn vriend Jean-Pierre. Geld maakt mensen slecht. Er stond gelukkig niet veel volk aan de kassa. Dora wachtte geduldig haar beurt af. De man die haar al meer dan een uur volgde, stond verdekt opgesteld op de wijnafdeling.
'Dat is dan achttien euro zesenvijftig', zei de caissière.
Dora haalde een briefje van vijftig uit haar portemonnee en verifieerde met haar duim en haar wijsvinger of het er geen twee waren voor ze het biljet op de rolband legde. De man bij de wijnen wachtte tot ze buiten was voor hij haar achternaging.

Dora stak met een onbehaaglijk gevoel de sleutel in het slot. Ze keek instinctief over haar schouder. Niets. Ze draaide de sleutel om, ging naar binnen en zette haar boodschappenmand op het aanrecht in de keuken. Het onbehaaglijke gevoel bleef aan haar hangen. Ze had al meermaals ervaren dat haar voorgevoel haar zelden bedroog. Ze liep terug naar de voordeur, deed de deur dubbel op slot en slofte daarna terug naar de keuken, waar ze het varkensgebraad in de koelkast legde.

Liabadia wachtte tot het donker was voor hij Dora belde. Ze nam bijna onmiddellijk op, alsof ze de hele tijd bij de telefoon had zitten wachten.

'Ik bel u in verband met de notaris', zei hij.

Haar hart begon sneller te kloppen. Het gevoel van onbehagen maakte plaats voor euforie.

'Waar is hij?' vroeg ze amechtig.

'Dat kan ik niet zeggen, mevrouw.'

'Kan ik hem spreken?'

'Dat zou niet verstandig zijn, mevrouw.'

'Hij verkeert toch niet in gevaar?'

'Voorlopig niet', zei Liabadia. 'Daarom heeft hij mij gestuurd.'

'Wie bent u?'

'Een vriend van Jean-Pierre Vandamme.'

Dora sloeg een kruisteken terwijl ze een schietgebedje zei. Voor zover ze zich herinnerde, wist bijna niemand dat de notaris en Vandamme vrienden waren. Dus vroeg ze wat ze moest doen.

'De notaris heeft kleren nodig en een pyjama. Hij heeft gevraagd of ik die voor hem wil komen ophalen.'

Een normaal mens die op de vlucht was, kocht kleren. Dora wist nu zeker dat de man aan de telefoon de notaris kende. Hij zou zoiets nooit doen. Ze negeerde het onbehaaglijke gevoel dat weer de kop opstak en beloofde dat ze een pakket zou klaarmaken.

'Dan kom ik het over een kwartier ophalen.'

Liabadia hing glimlachend op. Oude vrouwen martelen was zijn specialiteit niet, hij had ze liever jonger, maar werk was werk.

14

'Ik ben zot van B', zei Van In.
Ze waren net voorbij een affiche gereden met de alomtegenwoordige slagzin waarmee Antwerpen zich de voorbije jaren had geprofileerd. Dat Van In B zei in plaats van A wilde echter niet zeggen dat hij zot was van Brugge, hij was gewoon tegen slagzinnen. Eigenlijk vond hij Antwerpen best een fijne stad. Zelfs de bewoners vielen mee, al had niemand hem dat ooit hardop horen zeggen. West-Vlamingen waren nu eenmaal koppige mensen. Hij vormde geen uitzondering op die regel. Versavel dan weer wel. Hij hield van alle mooie dingen. Het gelige morgenlicht dat de oevers van de Schelde deed oplichten bijvoorbeeld en de elegante spits van de kathedraal die boven de daken uittorende.
'Weet je wat jouw probleem is, Van In? Je bent gewoon zot van alles wat borsten heeft.'
'Dat zei ik toch. Zot van B.'
Hij dacht eerst aan Hannelore en daarna aan Saskia. En van het een kwam het ander.
'Heeft Mobistar al gereageerd op onze vraag om het telefoonverkeer van Nadia in de gaten te houden?'
'Nee', zei Versavel. 'Zal ik hen straks nog even bellen?'
Ze hadden uiteindelijk geen toestemming gekregen om de gesprekken van Nadia af te luisteren omdat een dergelijke operatie te veel geld en mankracht kostte. Van In zou

genoegen moeten nemen met een lijst van de abonnees met wie ze een gesprek had gevoerd of die haar hadden gebeld.

'Straks, Guido. Laten we eerst een plekje zoeken om te parkeren.'

Ze reden langs de kaaien in de richting van het Zuiderterras. Er was gelukkig niet veel verkeer. De parkeerterreinen langs de Schelde stonden amper halfvol. Versavel kon het niet laten om Van In te plagen.

'Er is in ieder geval meer parkeerruimte dan in Brugge.'

'Meer of onbetaalbaarder?'

Versavel reageerde met een glimlach en zei dat het een beetje verderop gratis was.

'Bovendien zijn we dan heel dicht in de buurt.'

Hij had gelijk. Toen ze het parkeerterrein en daarna de Sint-Michielskaai overstaken, liepen ze bijna pal op de Goedehoopstraat. Van In stak haastig een sigaret op. Het Zuid was een aantal jaren geleden nog een verloederde buurt, maar ze was als een feniks uit haar as verrezen sinds enkele bekende Vlamingen er een huis of appartement hadden gekocht, met als gevolg dat de vastgoedprijzen fiks waren gestegen. Het gebouw waar Thibaud Vandamme kantoor hield, was een van de recentste nieuwbouwprojecten. Versavel belde aan en wachtte tot iemand antwoordde.

'Commissaris Van In en hoofdinspecteur Versavel van de Brugse politie', zei hij toen de deurtelefoon na een paar seconden werd opgenomen.

'Een ogenblikje.'

De deur ging niet elektrisch open. Ze werden binnengelaten door een jonge kerel met een modieus snorretje en een dure spijkerbroek, het type kerel dat het binnen tien jaar helemaal wilde maken. Ze namen de lift naar de tweede verdieping. In de gang die naar het kantoor van Thibaud Vandamme leidde, waren twee schilders nog druk bezig. De

glaspartij aan de linkerkant van de gang bood een uitzicht op een strak aangelegde binnentuin. De jongeman haalde met een nonchalant gebaar een plastic kaartje uit zijn broekzak en hield het voor een sensor die een elektronisch slot activeerde. De deur zwaaide vanzelf open en klapte met een zachte klik weer dicht zodra ze binnen waren.
'Meneer Vandamme zal jullie straks ontvangen.'
Hij liet hen plaatsnemen op een moderne bank van rode kunststof en verdween zonder nog een woord te zeggen.
'Mooie boel.'
Van In strekte zijn benen uit omdat de bank te laag was. Versavel was beleefder. Hij trok zijn knieën op. Ze hoopten allebei dat 'straks' in Antwerpen hetzelfde betekende als in Brugge. Ze hadden geluk. Thibaud Vandamme liet hen niet langer dan twee minuten antichambreren.
'Goedemorgen heren.'
De handdruk was stevig, zoals het hoort bij een succesrijke zakenman. Thibaud Vandamme leek in geen enkel opzicht op zijn broers. Hij was groot, slank en gespierd. Hij had een gladde getaande huid en grote grijze ogen. Zijn haar was gemillimeterd, zijn jukbeenderen glansden in het zachte indirecte licht. Hij was het soort man dat een minderbedeelde seksegenoot als Van In een minderwaardigheidscomplex kon bezorgen. Versavel kon er alleen in stilte van genieten.
'Komt u binnen.'
Thibaud ging hun voor naar zijn kantoor, waar een lange tafel stond van gerecycleerd wrakhout en stoelen die er even comfortabel uitzagen als de bank in de gang. Het imposante bureau bestond uit dikke glazen platen die naadloos in elkaar overgingen. De obligate schilderijen aan de muur waren van de hand van een schizofrene kunstenaar. Je kon er geen vijf minuten naar kijken zonder depressief te worden.

'Ik neem aan dat u me wilt spreken in verband met Jean-Pierre.'

Thibaud sprak Nederlands met een licht Antwerps accent. Je kon absoluut niet horen dat hij oorspronkelijk een West-Vlaming was.

'Dat hebt u goed gedacht', zei Van In.

Hij probeerde zijn accent te maskeren, wat Versavel zijn wenkbrauwen deed fronsen omdat hij Van In nog zelden zo onder de indruk had gezien.

'Vooruit dan. Wat wilt u weten?'

'Wat was uw relatie met hem?'

'Hij was mijn broer.'

'Als mens bedoel ik.'

Thibaud Vandamme haalde diep adem. Als de politie hem gisteren was komen opzoeken, had hij waarschijnlijk een andere versie van de feiten gegeven. Een neutrale versie, omdat hij het zich als zakenman niet kon veroorloven dat zijn naam in diskrediet werd gebracht. De onverwachte komst van de notaris had hem die mening doen herzien.

'Jean-Pierre was een dromer en een idealist. Teruggetrokken ook. Ik wist zelfs niet dat hij een vriendin had.'

'Had u vaak contact met hem?'

'Nee. Maar ik heb ook niet veel contact met mijn andere broers.'

Thibaud glimlachte fijntjes. Hij had kunnen zeggen dat zijn andere broers er in het leven niet veel van hadden gebakken en dat hij de enige was die fortuin had gemaakt, maar dat zou behoorlijk arrogant klinken.

'Tiens', zei Van In. 'Dominique beweerde nochtans dat de hele familie Jean-Pierre had verstoten.'

'Dat is onzin, commissaris. Dominique was gewoon jaloers.'

'Kende u de vriendin van Jean-Pierre?'

'Livia Beernaert?'
'Waren er nog andere?'
Thibaud haalde zijn schouders op. Het kon hem niet schelen hoeveel meiden zijn broer had versierd en nog minder wat hij hun had wijsgemaakt om hen in zijn bed te krijgen. Tenzij de notaris gelijk had natuurlijk en de goudschat wel degelijk bestond.
'Jean-Pierre nam nooit zelf het initiatief bij een vrouw', zei hij. 'Daarvoor was hij te verlegen. Maar hij smolt voor iedere vrouw die aandacht aan hem schonk. Zo iemand kon alles van hem krijgen wat ze wilde.'
'Ook zijn erfenis?'
'Waarom niet. Ik heb zijn geld in ieder geval niet nodig.'
'De anderen wel?'
Thibaud begon te lachen. Zijn broers mochten hebzuchtig zijn, het waren geen moordenaars. Zielenpoten ja, maar geen moordenaars.
'Ik had het jullie beter eerder verteld, maar ik heb gisteren bezoek gekregen van de notaris. Zoals u wellicht weet was hij de beste vriend van Jean-Pierre. De man is doodsbang en als het klopt wat hij me heeft verteld, kan ik daar best in komen.'
'Kunnen we hem spreken?'
'Ik heb beloofd dat ik hem niet zou verraden.'
Van In had op zijn strepen kunnen staan en zeggen dat hij hem van medeplichtigheid kon beschuldigen als hij niet meewerkte, maar dat zou de zaak alleen vertragen. Thibaud Vandamme beschikte waarschijnlijk over een legertje geduchte advocaten die hem ongetwijfeld het leven zuur zouden maken. Een procedurefout kon hem de das omdoen en hij kon onmogelijk garanderen dat hij er nog geen had gemaakt.
'Maar u weet waar hij zich schuilhoudt?'

'Inderdaad.'
'Bewijs ons dan een dienst. Bel hem en probeer hem ervan te overtuigen dat hij beter met ons spreekt dan zich schuil te houden.'

Thibaud ging niet onmiddellijk op het verzoek in, hij wees het ook niet af omdat hij gisteren net hetzelfde had proberen te doen.

'Geef me een uurtje', zei hij. 'Ik zal zien wat ik kan doen.'

De man in spijkerbroek die hen had binnengelaten, vergezelde hen weer naar beneden. Van In stak onmiddellijk een sigaret op en vroeg of er een café in de buurt was. De kerel hoefde niet lang na te denken.

'Er is er een om de hoek', zei hij. 'Café De Vismijn. Op de hoek van de Riemstraat. Volgens mij zijn ze nu al open.'

Hij wierp een blik op zijn horloge. Het was vijf voor tien. Van In keek naar de lucht, nam een trek van zijn sigaret en bedankte de jongeman met een welgemeend knikje.

'Soms vallen die Antwerpenaars best mee', zei hij toen ze de hoek om waren.

Café De Vismijn was wellicht het bekendste café op het Zuid. Iedereen kwam er en iedereen dronk er Stella van 't vat, behalve Van In natuurlijk. Hij bestelde Duvel.

De gelagzaal was betrekkelijk klein. Er stonden zeven tafels en aan de tapkast was amper plaats voor tien mensen. Er hingen een paar oude foto's. Onder andere een van het dok aan de Waalse en de Vlaamse Kaai en een van een gebouw na de grote overstroming in 1978. Er stond ook een sigarettenautomaat, want waar men overvloedig bier dronk, werd ook fors gerookt. Kortom, de Vismijn was een echt café met echte mensen waar de tijd een beetje was blijven stilstaan.

'Volgens mij hebben de broers er niets mee te maken', zei Van In.

'Wat bedoel je met niets?'
'Niets met de moord.'
'Moord of moorden?'
Versavel keek naar het bruinberookte plafond, dat hier en daar werd opgefleurd met boerenzwaluwen die dartel door de lucht scheerden en guirlandes, waarschijnlijk het werk van een kunstminnende huisschilder die op die manier een persoonlijke toets had willen aanbrengen. Het tafereel had iets aandoenlijks. Zwaluwen in de vismijn. Je moest er maar op komen.
'Volgens Zlotkrychbrto is Livia Beernaert per ongeluk gestorven.'
Van In nam een slok van de perfect ingeschonken Duvel. Het lichtbittere bier smaakte beter dan anders. Het verband tussen de ontsnapping van Mad Max en de dood van Livia Beernaert bleef onduidelijk. Ze wisten alleen dat een van zijn kompanen haar de stuipen op het lijf had gejaagd met een hazelworm en dat hij daarna op een koelbloedige manier was geëxecuteerd.
'Er is nog een andere mogelijkheid, Pieter.'
'Je denkt toch niet dat een van de broers Mad Max en zijn kompanen heeft ingehuurd?'
'Een of alledrie?'
'Dat lijkt me zeer onwaarschijnlijk', zei Van In.
Ze wisselden een halfuurtje van gedachten, maar de discussie bracht hen geen stap verder. De these dat een broer de ontsnapping had kunnen regelen, was ronduit absurd.
'Dan komt er nog maar eentje in aanmerking', zei Versavel.
Hij had de voorbije dagen alle acteurs de revue laten passeren en volgens hem was er maar een die met zekerheid had kunnen weten wanneer en hoe Mad Max van Brugge naar Gent zou worden overgebracht en over de nodige au-

toriteit beschikte om erachter te komen welke agenten de gevangeniswagen zouden begeleiden.

'Ik luister, Guido.'

'Ik denk aan de stafhouder. Livia was zijn nicht en hij heeft zich vanaf het begin met de zaak bemoeid.'

Van In nam een tweede slok en stak nadenkend een sigaret op. Het café was ondertussen aardig volgelopen met mensen van allerlei pluimage. Heren in deftige pakken, arbeiders, gepensioneerden, een architect en een oudere vrouw die aan haar make-up te zien vroeger waarschijnlijk het oudste beroep ter wereld had uitgeoefend.

'Ik wil niet beweren dat je ongelijk hebt, Guido. Maar waarom zou Beernaert zoiets doen? Hij heeft geld zat en voor zover ik weet heeft hij geen hechte band met de familie Vandamme.'

'Weten we dat wel zeker?'

'Nee, maar...'

Van In aarzelde. De stafhouder van de balie was zijn beste vriend niet, sommige collega-advocaten vonden hem een arrogante klootzak, maar hij was en bleef de stafhouder van de balie.

'Hoe lang loop je hier al mee rond?'

'Sinds het begin.'

'En dat zeg je nu pas.'

Het was niet de eerste keer dat Versavel dagen op iets broedde voor hij ermee voor de dag durfde te komen. Maar dat wilde niet zeggen dat hij altijd gelijk had. Aan de andere kant waren alle andere opties bijna opgebruikt.

'Ik overleg eerst met Hannelore', zei hij. 'Misschien kan zij iets regelen.'

Van In werd uit zijn lijden verlost door zijn mobieltje. Het was Thibaud Vandamme met de mededeling dat de notaris bereid was om hen te ontmoeten.

De vloer was ijskoud, haar benen waren gevoelloos. Ze probeerde zich op te richten. Een stekende pijn in haar nek sneed haar de adem af. Waar ben ik? Dora probeerde haar ogen open te doen. Het lukte niet. Haar oogleden leken dichtgemetseld. Ze kreunde. Haar geheugen kwam weer langzaam op gang. De man die de kleren van de notaris was komen ophalen had haar ruw naar achteren geduwd, de voordeur achter zich dichtgeslagen en haar bij de haren naar de keuken gesleept. Ze tilde haar arm op en bracht haar hand naar haar gezicht, dat onder het bloed zat.

'Waar is hij?'

'Ik weet het niet.'

De man haalde uit met zijn vuist en trof haar recht in haar gezicht.

'Je weet het wel. Zeg het of ik vermoord je.'

De tweede stomp was harder aangekomen dan de eerste. Ze kon zich niet meer herinneren hoe lang de ondervraging had geduurd en hoeveel stompen ze geïncasseerd had. Ze wist alleen dat ze een paar keer bewusteloos was geraakt en hij haar met ijskoud water had gewekt. Hij had haar ook geschopt. In haar buik en in haar nieren. Dora had als kind veel slaag gekregen van haar vader, ze had een hoge pijngrens ontwikkeld en dat was misschien de reden waarom ze de marteling had overleefd. Ze probeerde zich opnieuw op te richten, verbeet de pijn en trachtte overeind te krabbelen. Het lukte niet. Je mag de moed niet opgeven, sprak ze zichzelf moed in. Even rusten en dan weer opnieuw.

De notaris glipte in De Vismijn binnen als een schuwe klant bij een prostituee. De drukte deed hem schichtig om zich heen kijken. Hij had zich toch niet vergist? Waar zaten ze? Van In had hem gelukkig zien binnenkomen. Hij was net op tijd bij de deur om hem te beletten weer naar buiten te gaan.

'U bent hier veilig, meneer de notaris.'
De man keek hem dankbaar aan. Hij leek nog een schim van de man die ze een paar dagen geleden voor de eerste keer hadden ontmoet. Zijn ogen lagen diep in hun kassen, zijn lippen waren droog en gebarsten.

'Kom', zei Van In. 'Laten we eerst iets drinken.'

Van In en Versavel hadden een tafel in de hoek vlak naast de sigarettenautomaat waar het redelijk rustig was en ze afgeschermd werden door de klanten die noodgedwongen bleven staan omdat alle andere tafels bezet waren. De notaris volgde hem gedwee. Van In wenkte de jongeman die achter de tapkast stond en maakte hem duidelijk dat ze nog iets te drinken wilden.

'Ik ben blij dat u bereid bent om met ons te praten, meneer de notaris. Hoewel ik niet begrijp waarom u halsoverkop naar Antwerpen bent gevlucht. Waarom hebt u niet onmiddellijk contact met ons opgenomen?'

De notaris keek star voor zich uit. Hij had die mogelijkheid overwogen.

'Noem het paniek', zei hij toonloos.

'Dat begrijp ik, maar waarom bij de broer van Jean-Pierre in Antwerpen?'

'Omdat Thibaud die enige was die ik kon vertrouwen.'

Het gesprek werd onderbroken door de kelner die de drankjes kwam serveren. Een Duvel en twee perriers. Het café was nu overvol, hoewel het nog redelijk vroeg in de voormiddag was. De kelner, die de drukte gewoon was, laveerde behendig terug naar de bar, waar de volgende bestelling op hem stond te wachten.

'Heeft Jean-Pierre u dat verteld?'

'Jean-Pierre vertelde me bijna alles.'

'Dan wordt het stilaan tijd dat u ons ook bijna alles vertelt, meneer de notaris. Of moeten er nog doden vallen voor u het stilzwijgen doorbreekt?'

Het laatste maakte indruk op de notaris. Hij kneep zijn ogen tot spleetjes alsof hij in gewetensnood verkeerde.

'Ik heb er met Thibaud over gesproken', zei hij. 'Maar hij kon me helaas niet helpen.'

'Waarover?' drong Van In aan. 'Over het goud?'

'Onder andere.'

Van In stak zenuwachtig een sigaret op. Versavel zat op het puntje van zijn stoel. Zouden ze nu eindelijk te weten komen wat er echt aan de hand was?

'Wat bedoelt u met "onder andere"?'

De notaris liet zijn vingertoppen over het tafelblad glijden. Hij had beloofd om er met niemand over te spreken. En hij had die belofte al een keer verbroken. Hij had er met Thibaud over gesproken.

'Neemt u mij niet kwalijk, commissaris. U moet begrijpen dat ik gebonden ben door het beroepsgeheim.'

Van In voelde een onweerstaanbare drang in zich opkomen om met zijn vuist op tafel te bonken en te schreeuwen dat hij al die onzin zat was. Jean-Pierre was dood. Het beroepsgeheim waarachter de notaris zich probeerde te verschuilen, gold niet meer. In een verhoorkamer had hij waarschijnlijk zo gereageerd, maar niet in een overvol café. Versavel zag dat zijn vriend het ontzettend moeilijk had om kalm te blijven. Hij probeerde hem te ontlasten.

'Vertel ons dan over het goud', zei hij zo zacht mogelijk. 'Is er goud of is er geen goud? En zo ja, waar is het?'

De notaris keek verbaasd op. Hij had een andere vraag verwacht.

'In de brandkast natuurlijk. Jean-Pierre heeft me verzekerd dat het er altijd zou zijn, zelfs als hij er niet meer was.'

'U beweert dus dat de dieven die de brandkast openmaakten het goud lieten liggen.'

'Dat heb ik niet beweerd', zei de notaris. 'Maar legt u mij dan eens uit waarom ze mij zijn komen lastigvallen?'
De redenering van de notaris hield steek. Als de dieven het goud in de brandkast hadden aangetroffen, hadden ze het meegenomen en de notaris en Livia Beernaert met rust gelaten. Van In dacht er plotseling aan dat de stafhouder mogelijk een van de mensen was die wist dat zijn nicht doodsbang was voor slangen. Het zou ook verklaren waarom hij zo aangeslagen was toen hij vernam dat ze dood was. Omdat het nooit de bedoeling was geweest om haar te vermoorden. De slang in haar slipje was alleen bedoeld geweest om haar informatie over de bergplaats van het goud te ontfutselen.
'Heeft Jean-Pierre u ooit iets gezegd over een boek van Sjöwall en Wahlöö?'
'*De gesloten kamer?*'
'Ja', schreeuwde Van In bijna zo hard als een voetbalcommentator die 'goal!' roept als zijn favoriete ploeg scoort.
'Ik heb nooit goed begrepen waarom hij er zoveel belang aan hechtte.'
'Je had het hem kunnen vragen.'
'Dat heb ik ook gedaan', zei de notaris.
'En wat heeft hij daarop geantwoord?'
'Dat ik het zelf moest zien uit te vissen. Jean-Pierre hield nu eenmaal van raadsels, moet u weten.'
Het gesprek ging duidelijk de verkeerde kant op. Van In wist niet meer wat te geloven. Alle gegevens die hij tot nu toe had verzameld, dwarrelden door elkaar als papiertjes in een tickertapeparade. Hij stak een nieuwe sigaret op en nam met een moedeloze blik een slok van zijn Duvel.

Dora deed er een kwartier over om zich van de keuken naar de woonkamer te slepen. Iedere beweging bezorgde haar ontzaglijk veel pijn, maar ze gaf het niet op. Ze hoopte alleen dat haar krachten het niet zouden begeven voor ze haar doel bereikte. De telefoon stond in de hoek van de kamer op een laag tafeltje met scheve poten, een onding uit de jaren zestig. Ernaast lag een kaartje met de nummers van de hulpdiensten.

'Weet u zeker dat u niet met ons wilt meekomen?' vroeg Van In.

De notaris aarzelde. De commissaris had gelijk. Blijven vluchten had geen zin, maar hij voelde zich veilig in Antwerpen. Hij had zelfs overwogen zijn praktijk tijdelijk te sluiten en een tijdje in het buitenland onder te duiken. Maar wat deed hij dan met Dora? Haar meenemen was geen optie, haar ontslaan evenmin.

'Sorry, commissaris. Ik heb nog even tijd nodig om een beslissing te nemen.'

'Denk dan heel goed na, meneer de notaris. De criminelen met wie we te maken hebben, zullen niet rusten voor ze u opgespoord hebben. In Brugge kan ik u politiebescherming geven, maar in Antwerpen kan ik niets garanderen.'

'Ik red me wel.'

'Oké.'

Van In drukte de notaris de hand en keek hem hoofdschuddend na. Het enige wat hij nog kon doen was zijn Antwerpse collega's bellen en vragen of ze een oogje in het zeil wilden houden. Hij stak zijn hand op en bestelde uit pure frustratie een nieuwe Duvel.

'We kunnen beter ook iets eten', zei Versavel.

Het was ondertussen iets rustiger geworden in het café, anders had Versavel waarschijnlijk zijn mobieltje niet horen overgaan. Hij haastte zich naar buiten.

'Wat is er nu weer?' vroeg Van In toen Versavel een paar

minuten later lijkbleek binnenkwam.
'De medewerkster van de notaris.'
De hulpdiensten hadden haar bewusteloos aangetroffen in de woonkamer, met de hoorn van de telefoon nog in haar hand. Een spoedarts had vastgesteld dat haar neus en haar linkeroogkas gebroken waren en hij vermoedde dat ze inwendige bloedingen had opgelopen.
'Dan is die kerel teruggekomen', zei Van In.
Hij pakte zijn glas, dronk het in één teug leeg en gaf de barman een teken dat hij wilde betalen.
'Terug naar de notaris?'
Het was een retorische vraag. Versavel dronk op zijn beurt zijn glas leeg, terwijl Van In de rekening betaalde, en volgde hem daarna naar buiten.

Dora was bij bewustzijn toen ze de kamer binnenkwamen. Ze kwam net van de röntgenafdeling. Er zat een verband om haar hoofd en een pleister op haar neus. De snijwonden in haar gezicht waren gehecht en ze had pijnstillers gekregen in afwachting van de resultaten van het onderzoek. De notaris was duidelijk aangeslagen toen hij haar zo zag liggen. Zijn ogen werden vochtig en zijn handen beefden. Van In en Versavel hielden zich discreet op de achtergrond. De notaris gaf haar een zoen op haar voorhoofd en ging op de rand van het bed zitten met zijn oor dicht bij haar mond. Van In zag haar lippen bewegen en het gezicht van de notaris verkrampen naarmate ze verslag uitbracht van wat er gebeurd was. Hij hoefde niet te horen wat ze zei om te weten wat ze meegemaakt had. De kerel die haar had toegetakeld, was bijzonder brutaal te werk gegaan. Het was een wonder dat ze nog leefde. De dokter had hun vijf minuten gegeven en hij hield zich daar ook aan. De toegemeten tijd was amper om of hij kwam binnen.

'Het spijt me', zei hij.
De dokter hoefde niets meer te zeggen. De notaris begreep de ernst van haar toestand. Hij knikte en veerde onmiddellijk op.
'Hoe ernstig is het, dokter?'
De dokter probeerde neutraal te kijken. Slecht nieuws brengen was nooit gemakkelijk. De vrouw had inwendige bloedingen opgelopen. Dat was ernstig, maar het was bijzonder moeilijk om een leek uit te leggen hoe ernstig het was. Dus zei hij: Het komt wel goed. De notaris nam gelukkig genoegen met het antwoord. En dat kwam zelden voor. Meestal bleven mensen doorbomen over de aard van de letsels en de kansen op een volledige genezing, alsof daar een garantie voor bestond. Iedere patiënt reageerde op zijn of haar eigen manier op een behandeling.
'Kom', zei Van In. 'Laten we gaan.'
Hij legde zijn arm om de schouder van de notaris en leidde hem naar de gang. Het had geen zin hem nu te vragen wat hij en Dora met elkaar besproken hadden. Hij zei alleen: Je hebt de dokter gehoord. Het komt wel goed. Ze liepen door de gang en namen de lift naar de begane grond.
'Zal ik u naar huis brengen?' vroeg Van In.
De notaris bleef staan, draaide zijn hoofd en keek hem strak in de ogen.
'Nee, commissaris. Ik wil u spreken.'
'Hier of ergens anders?'
'Hier', klonk het resoluut.
Het AZ Sint-Jan beschikte over een ruime cafetaria annex terras met een prachtig uitzicht op het kanaal en de omliggende weilanden, dus gingen ze buiten aan een rustige tafel zitten terwijl Versavel de drankjes haalde.
'Ik ben een lafaard.'
De notaris boog het hoofd. Zijn hoekige schouders gingen

hortend op en neer alsof hij op het punt stond in tranen uit te barsten. Van In kon zich indenken wat de man doormaakte. Hij voelde zich schuldig voor wat Dora overkomen was.

'En dan? Je denkt toch niet dat wij nooit bang zijn? Alleen harteloze mensen zijn nooit bang. En ik heb gezien hoeveel je om haar geeft.'

'U bent een vriendelijke man, commissaris, en ik heb ondertussen ondervonden dat u ook bijzonder vakbekwaam bent.'

Van In kon ondanks de benarde situatie amper een glimlach onderdrukken. Niemand had hem ooit vakbekwaam genoemd. Het klonk lullig, maar hij kon niet ontkennen dat het hem goed deed.

'Dat doet nu even niet ter zake, meneer de notaris. Vertel me liever over de demonen die u kwellen.'

De notaris wachtte tot Versavel er met de drankjes was voor hij van wal stak.

'Jean-Pierre is me twee maanden geleden komen opzoeken met de vraag of ik zijn eerdere testament wilde vervangen door een ander.'

'Bedoelt u daarmee het testament met Livia Beernaert als de enige begunstigde?'

'Inderdaad.'

'Is dat ook daadwerkelijk gebeurd?'

'Nee. Jean-Pierre wilde eerst met zichzelf in het reine komen voor hij een definitieve beslissing nam.'

'De bedevaart naar Santiago?'

'Inderdaad.'

'Weet u ook waarom hij van mening was veranderd en wie de nieuwe begunstigde was?'

Het was een cruciale vraag. Als de notaris die vraag kon of wilde beantwoorden, was de zaak zo goed als opgelost.

'Ze heet Marie-José Kivilu. Volgens Jean-Pierre is haar in

Congo destijds groot onrecht aangedaan. En dat wilde hij goedmaken.'
'Welk onrecht?'
'Ze hebben haar familie uitgemoord in de jaren zestig.'
Van In keek naar Versavel. Ze dachten allebei hetzelfde.
De foto van het Congolese meisje in het ouderlijk huis van Jean-Pierre Vandamme. *Marie-José à l'age de 14 ans.*

15

'Ik denk dat zijn vrouw hem aan de deur heeft gezet', zei een agent tegen zijn collega, die in de gang een kopje koffie stond te drinken. Ze hadden er allebei een nachtdienst op zitten en voor zover een van hen zich kon herinneren, was Van In nog nooit zo vroeg op het politiebureau verschenen. Hij zag er ook niet erg gelukkig uit. Zijn haar was in de war en zijn gezicht stond op onweer.

'Goedemorgen, commissaris.'

Van In keek even opzij naar de agenten die koffie stonden te drinken en liep hen straal voorbij. Hij nam de lift naar de derde verdieping en haastte zich naar het bureau van hoofdcommissaris Duffel, waar iedereen al op hem zat te wachten.

'Daar ben je eindelijk.'

De hoofdcommissaris zag er fris en monter uit. Hij droeg een donkerblauw pak en een fleurige das die hem er jonger deed uitzien. Versavel zat te keuvelen met de notaris, terwijl Saskia zich over de koffie ontfermde. Van In verontschuldigde zich niet omdat hij te laat was. Hij ging aan de ovale tafel zitten en keek verveeld voor zich uit.

'Oké', zei Duffel. 'Laten we dan maar beginnen. Wie neemt het woord?'

Het duurde een paar seconden voor Van In reageerde,

hoewel alle ogen op hem waren gericht. Versavel kreeg een beetje medelijden met hem.

'Ik zal mijn best doen om het zo helder mogelijk uit te leggen', zei hij niet erg enthousiast.

Alle aanwezigen, behalve de notaris, wisten dat de commissaris geen begenadigd spreker was, toch slaagde hij erin de gebeurtenissen van de voorbije weken op een begrijpelijke manier samen te vatten. Hij begon zijn betoog met de stelling dat Jean-Pierre Vandamme vermoord was omdat hij van plan was geweest zijn testament te veranderen ten voordele van een onbekende Congolese vrouw wier familie was uitgemoord in de jaren zestig.

'Jean-Pierre Vandamme nam die beslissing niet onmiddellijk, hij wilde eerst met zichzelf in het reine komen en ondernam daarom een bedevaart naar Santiago de Compostela. De vraag die we ons moeten stellen is: wie was daarvan op de hoogte en wie nam de beslissing om hem te vermoorden of te laten vermoorden? Livia Beernaert was de meest voor de hand liggende verdachte omdat zij de enige begunstigde was in het testament dat Jean-Pierre Vandamme wilde laten vernietigen. Maar ook zij overleed in verdachte omstandigheden, waardoor de drie broers van Jean-Pierre Vandamme nu plotseling wettige erfgenamen werden. Het probleem is dat ze alle drie een alibi hebben. Het zou natuurlijk best kunnen dat ze het vuile werk door iemand anders lieten opknappen.'

Van In refereerde aan Mad Max en zijn kompanen en ging daarna uitgebreid in op de rol van Nadia Verdoodt. Hij verwees ook naar de moord op haar tante in de jaren zestig en lichtte de conclusie van het onderzoek toe.

'We beschikken jammer genoeg over te weinig gegevens om het resultaat van dit onderzoek in twijfel te trekken.'

'Je gelooft dus niet dat Jacques Vandamme haar vermoord

heeft?' kwam Duffel voor de eerste keer tussenbeide.
'Eerlijk gezegd, nee. Volgens mij is Nadia Verdoodt op de een of andere manier achter het bestaan van de goudschat gekomen en heeft ze zelf contact gezocht met Jean-Pierre Vandamme.'
'Misschien was het andersom', opperde Duffel.
'Dat is haar versie', zei Van In. 'Maar er is nog iets dat me zorgen baart.'
'De procureur.'
'Dat hebt u gezegd, meneer de hoofdcommissaris.'
Saskia had gisteren bij Mobistar de lijst met gesprekken opgevraagd die Nadia Verdoodt in de loop van de dag had gevoerd. Het antwoord was: geen enkel. Of ze had de hele dag niet getelefoneerd of ze had een ander toestel gekocht. Was dat toeval of had Beekman haar gewaarschuwd?
'Tja', zei de hoofdcommissaris. 'Hoe los je zoiets op?'

'Ik haat vergaderingen', zei Van In.
Hij stak een sigaret op en beende door de gang alsof de dood hem op de hielen zat. Versavel en Saskia liepen hem zwijgend achterna. De notaris sloot de rij. Hij wist nog één ding dat zij niet wisten en hij vroeg zich wanhopig af of hij het hun ook zou vertellen.
'Ik ben ook iets vergeten te zeggen', zei Saskia.
'Iets belangrijks?'
'Ik denk het niet.'
'Daar beslis ik over', reageerde Van In bits.
De jonge agent die gisteren de oude man te woord had gestaan, was haar later komen opzoeken met de trotse mededeling dat er zich een belangrijke getuige had aangemeld in de zaak van Jean-Pierre Vandamme.
'Maar je geloofde hem niet.'
Saskia haalde haar schouders op. Jonge agenten waren

niet alleen gauw enthousiast, ze waren ook bijzonder naïef.
'Had jij hem geloofd?'
Versavel hield de deur van kamer 204 voor haar open.
'Wat had je moeten geloven?' snauwde Van In.
Saskia durfde hem niet aan te kijken. Gelukkig kwam Versavel haar te hulp. Hij bracht in een paar woorden verslag uit over het bezoek van de oude man die beweerde dat hij over informatie beschikte over de moord op Jean-Pierre Vandamme. Van In reageerde zoals hij verwacht had. Hij las eerst Saskia de les en gaf haar daarna de opdracht contact op te nemen met de man en daarover zo snel mogelijk verslag uit te brengen. En hij besloot met: Ik heb wel iets anders te doen. Saskia verdween geluidloos naar haar bureau. Het was beter dat ze hem nu even met rust liet.
'Zal ik met haar meegaan?' stelde Versavel bezorgd voor.
'Waarom zou jij met haar meegaan als ik je nodig heb?'
'Oké, chef.'
Van In had waarschijnlijk weer gelijk. Bij iedere moordzaak doken grappenmakers op die beweerden dat ze over cruciale informatie beschikten. Het gebeurde zelden of nooit dat een van die tips resultaten opleverde.
'Waar is onze vriend de notaris eigenlijk?'
'Ik denk dat hij ons achterna is gelopen.'
Versavel ging kijken in de gang. De notaris stond met zijn rug tegen de muur voor zich uit te staren. Hij schrok duidelijk toen Versavel hem binnenriep.
'Ik dacht dat jullie me niet meer nodig hadden', zei hij toen Van In hem vroeg waarom hij niet mee naar binnen was gekomen.
'Laat het denken maar aan ons over, meneer de notaris.'
De notaris knikte bescheiden en nam plaats op de stoel die Van In hem aanwees.
'Als u het niet erg vindt nemen we alles nog eens door.'

Hij pakte het mapje met de verklaring die de notaris gisteren had afgelegd en liet zijn ogen over het eerste blad glijden. Marie-José Kivilu was vermoedelijk geboren in 1953 en ze was in 1968 uitgeweken naar België. Ze verbleef waarschijnlijk nog in het land. Haar adres was onbekend.

'Volgens u is mevrouw Kivilu Jacques Vandamme om hulp komen vragen?'

'Zo heeft Jean-Pierre het me toch verteld.'

'Maar toen was hij het land al uit en is zij hier blijven hangen?'

'Inderdaad.'

'En dan duikt ze meer dan veertig jaar later weer op met het verhaal dat haar familie destijds door Belgische huurlingen werd uitgemoord. Met als gevolg dat Jean-Pierre wroeging krijgt over het koloniale verleden van zijn familie en beslist zijn testament in haar voordeel te wijzigen.'

'Ik heb het hem eerst proberen af te raden, maar hij hield voet bij stuk.'

'Heeft hij dan nooit in overweging genomen dat mevrouw Kivilu een bedriegster was?'

'Nee.'

'Waarom niet?'

'Hij beweerde dat ze over bewijsmateriaal beschikte waarmee ze haar verhaal kon staven.'

'Hebt u dat bewijsmateriaal ooit gezien?'

'Nee.'

'Maar u hebt haar wel ontmoet?'

'Eén keer', zei de notaris.

Van In slaakte een diepe zucht. Hij had de verklaring ondertussen tien keer gelezen en hoe langer hij erover nadacht, hoe sterker zijn overtuiging werd dat het hele verhaal op drijfzand was gebouwd. Toch kon hij niet anders dan alles in het werk stellen om mevrouw Kivilu op te sporen.

Hij belde Hannelore en vroeg haar de toestemming om bij hoogdringendheid een opsporingsbericht te verspreiden via de nationale pers. Als mevrouw Kivilu nog in België verbleef, hoefde ze zich alleen maar te melden. De notaris zat met zijn vingers te friemelen, terwijl hij schijnbaar onverschillig voor zich uit zat te staren.

'En dat is echt alles wat u weet?'

Het bleef stil. Versavel hield hem scherp in de gaten. Hij had veel ervaring met lichaamstaal. De ontwijkende blik en een minuscule zenuwtrek om zijn mondhoek wezen erop dat de notaris zich onzeker voelde. Hij hoefde echter niet tussenbeide te komen. De notaris besliste zelf om de rest te vertellen.

'Toen u net zei dat u de conclusies van het onderzoek in verband met de moord op Marijke Verdoodt in twijfel trok, dacht ik aan een gesprek dat ik jaren geleden met Jean-Pierre heb gevoerd', zei hij benepen. 'Hij was ervan overtuigd dat zijn oom onschuldig was, moet u weten.'

'Dat lijkt me een normale reactie', reageerde Van In. 'Hij was bevooroordeeld. Het was tenslotte zijn oom. Wij baseren ons uitsluitend op objectieve gegevens.'

'U hebt wellicht gelijk, commissaris. Maar zou u ook op dezelfde manier reageren als u wist dat Marijke Verdoodt een relatie had met Maurice Beernaert voor ze Jacques Vandamme leerde kennen?'

'De stafhouder van de balie?'

'Inderdaad.'

Het nieuwe gegeven gaf een geheel andere dimensie aan de zaak en het verklaarde een heleboel. Van In stak een sigaret op. De knoop werd stilaan onontwarbaar. Hem doorhakken was de enige oplossing.

'Dan moeten we meneer de stafhouder met de feiten confronteren', zei hij mat.

'Zou je dat wel doen?' vroeg Versavel.
Alle Belgen mochten gelijk zijn voor de wet, in de praktijk was de ene ietsje meer gelijk dan de andere. De stafhouder van de balie zomaar verhoren was niet vanzelfsprekend, toch niet op basis van de aanwijzingen waarover ze nog maar beschikten. In normale omstandigheden had Van In daarover overleg gepleegd met de procureur, maar dat was niet verstandig omdat Beekman zelf tot over zijn oren bij de zaak betrokken was.
'Dan zullen we een beroep moeten doen op de cavalerie', zei hij.

Maurice Beernaert glimlachte minzaam naar Hannelore, voor wie hij net de deur had opengedaan. Zij had voor de gelegenheid een grijs mantelpakje aangetrokken en haar haar achterovergekamd om er wat strenger uit te zien.
'Waaraan heb ik dit genoegen te danken, mevrouw de onderzoeksrechter?'
Hannelore ging niet in op het geslijm. Beernaert was een geslepen vos, hij wist verdomd goed dat ze hem geen beleefdheidsbezoekje kwam brengen. Ze had er nu al spijt van dat ze zich door Van In had laten overtuigen.
'Mijn bezoek heeft een informeel karakter', zei ze ernstig.
De glimlach op het gezicht van Beernaert werd breder, zijn blik vrijpostiger. Het was duidelijk dat ze iets op het spoor waren maar niet over voldoende aanwijzingen beschikten om hem op het politiebureau te verhoren. Daarom hadden ze haar gestuurd, vermomd in een onnozel secretaressepakje. Hoe doorzichtig.
'Dan bent u aan het juiste adres, mevrouw Martens. Ik hou van informeel.'
'Mag ik binnenkomen?'
'Natuurlijk.'

Beernaert liep haar voor naar de lift. Hannelore voelde zich onzeker, hoewel ze eigenlijk niets te vrezen had. Hij zou haar nooit met een vinger durven aanraken, hoewel ze bijna zeker wist dat hij over haar aan het fantaseren was. Ze kon het hem eigenlijk niet kwalijk nemen. Wat restte oude mannen nog anders dan fantaseren over iets dat ze niet meer konden krijgen?
'Kopje koffie?'
'Graag', zei Hannelore.
Ze ging zitten terwijl hij voor de koffie zorgde. Het moderne interieur beviel haar. Tegenwoordig kozen mensen steeds vaker voor strak, zelfs een conservatieve kerel als Beernaert was ervoor gevallen. Als het gesprek niets opleverde, had ze tenminste iets om met Van In over te discussiëren. De antieke kasten die hij van zijn ouders had geërfd, werkten al lang op haar zenuwen.
'Ik kom in verband met Marijke Verdoodt', zei ze toen hij terug was.
Eromheen draaien had niet veel zin. Beernaert mocht een oude zak zijn, hij was niet achterlijk.
'Neemt u suiker?'
Beernaert schonk de kopjes vol. Zijn gezicht verraadde geen enkele emotie. Hij zette de koffiepot met een voorzichtige tik op het tafeltje.
'Nee, dank u.'
'Melk?'
Ze schudde haar hoofd. Had hij dan niet gehoord wat ze gezegd had? Natuurlijk had hij gehoord wat ze gezegd had. Hij wilde haar gewoon intimideren.
'De tante van Nadia Verdoodt.'
Beernaert ging tegenover haar zitten, nipte van de koffie en leunde achterover in zijn comfortabele stoel.
'Ik ken ze allebei', zei hij luchtig. 'Nadia is een vriendin

van mijn nichtje, moet u weten, en Marijke...'
Zijn stem stokte en zijn ogen werden troebel. Hij ging rechtop zitten en strekte zijn hand uit naar zijn kopje koffie. De ongemakkelijke stilte bracht Hannelore een beetje van haar stuk. De rede probeerde haar gevoel ervan te overtuigen dat ze er niet in mocht trappen, Beernaert was een gewiekste advocaat die donders goed wist hoe hij een vrouw moest aanpakken.

'U was verliefd op haar.'

'Denkt u nog vaak aan uw eerste liefde, mevrouw de onderzoeksrechter?'

'Wie niet?'

Hij had haar te grazen. Hannelore probeerde de gevoelens die hij bij haar had losgemaakt te verdrijven, het lukte amper. Oude liefde roest niet. Ze zou Valentijn nooit vergeten, zelfs niet na alles wat hij haar had aangedaan.

'Dan weet u ook wat er in me omgaat', zei Beernaert. 'Als Vandamme haar niet had vermoord, was Marijke mijn vrouw geworden. Maar nee, meneer de kolonel moest haar voor zich alleen hebben.'

Zijn stem schoot uit. De huid op zijn jukbeenderen werd strakker. Hannelore kon zich voorstellen wat hij doormaakte. Ze had de oude wonden weer opengereten.

'Ik vind het erg voor u', zei ze. 'Maar...'

'U moet uw werk doen.'

Ze knikte. Had ze Beernaert verkeerd beoordeeld of had Van In het bij het rechte eind? Zijn uitleg klonk in ieder geval aannemelijk en zijn emotie leek echt.

'Dan neemt u me het waarschijnlijk niet kwalijk dat ik u vraag hoe u Jacques Vandamme hebt leren kennen?'

Beernaert glimlachte weer en nam een nonchalante houding aan. Het spel was nog niet verloren. Integendeel.

'Wist u dat niet?'

'Nee.'
'Ik heb vijf jaar in Congo gewerkt. Jacques was bijna een buurman.'
Ze zouden er vroeg of laat toch achter gekomen zijn. Het verzwijgen werkte alleen in zijn nadeel. Hij liet zijn blik over haar smalle enkels glijden. Ze zat lichtjes voorovergebogen met haar knieën tegen elkaar. Je hebt geluk dat ik geen twintig jaar jonger ben, dacht hij.

Saskia parkeerde haar auto met opzet niet in de straat waar de oude man woonde die zich als tipgever had gemeld. Ze stapte uit en verifieerde voor alle zekerheid het adres en het huisnummer dat ze op een papiertje had genoteerd. Het was amper twee minuten lopen. Haar hart begon sneller te kloppen naarmate ze het appartementsgebouw naderde. Stel je voor dat de man toch over nuttige informatie beschikte. Ze zag zichzelf al staan tussen collega's die haar uitgebreid feliciteerden. Het appartementsgebouw in kwestie telde vier verdiepingen. André Spegelaere woonde op de bovenste. Hij ontving haar met een wantrouwige blik.

'Ik verwachtte eigenlijk iemand anders', zei hij.

Saskia had begrip voor zijn reactie. Hij had een commissaris verwacht, geen jonge vrouw zonder ervaring. Ze liet zich echter niet uit het veld slaan.

'Commissaris Van In heeft het momenteel zeer druk', zei ze. 'Maar maakt u zich geen zorgen, ik ben zijn persoonlijke assistente.'

De oude man keek haar nadenkend aan. Een commissaris van middelbare leeftijd die er een jonge persoonlijke assistente op na hield. Het kon in zijn voordeel werken.

'Komt u toch binnen, juffrouw.'

Hij maakte een galant gebaar en leidde haar naar de woonkamer annex salon.

'Gaat u zitten.'
Saskia wilde bij het raam gaan zitten. Hij verontschuldigde zich met een glimlach en vroeg of ze ergens anders wilde gaan zitten.

'Die stoel is een beetje krakkemikkig', zei hij. 'Ik zou niet willen dat u erdoor zakt.'

Ze deed wat hij haar vroeg, hoewel er volgens haar niets mis was met de stoel in kwestie. Waarom zou ze argwaan koesteren? André Spegelaere was een oude man.

'U hebt ons nieuwsgierig gemaakt', zei ze.

'Niet overdrijven, juffrouw.'

Ze schrok van de botte toon.

'Heb ik iets verkeerds gezegd?'

Ze merkte nu pas dat hij soepeler bewoog dan zijn leeftijd deed vermoeden. Het maakte haar een beetje onrustig en ze kreeg er spijt van dat ze haar portofoon niet had meegenomen. Gelukkig wisten de collega's waar ze was. Spegelaere besefte dat hij een foutje had gemaakt. Hij veranderde onmiddellijk van toon.

'Natuurlijk niet. Ik had jullie alleen vroeger verwacht.'

Zijn reactie stelde haar gerust. Mensen die ervan overtuigd waren dat ze over nuttige informatie beschikten, voelden zich nu eenmaal belangrijk, ze begrepen niet dat de politie ook nog andere dingen te doen had.

'Zegt u het maar, meneer Spegelaere. Wat weet u over de moord op Jean-Pierre Vandamme?'

'Ik weet wie het gedaan heeft.'

'Dat meent u niet.'

Saskia fronste. Flauwe grappenmakers kwamen meestal met warrige of ongeloofwaardige verhalen aanzetten. Als Spegelaere de identiteit van de moordenaar kende, waarom had hij dan zo lang gewacht om de politie in te lichten?

'Zie ik eruit als iemand die niet meent wat hij zegt?'

Zijn stem klonk onheilspellend en zijn blik veranderde van vriendelijk in dreigend. Het maakte haar bang. Ze schuifelde op haar stoel. Wat moest ze doen? De kamer uit rennen en zich onsterfelijk belachelijk maken als later zou blijken dat het allemaal verbeelding was geweest?

'Excuseer me, meneer', zei ze. 'Maar u begrijpt toch dat dit voor ons een complete verrassing is?'

'U hoeft niet onderdanig te doen, juffrouw', reageerde hij spottend. 'Noem me verdomme gewoon Max.'

Saskia verstijfde. Waarom moest ze hem Max noemen als hij André heette? De dreiging werd bijna tastbaar toen hij wijdbeens voor haar kwam staan. Tijdens haar opleiding had ze geleerd hoe ze een dergelijke situatie moest aanpakken. Zoek de zwakste plek en sla zo hard mogelijk toe, ze hoorde het haar instructeur nog zeggen. Het probleem was dat ze niet in de ideale positie verkeerde om hem in zijn zwakste plek te treffen. Zij zat neer en hij stond op ongeveer een meter van haar vandaan.

'Ik dacht dat u André heette.'

Saskia schraapte al haar moed bijeen. Ze ging staan en keek hem recht in de ogen. Mad Max glimlachte gemeen terwijl hij fantaseerde over de dingen die hij straks met haar zou doen.

'Max is mijn roepnaam.'

Zijn uitleg stelde haar een beetje gerust en ze voelde zich een stuk zelfverzekerder op twee benen. Hij was tenslotte oud, zij jong en getraind.

'U zei net dat u de moordenaar van Jean-Pierre Vandamme kent', zei ze.

'Dat heb ik inderdaad gezegd, juffrouw. U kunt hem zelfs ontmoeten als u dat wenst.'

Max produceerde een lachje dat veel weg had van het gehinnik van een paard. Saskia zette aarzelend een stapje achteruit in de richting van de deur. Van In had weer eens gelijk. Die kerel was compleet gestoord.

'Ik ben niet bevoegd om zoiets te doen zonder medeweten van mijn oversten', zei ze ambtelijk.

Ze schuifelde opnieuw een stapje naar achteren. De oude man bleef haar grinnikend aanstaren. Zijn blik ging dwars door haar heen. Wat nu? Op de vensterbank stond een halfvolle fles whisky die ze in geval van nood als wapen kon gebruiken. Nee, dat kon ze alleen doen als hij haar fysiek bedreigde. De enige oplossing was weglopen. Ze spande haar spieren, haalde diep adem en rende als een gek naar de voordeur. Er gebeurde niets. Max bleef in het midden van de kamer staan. Hij had de deur toch niet op slot gedaan? Nee. Ze trok ze moeiteloos open en snelde naar buiten. Een man met mediterrane trekken pakte haar ruw bij de arm en sleurde haar weer mee naar binnen.

'Foei juffrouw', zei Max lijzig. 'Zoiets doet een beschaafde vrouw toch niet.'

Saskia probeerde zich los te rukken terwijl ze besefte dat ze geen kans maakte tegen haar gespierde belager. Max kwam langzaam dichterbij. Hij had een mes in zijn hand.

'En gelieve alsjeblieft niet om hulp te schreeuwen', zei hij. 'Anders ben ik genoodzaakt om uw tong eruit te snijden.'

Saskia knikte wanhopig en ze staakte haar pogingen om zich los te rukken. Angstige slachtoffers wonden psychopaten op, had ze geleerd tijdens haar opleiding. Ze herinnerde zich de foto's nog die de docent hun toen had laten zien.

Van In liet zich op de bank neervallen, pakte de afstandsbediening en zette de televisie aan. Het journaal van zeven uur was net begonnen. De nieuwslezer keek professioneel in de camera en las ondertussen zijn tekst van de autocue. Het was een rustige dag geweest. Behalve een dodelijk on-

geval, een relletje in het parlement over de benoeming van een burgemeester in de Brusselse rand en een overstroming in Bangladesh viel er niet veel te melden. Van In liet het allemaal aan zich voorbijgaan terwijl hij van zijn Duvel nipte en nadacht over de gebeurtenissen van de voorbije dag.
'Kom je? Het eten is klaar.'
Hannelore stak haar hoofd naar binnen. Ze zag er vermoeid uit en er lag een bezorgde trek om haar mond.
'Kun je nog even wachten?'
'Nee.'
'Oké.'
Van In pakte zijn glas, hees zich overeind en slofte naar de keuken, waar Simon en Sarah braaf zaten te wachten tot het eten op tafel kwam. Julien sliep gelukkig al.
'Ik denk dat we er dit keer niet uit komen, schat.'
'Waarom niet?'
Hannelore vulde de borden van de kinderen met hun lievelingskost: zurkelaardappelen met zachtgekookte eieren, een gerecht waarvoor Van In normaal zijn neus optrok.
'Bij gebrek aan een verdachte. De broers van Vandamme hebben een alibi, het verhaal van Beernaert klinkt heel aannemelijk en Mad Max lijkt van de aardbodem verdwenen.'
Hannelore zette de pan met de zurkelaardappelen op een onderzetter, bediende zich en pelde daarna gewoontegetrouw de eieren voor Van In.
'Misschien houdt de notaris nog informatie achter', zei ze.
'Ik denk het niet. Hij is veel te bezorgd over het lot van zijn assistente.'
'Je vriendin dan.'
'Alsjeblieft, Hanne.'
'Grapje.'
Van In schepte het absolute minimum zurkelaardappelen op zijn bord en begon met lange tanden te eten.

Marie-José Kivilu zat op haar armoedige kamer in de buurt van het Brusselse Noordstation voor haar televisietoestel naar het nieuws te kijken op de Franstalige zender. Dat deed ze iedere dag. Niet dat het nieuws haar interesseerde, ze hield gewoon niet van de stilte. En het licht van de beeldbuis was voldoende om de kamer te verlichten. Nee, haar leven was niet over rozen gegaan. En de enige hoop om er verandering in te brengen was vervlogen. Het zou te mooi geweest zijn, zuchtte ze. Blanken waren nu eenmaal niet te vertrouwen. Ze schonk zich een kopje thee in en nestelde zich op een aftandse bank die ook als bed dienstdeed. Straks zou ze hier in slaap vallen. Ze nam een slokje thee en keek naar de jonge nieuwslezer die het sportnieuws bracht. Nog een paar minuten en ze kon genieten van haar favoriete programma.

'Wat doen we nog?'
Hannelore had de tafel afgeruimd, de kinderen keken televisie en Van In had net zijn tweede Duvel ingeschonken.
'Wat wil je nog doen?'
Ze kwam bij hem zitten en legde haar hand liefdevol op zijn arm. Hij haalde zijn schouders op. Het was nog te vroeg om te gaan slapen en hij had geen zin om televisie te kijken.
'Waarom beleven wij nooit iets spannends?'
'Is het weer zover?' vroeg ze.
Van In piekerde te veel en hij had steeds vaker last van depressieve buien. Zij noemde het de ondraaglijke lichtheid van het bestaan, hij noemde het sleet, en misschien had hij gelijk. Ze waren ondertussen bijna tien jaar getrouwd, de spanning was een beetje weg. Tenzij ze natuurlijk voorstelde om...
'We zouden beter een paar dagen vakantie nemen. Een citytrip of zo.'

'Parijs of Rome?'
'Wat dacht je van Santiago de Compostela?'
De bel ging voor Hannelore de vraag kon beantwoorden. Ze veerde op en liep met grote passen naar de voordeur, benieuwd wie er op dit uur nog aanbelde.
'Jan. Wat een verrassing.'
Ze gaf hem spontaan een zoen, maar hij reageerde allesbehalve enthousiast. Zijn heldere ogen keken star voor zich uit. Van In zag onmiddellijk dat er iets ernstigs aan de hand was.
'Wat scheelt er, makker?'
'Saskia is vanavond niet thuisgekomen en ze neemt de telefoon niet op.'
'Doet ze dat vaker?'
'Nee.'
'Hebben jullie ruzie gemaakt?'
Jan Bonte keek Van In boos aan. De zenuwen gierden door zijn lijf.
'Je denkt toch niet dat ik jullie zou komen lastigvallen als we ruzie hadden gemaakt.'

Marie-José Kivilu zat te piekeren in haar armoedige kamer aan het Noordstation, omdat ze een uur geleden haar naam had gehoord op de televisie. Een opsporingsbericht van de federale politie waarin een beloning van tienduizend euro werd uitgeloofd voor iedereen die inlichtingen over haar kon geven. Tienduizend euro. Daar moest ze bijna een heel jaar voor werken.

16

Van In gaf Hannelore een zoen terwijl hij zijn hand over haar rug liet glijden. Jan Bonte stond al bij de voordeur. Hij kon zijn zenuwen amper de baas. De onrust om de verdwijning van Saskia werd steeds erger. Wat kon er in godsnaam met haar gebeurd zijn? Hij had de ziekenhuizen in de regio gebeld, haar vrienden en vriendinnen en ten slotte ook haar ouders. Tevergeefs. Nu was hij aan het eind van zijn Latijn. Daarom had Van In voorgesteld de man op te zoeken die ze in de loop van de middag had verhoord.
'Je hoeft niet op me te wachten, schat.'
Hannelore knikte. Ze vermoedde net als Van In dat Saskia iets ernstigs was overkomen, maar ze hadden het allebei niet hardop durven zeggen om Jan niet nog ongeruster te maken dan hij al was.
'Bel me als je nieuws hebt. En wees voorzichtig.'
Jan zette er flink de pas in. Van In had moeite hem te volgen. Hun stappen klonken hol in de smalle steeg.
'Waar staat de auto geparkeerd?'
'Op het plein aan de Sint-Jakobskerk.'
Van In stak haastig een sigaret op en nam zenuwachtig een paar trekken. Het was eigenlijk allemaal zijn schuld. Hij had Saskia nooit alleen op pad mogen sturen. Stel je voor dat ze bij een of andere gek was beland. Nee, dacht hij. Een gek was niet zelf naar het politiebureau gekomen en hij had

evenmin zijn naam en adres opgegeven.
'Ik wil niet zeuren, Jan', zei hij toen ze instapten. 'Maar het heeft geen zin om snelheidsrecords te breken.'
Jan Bonte volgde het advies min of meer. Ze bereikten veilig hun bestemming hoewel hij harder had gereden dan toegelaten en bijna een roekeloze fietser had weggemaaid.
'Haar auto staat er in ieder geval niet meer', zei Van In.
Jan Bonte reageerde niet omdat hij wist dat Van In hem een hart onder de riem probeerde te steken. Hij bleef staan bij het appartementsgebouw waar Spegelaere woonde en wierp een blik naar de vierde verdieping.
'Er brandt geen licht.'
Hij drukte op het bovenste knopje en telde in gedachte dertig seconden af voor hij het opnieuw probeerde. Toen er ook de derde keer geen reactie kwam, nam Van In het initiatief. Hij bestelde een slotenmaker, belde aan bij de onderburen om te vragen of ze de voordeur wilden openmaken, maar ook de onderburen gaven niet thuis. Hij had meer geluk bij de bewoners van de tweede verdieping. Een vrouw van een jaar of dertig trok het raam open en vroeg wat er aan de hand was. Nog geen twee minuten later stonden ze op de vierde verdieping, waar Jan onmiddellijk op de voordeur begon te bonzen. Van In liet hem begaan. Het was duidelijk dat er niemand thuis was en dat hun interventie waarschijnlijk niets zou opleveren, maar het had geen zin Jan daarvan te overtuigen. Hij wachtte rustig af tot de slotenmaker arriveerde. De man stelde gelukkig geen vragen, hij maakte de voordeur open en verdween. Jan ging als eerste naar binnen. Van In stak het licht aan. Op het eerste gezicht leek alles normaal. De kamer was eenvoudig gemeubileerd. Er stonden een tafel, vier stoelen, een ouderwetse vitrinekast en een goedkoop bankstel. Aan de muren hingen vergeelde foto's van het begijnhof, het belfort en het Minnewater.

Jan liep onmiddellijk door naar de slaapkamer. Het bed was netjes opgemaakt en in de badkamer lagen schone handdoeken.

'Er klopt iets niet.'

Jan trok het toiletkastje open. Het was leeg. Geen zeep, geen tandenborstel. Niets. Hij liep terug naar de slaapkamer. Geen kleren in de kleerkast.

'Verdomme.'

Jan werd steeds zenuwachtiger en ongeruster. Van In trok een bedenkelijk gezicht. Hij durfde opnieuw niet te zeggen wat hij vermoedde, maar dat hoefde ook niet. Jan was niet achterlijk. Ze dachten allebei hetzelfde.

'Ze hebben haar godverdomme in de val gelokt.'

Hij sloeg zijn handen voor zijn gezicht en begon te huilen als een kind. Van In wist niet goed wat te doen behalve zichzelf voor het hoofd te slaan. De gruwelijke waarheid kwam echter pas aan het licht toen ze weer in de woonkamer stonden.

'Kijk jij maar.'

Jan bleef als versteend bij de tafel staan. Geen van beiden had bij het binnenkomen de envelop zien liggen, maar nu ze wisten dat het appartement onbewoond was en waarschijnlijk alleen had gediend om Saskia in de val te lokken, vreesde zowel Van In als Jan het ergste. Van In knikte, haalde een paar dunne latex handschoenen uit zijn binnenzak en trok de klep van de envelop open.

'En?'

Jan zette een stap dichterbij. Van In maakte een afwerend gebaar en drukte de foto die hij net uit de envelop had gehaald tegen zijn borst.

'Rustig, makker.'

'Wat staat erop?'

De foto was genomen in een kale kamer. Saskia zat op een

stoel met alleen haar ondergoed aan. Naast haar stond een akelige oude man met een mes in zijn hand.

'Het is voor uw eigen welzijn, meneer Bonte.'

Jan lag op de bank. Naast hem stond een rijzige man met kort grijzend haar bezorgd te kijken.

'Doe wat de dokter zegt', zei Hannelore.

Ze reikte hem een pilletje en een glas water aan. Jan schudde zijn hoofd.

'Ik wil niet slapen', zei hij koppig.

'Temesta is geen slaapmiddel, meneer Bonte. Het zal je tot rust brengen.'

'Ik wil niet rusten.'

De dokter keek beurtelings naar Hannelore en naar Van In. Hij besefte ten volle de ernst van de situatie omdat Van In hem de foto had laten zien, maar hij kon niet veel meer doen dan een kalmeringsmiddel geven.

'We redden ons wel, dokter', zei Hannelore.

Ze was eveneens erg geschrokken toen ze de foto onder ogen had gekregen, hoewel de tekst aan de achterkant haar minstens evenveel verontrustte. Er stond dat Saskia zou worden vrijgelaten in ruil voor Marie-José Kivilu. Zo niet, dan zou ze een wrede dood sterven.

'Ik zou hem in ieder geval niet alleen laten, mevrouw Martens.'

'U kunt op ons rekenen, dokter.'

Ze liep met hem mee naar de voordeur waar ze met een handdruk afscheid van elkaar namen. Hannelore wierp een blik op haar horloge. Het was twintig over een. Neem dan tenminste een borrel, hoorde ze Van In zeggen. Hij had voor één keer gelijk. Na alle commotie kon zij best ook iets gebruiken.

'Gaat het een beetje?'
Het had een ruime hoeveelheid alcohol gekost, maar ze waren er uiteindelijk in geslaagd om alle drie een paar uur te slapen. Van In had zelfs gesnurkt, maar dat vond Hannelore voor een keer niet erg. Jan Bonte kwam bij hen aan tafel zitten en legde zijn hoofd in zijn handen. De slaap had een beetje vergetelheid gebracht, nu was de pijn er weer en het gevoel van onmacht dat hem levend aan het opvreten was.
'Stomme vraag eigenlijk.'
Hannelore keek verontschuldigend naar Van In, die er stukken beter uitzag dan Jan, hoewel hij twee keer zoveel had gedronken.
'In ieder geval bedankt.'
Jan haalde zijn hoofd uit zijn handen en zoog zijn longen vol met lucht. Het was niet het moment voor zelfbeklag. Ze moesten iets ondernemen. Maar wat? Niemand wist waar mevrouw Kivilu zich bevond en zelfs als ze erin slaagden haar op te sporen, bleef het probleem vrijwel onoplosbaar. Ze konden toch niet zomaar een mens inruilen voor een andere.
'Je hoeft ons niet te bedanken, Jan.'
Hannelore had erg met hem te doen en ze besefte net als hij dat het probleem nagenoeg onoplosbaar was. Van In was hun enige hoop omdat alleen hij in staat was schijnbaar onoplosbare problemen op te lossen. Dat had hij in het verleden al menige keer bewezen. Ze wist zeker dat hij er vanaf nu iedere seconde mee bezig was.
'Ik wil eerst weten wie de eigenaar van het pand is', zei Van In nadat hij Versavel had binnengelaten. 'Zodra we die te pakken krijgen, komen we meer te weten over de huurder. Ken jij soms iemand bij het Kadaster?'
'Ik denk het wel', zei Hannelore. 'Zal ik hem bellen?'
'Graag.'

De kantoren van het Kadaster gingen pas om negen uur open, maar Van In had geen zin om tot dan te wachten. Terwijl Hannelore telefoneerde, belde hij de officier met wachtdienst en gaf hem de opdracht een buurtonderzoek te doen. Iemand moest Saskia en haar belager het pand hebben zien verlaten. Of in een auto stappen. De officier met wachtdienst wachtte geduldig af tot Van In uitgesproken was voor hij zelf iets durfde te zeggen.

'Wil je dat nog eens herhalen?' schreeuwde Van In.

Hannelore hoorde aan zijn stem dat hij op het punt stond om door het lint te gaan. Ze ging bij hem staan en legde haar arm om zijn schouder.

'We hebben tien minuten geleden een telefoontje gekregen van een vrouw die beweert dat ze Marie-José Kivilu heet', herhaalde de officier met wachtdienst.

'Heb je haar adres?' beet Van In.

'Ja. Ze woont in Brussel.'

'Godverdomme.'

'Wat scheelt er, schat?'

'Marie-José Kivilu heeft zich net aangemeld.'

'Dat kan toch niet.'

'Hanne heeft gelijk', beaamde Versavel. 'Dit is geen toeval meer.'

'Wat is het dan wel?'

Van In stak een sigaret op, nam een trek en volgde de wegdrijvende rook. Behalve hijzelf, Hannelore, Versavel, Saskia, Jan en de hoofdcommissaris waren alleen Beekman en de notaris op de hoogte van het verband tussen mevrouw Kivilu en de moord op Jean-Pierre Vandamme. De conclusie lag voor de hand. Beekman speelde via Nadia Verdoodt bewust of onbewust informatie over het onderzoek door aan de tegenpartij.

'Ik stel voor dat we mevrouw Kivilu zo snel mogelijk in

Brussel gaan ophalen en naar een veilig adres brengen. En met veilig bedoel ik veilig. Het is van het allergrootste belang dat we hier niemand van op de hoogte brengen.'

Ze begrepen alle drie wat hij daarmee bedoelde. Hannelore nam zenuwachtig een slokje koffie, terwijl ze zich afvroeg of ze ooit nog met Beekman zou kunnen samenwerken.

'En wat doen we daarna?' vroeg Jan.

'Tja. Wat doen we daarna? Afwachten tot de ontvoerder contact met ons opneemt.'

Het was een nietszeggend antwoord. Van In besefte donders goed dat afwachten niets oploste. En hij besefte eveneens dat dit voor Jan volstrekt onaanvaardbaar was. Ze moesten iets doen.

'Of we moeten risico nemen', zei hij.

Hannelore wierp een schuine blik naar Versavel. Ze wisten allebei wat Van In daarmee bedoelde.

'Kunnen we niet beter het resultaat van het buurtonderzoek afwachten?' vroeg ze benepen.

Jan veerde op van zijn stoel. Zijn ogen schoten vuur.

'Afwachten', schreeuwde hij. 'En Saskia dan? Zou Van In afwachten als jij in haar plaats was?'

Nadia Verdoodt zag de politiewagen de oprit indraaien, maar ze durfde niet te bellen. Beekman had haar laten verstaan dat ze niet meer op hem moest rekenen. Niet thuis geven was een optie, maar het loste niets op. Ze zouden terugkomen, of erger nog: haar laten opsporen. Vooruit dan maar, zei ze bij zichzelf. Je slaat je er wel doorheen, meid.

'Goedemorgen, commissaris.'

'Mogen we binnenkomen?'

'Natuurlijk.'

Ze liep Van In en Jan voor naar de salon. Ze gingen allebei ongevraagd zitten en keken grimmig. Nadia probeerde het ijs te breken met een glimlach en vroeg of ze iets te drinken wensten. Het antwoord was eenparig nee.

'Kan ik jullie dan op een andere manier van dienst zijn?'

Mannen bleven mannen, zelfs als ze grimmig keken. Het was niet de eerste keer dat ze zich op die manier uit een hachelijke situatie had gered, maar Van In reageerde scherp.

'Ik ben de procureur niet, mevrouw.'

De toon was gezet. Nadia besefte dat het menens was. Ze ging tegenover hen zitten en sloeg zedig haar benen over elkaar. Het bleef stil. Ze voelde hun blikken op haar lichaam branden. Wat moest ze doen? Was het de bedoeling dat ze toegaf dat ze een relatie had met de procureur? Of wisten ze meer? Waarschijnlijk wel.

'Ik neem aan dat u zich afvraagt waarom we hier zijn.'

Van In had lang nagedacht over hoe hij haar zou aanpakken en welke methode de meeste kans op succes zou bieden. Hij had ook nagedacht over de gevolgen als zou blijken dat zijn demarche niets had opgeleverd.

'Waarom zou ik me dat afgevraagd hebben?'

Ze probeerde een luchtige toon aan te slaan, de rimpels in haar voorhoofd spraken een andere taal. Dus ging Van In een stapje verder.

'De procureur heeft gisteravond toegegeven dat hij informatie heeft gelekt in verband met het onderzoek in de zaak-Vandamme. Zoiets kan natuurlijk niet. Maar de procureur blijft de procureur. Als u begrijpt wat ik bedoel.'

Ze begreep heel goed wat hij daarmee bedoelde. De procureur was onaantastbaar. Zo werkte het systeem nu eenmaal. Wie over voldoende macht beschikte, glipte door de mazen van het net. Het waren de kleine garnalen die doorgaans de rekening betaalden.

'Wat heb ik daarmee te maken?'

Van In boog naar voren en stak vermanend zijn vinger op,

iets wat hij normaal nooit deed. Het gebaar paste perfect bij het drama dat hij probeerde te creëren.

'U moet eens goed naar me luisteren, mevrouw Verdoodt. Een moordonderzoek is geen spelletje. Het kan mij geen reet schelen dat u onze procureur berijdt, het kan mij evenmin een reet schelen dat hij u allerlei dingen toevertrouwt, maar het wordt mijn zaak als die informatie bij criminelen terechtkomt. Dan bent u medeplichtig aan moord. Capice?'

Van In liet haar even op adem komen voor hij in geuren en kleuren uiteenzette hoe het er in een vrouwengevangenis aan toeging.

'En er is nog iets dat u moet weten, mevrouw Verdoodt.'

Van In legde telkens de nadruk op de laatste lettergreep van haar naam en hij bleef met zijn opgestoken vinger zwaaien.

'We zijn er vanochtend achter gekomen dat de informatie die de procureur heeft gelekt wellicht een nieuwe moord tot gevolg zal hebben, een moord die alleen vermeden kan worden als u ons nu vertelt aan wie u die bewuste informatie hebt doorgespeeld. Ben ik duidelijk?'

Ze knikte. In normale omstandigheden had ze hem weggestuurd en een advocaat in de arm genomen, maar had zoiets wel zin als de procureur die zijn vel probeerde te redden je tegenstander was? Van In zag de vertwijfeling in haar ogen en veranderde prompt van tactiek.

'Als u met ons meewerkt, garandeer ik u dat niemand ooit te weten komt dat we dit gesprek hebben gevoerd', zei hij mild.

'Hoezo?' vroeg ze argwanend.

Van In wist nu bijna zeker dat hij zijn slag had binnengehaald. Het was een kwestie van afwerken.

'Ik zal het u uitleggen', zei hij. 'Als wij een misdaad kunnen verijdelen op basis van de informatie die u verstrekt, kunt u ook niet vervolgd worden, om de eenvoudige reden dat er geen misdaad is.'

Het duurde een momentje voor ze reageerde. Toen kwam het er allemaal uit. Maurice Beernaert, de stafhouder, had haar het hoofd op hol gebracht met het verhaal dat de oom van Jean-Pierre Vandamme haar tante had vermoord en hij had haar de kans geboden zich daarvoor te wreken.

'In ruil voor een deel van het goud.'

Ze knikte opnieuw. Dat de oom van Jean-Pierre haar tante had vermoord, had haar boos gemaakt, het vooruitzicht op een klein fortuin aan goud had haar over de streep gehaald.

'Hebt u het ook gekregen?'

Ze schudde haar hoofd.

'De kluis was leeg. Volgens mij is er nooit goud geweest.'

'Wie weet', zei Van In. 'Wie weet.'

'Je had acteur moeten worden', zei Jan toen ze in de auto stapten. 'Bedankt, kerel. We weten nu tenminste wie erachter zit.'

Van In stak een sigaret op. Hij was blij voor Jan dat er weer hoop was, maar het ergste moest nog komen. Nadia Verdoodt overbluffen stelde niets voor, dezelfde truc uithalen met Beernaert had evenveel kans op slagen als de Mount Everest beklimmen in korte broek en T-shirt.

'Ik wil eerst weten wat mevrouw Kivilu te vertellen heeft.'

'Zal dat iets aan de zaak veranderen?'

'Ik denk het wel.'

Van In haalde zijn mobieltje uit zijn binnenzak en belde Versavel. Hij kreeg Hannelore aan de lijn.

'Waar zijn jullie nu?'

'In de buurt van Aalst.'

'Met of zonder mevrouw Kivilu?'

'Met.'

'Oké. Dan zien we elkaar over een uurtje op de afgesproken plaats.'
'Hebben jullie iets kunnen doen?'
'Ik denk het wel', zei Van In. 'Maar dat bespreken we straks.'
De afgesproken plaats was een landelijk gelegen huisje aan de Kuipenstraat in Oostkamp. Het was eigendom van een goede vriendin van Hannelore die van plan was om het te verkopen maar tot dusver nog geen geschikte kandidaat had gevonden. Ze had er geen bezwaar tegen gemaakt dat ze het een paar dagen leenden. Jan parkeerde de politiewagen op het dorpsplein van Loppem omdat ze niet in de kijker wilden lopen. Tijdens de wandeling van het dorpsplein naar het onderduikadres van mevrouw Kivilu kreeg Van In een berichtje van een ambtenaar van het Kadaster. Het huis waar de zogezegde tipgever verbleef, was eigendom van een Waalse zakenman en drie weken geleden via een makelaar verhuurd aan een zekere Bob Bélotin.
'Iemand had me kunnen vertellen dat het zo ver was', zei Van In toen ze eindelijk bij het huisje arriveerden.
'Arme jongen.'
Hannelore stond op hen te wachten bij het hek. Ze sloeg haar armen om hem heen en drukte zich stevig tegen hem aan.
'Is alles vlot verlopen?'
'Min of meer.'
'Wat is min of meer?'
'Mevrouw Kivilu wil weten wanneer ze de tienduizend euro kan incasseren die je haar beloofd hebt.'
'Ik heb haar die niet beloofd.'
'Dat moet jij haar dan maar uitleggen.'
Mevrouw Kivilu zat aan de keukentafel. Ze was forsgebouwd, haar gezicht was gegroefd en ze keek niet echt vro-

lijk. Ze leek in niets nog op het meisje op de foto die ze in het huis van Jean-Pierre Vandamme hadden aangetroffen.

'Je weet toch zeker dat zij het is?'

Hannelore haalde haar schouders op. Mevrouw Kivilu had haar een beduimelde identiteitskaart laten zien met een foto waarop ze inderdaad moeilijk herkenbaar was. De naam klopte, maar dat was geen garantie dat het stuk authentiek was. In Congo kon je om het even welk officieel document kopen. Het was bijgevolg best mogelijk dat ze op het opsporingsbericht had gereageerd om de uitgeloofde beloning in de wacht te slepen.

'Bonjour madame.'

Mevrouw Kivilu keek hem argwanend aan. Van In ging bij haar aan tafel zitten en stak een sigaret op. Hij zag aan haar blik dat ze er ook een wilde.

'Cigarette?'

'Merci', zei ze toen hij haar het pakje toeschoof.

Hannelore kwam er ook bij zitten, terwijl Versavel de keuken in dook om koffie te zetten. Jan hield zich afzijdig. Hij kon maar aan één ding denken. De gedachte dat Saskia iets verschrikkelijks kon overkomen verspreidde zich als een bijtend zuur in zijn ingewanden.

'Ik vind het ongelooflijk moedig dat u ons hebt gebeld', zei Van In in zijn beste Frans. 'En we zullen er alles aan doen om uw veiligheid te garanderen.'

Zijn woorden maakten niet veel indruk op mevrouw Kivilu. Integendeel. Ze dreigde ermee op te stappen als ze niet onmiddellijk met het geld over de brug kwamen. Er ontstond een levendige discussie. Van In en Hannelore probeerden de vrouw te overtuigen dat ze het geld in de loop van de week zou krijgen, maar ze hield voet bij stuk.

'Alors je pars', zei ze vastbesloten.

'Non.'

Jan, die al de hele tijd door het raam naar buiten stond te kijken, draaide zich om. De vrouw was waarschijnlijk een bedriegster, maar hij zou het zichzelf nooit vergeven als zij hem naar Saskia had kunnen leiden.
'Wat ben je van plan?' vroeg Hannelore.
'Geld halen. Ik heb voldoende op mijn spaarrekening en er is een KBC-kantoor in de buurt.'

'Hoe heb je dat klaargespeeld?
Van In had nooit verwacht dat Jan erin zou slagen tienduizend euro van zijn spaarrekening af te halen zonder het op voorhand aan te vragen.
'Omdat de ene bank de andere niet is, Van In.'
Jan haalde een envelop uit zijn binnenzak, haalde het geld eruit en spreidde het uit op tafel. Hij had biljetten van vijftig euro gevraagd, waardoor het meer leek. Mevrouw Kivilu liet op geen enkele manier merken dat ze onder de indruk was.
'Racontez votre histoire et vous pouvez garder l'argent.'
Het werd stil. Iedereen keek naar mevrouw Kivilu. Ze dachten alledrie hetzelfde. Had de vrouw iets te vertellen? Ze keek beurtelings naar het geld en naar Hannelore, met wie ze in de auto een aangenaam gesprek had gevoerd. De blanken hadden haar en haar familie onnoemelijk veel onrecht aangedaan, wie kon ze nog geloven?
'We weten alleen dat Jean-Pierre contact met u heeft opgenomen en hij van plan was zijn testament te wijzigen in uw voordeel', zei Hannelore. 'Maar Jean-Pierre is dood en het leven van een van onze collega's is in gevaar. Help ons alsjeblieft.'
Het woord 'alsjeblieft' trof haar. Geen blanke had haar ooit op die manier behandeld. Ze strekte haar hand uit, schoof de bankbiljetten bijeen en stak ze terug in de envelop.

'Meneer Jean-Pierre heeft er meer dan twintig jaar over gedaan om me op sporen', zei ze. 'Omdat hij wilde goedmaken wat er met ons was gebeurd.'
Ze sprak langzaam en ze pauzeerde voor iedere gruwelijke passage die ze aanhaalde. Het verhaal duurde bijna een uur.
'De oom van meneer Jean-Pierre was geen slecht mens', zei ze. 'Hij heeft nooit iemand vermoord of gefolterd, maar die andere was een beest. Ze zwegen alle drie omdat ze die andere kenden. Hij heette Maurice Beernaert.

17

Van In had de namen van alle betrokkenen op een bord geschreven en hun onderlinge relatie met pijltjes aangeduid. De naam van de stafhouder stond bovenaan. Alles was nog niet volledig duidelijk, maar het plaatje klopte. Het was ijzig stil in kamer 204. Hannelore, Versavel, Jan en hoofdcommissaris Duffel wachtten gespannen af.

'Volgens mevrouw Kivilu heeft Maurice Beernaert haar gezin uitgemoord om een uit de hand gelopen geschil over een niet terugbetaalde schuld en was zij de enige overlevende van de slachtpartij. Ze sloeg op de vlucht en kwam na heel wat omzwervingen bij het huurlingenleger van Jacques Vandamme terecht en werd een tijdje zijn minnares.'

Van In liet hun de foto zien van het naakte jonge meisje die ze bij Jean-Pierre Vandamme hadden aangetroffen.

'Jacques Vandamme belooft haar mee te nemen, maar hij slaagt er door omstandigheden niet in zijn belofte te houden. Hij keert zonder haar naar België terug, waar hij verliefd wordt op Marijke Verdoodt. Een paar weken later ontmoet Jacques Maurice Beernaert tijdens een diner. Vandamme dreigt ermee de wandaden van Beernaert openbaar te maken, met als gevolg dat Beernaert de vriendin van Vandamme vermoordt en de schuld op hem probeert af te schuiven. Vandamme vlucht naar Portugal en vindt later een schuiloord in Brazilië, waar hij twintig jaar later overlijdt.'

'Weten we dat allemaal heel zeker?' vroeg Duffel.

'Nee', zei Van In. 'Ik baseer me op de verklaring van mevrouw Kivilu, maar zoals de zaken er nu voorstaan ben ik geneigd haar te geloven.'

De rest van het verhaal was beter bekend. Jean-Pierre Vandamme bleef in contact met zijn oom in Brazilië en erfde al diens bezittingen, waaronder een formidabele goudschat die hij in zijn brandkast bewaarde. Jean-Pierre wilde echter niets met het bloedgoud te maken hebben en startte een zoektocht naar het meisje op de foto, een zoektocht die meer dan twintig jaar zou duren, en hij werd verliefd op Livia Beernaert met wie hij zijn geheim deelde. De rest was een beetje speculeren, maar Van In nam aan dat Livia haar mond had voorbijgepraat en daardoor haar oom op ideeën had gebracht. Duizend kilo goud liet niemand koud. Bovendien kon hij zich als stafhouder niet veroorloven dat mevrouw Kivilu zou getuigen over wat er toen in Congo was gebeurd.

'Je gaat er dus van uit dat Beernaert achter de ontsnapping van Mad Max zit en dat hij het nichtje van Marijke Verdoodt ervan heeft kunnen overtuigen Beekman te verleiden, om op die manier op de hoogte te blijven van de stand van het onderzoek', merkte Duffel een beetje achterdochtig op.

'Ja,' zei Van In. 'En ik ben ook van plan om dat te bewijzen.'

Jan had aandachtig geluisterd, nu was hij het beu.

'En Saskia dan?'

De schrijnende kreet van de wanhopige man liet niemand onberoerd. Hannelore beet op haar onderlip, Versavel slaakte een diepe zucht en Duffel probeerde bezorgd te kijken. Jan had gelijk. Tot nu toe beschikten ze over geen keiharde bewijzen dat Beernaert betrokken was bij de ontvoering van Saskia. Van In was de enige die glimlachte. Hij had de hele dag zijn hersens gepijnigd over hoe ze dit probleem zouden aanpakken. Er was maar één oplossing uit de bus gekomen. Hij hoopte vurig dat het de beste was.

Procureur Beekman opende de voordeur in zijn kamerjas. Hij zag er vermoeid uit.
'Mogen we binnenkomen?' vroeg Hannelore.
Hij reageerde niet erg enthousiast. De affaire met Nadia Verdoodt had zijn prestige aangetast en hij had gezichtsverlies geleden bij ondergeschikten. Een mens zou voor minder ongelukkig zijn. Hij had liever gehad dat ze hem een tijdje met rust hadden gelaten tot de hele zaak wat afgekoeld was.
'Is het echt nodig?'
'Meer dan nodig', reageerde Van In kil.
Ze liepen hem achterna door de kille gang naar zijn werkkamer. Hij liet hen plaatsnemen op de bank, maar ze kregen geen drankje aangeboden. Hij ging achter zijn schrijftafel zitten om duidelijk te maken dat hij afstand wenste te bewaren. Ze hadden afgesproken dat Hannelore het woord zou voeren. Ze was tenslotte onderzoeksrechter, hiërarchisch stond ze dichter bij hem dan Van In.
'Ik weet dat het voor jou een pijnlijke zaak is, Jozef, maar we kunnen niet anders dan je erbij betrekken. De ontvoerder dreigt ermee Saskia te vermoorden als we niet op zijn eisen ingaan, en je weet zo goed als wij dat we onmogelijk op zijn eisen kunnen ingaan.'
Beekman wachtte ijselijk lang voor hij reageerde. Hij liet zijn kin op zijn borst en zijn handen in zijn schoot zakken.
'Ik heb een fout gemaakt', zei hij met een holle stem. 'Een fout die ik nooit meer kan herstellen. Wat kan ik in godsnaam nog goed doen?'
Nu heeft hij nog zelfmedelijden ook, dacht Van In boos. Gelukkig hadden ze afgesproken dat Hannelore het woord zou voeren.

'Moet je eens goed naar me luisteren, Jozef. Je hebt inderdaad een zware beroepsfout gemaakt maar tot nu toe zijn wij de enigen die daarvan op de hoogte zijn. Niemand anders hoeft te weten wat er gebeurd is.'
De woorden van Hannelore deden Beekman de wenkbrauwen fronsen. Hij kon zich niet indenken dat ze bereid was de spons over het verleden te halen zonder daarvoor iets in de plaats terug te vragen.
'Wat stel je dan voor?'
'Dat je contact opneemt met Beernaert en hem vertelt dat we erin geslaagd zijn mevrouw Kivilu op te sporen en dat het een kwestie van uren is voor ze verhoord kan worden. Als de ontvoerder onmiddellijk reageert, weten we zeker dat Beernaert erbij betrokken is.'
'En dan?'
'Laat dat maar aan ons over', zei Van In.
Een onderzoek verloopt normaal volgens strikte regels, die met de voeten treden had tot gevolg dat het verzamelde bewijsmateriaal nietig werd verklaard en de beschuldigde zijn gerechte straf ontliep, maar dat kon hem nog weinig schelen. Saskia was oneindig veel belangrijker dan de procedure.
'Ik wil weten wat jullie van plan zijn.'
Beekman wist verdomd goed waartoe Van In in staat was. Hij wilde niet nog dieper wegzinken in het moeras waarvan het drijfzand hem nu al tot aan de lippen stond. Hannelore snoerde hem beleefd de mond. Ze zei dat het voor hemzelf beter was dat hij niets wist en eigenlijk had ze gelijk. Wat niet weet, niet deert.

Het duurde geen uur voor de ontvoerder van Saskia belde. Van In vroeg zich niet af hoe de man achter zijn nummer was gekomen, het feit dat hij hem zo snel en persoonlijk belde

sprak voor zich. Beernaert was als de dood dat mevrouw Kivilu zou praten over het verleden. Hij zette zijn mobieltje op de luidspreker zodat de anderen konden meeluisteren. De ontvoerder las de instructies voor. Ze moesten mevrouw Kivilu met een anonieme wagen naar de kerk van Loker brengen, een dorp in de Westhoek dat deel uitmaakte van het Heuvelland. Iemand zou haar daar oppikken en naar een veilige plek brengen. Daarna zouden ze Saskia vrijlaten.
'Ik wil eerst met haar spreken', zei Van In.
'Geen sprake van. Jullie krijgen twee uur om Kivilu bij de kerk van Loker af te leveren. Zo niet, dan gaat de politievrouw eraan. De tijd begint nu te lopen.'
Mad Max hing op. Van In keek op zijn horloge. Het was tien voor tien. Twee uur was verdomd krap om zijn plan uit te voeren. Als ze over twee uur niet in Loker waren zou Saskia sterven, en als de ruil doorging zouden ze mevrouw Kivilu voorgoed het zwijgen opleggen. Ze hadden geen minuut te verliezen. Van In stond op en liep naar de deur.
'Kom, jongens, we zijn weg.'

Saskia lag met gespreide armen en benen op een ouderwets, ijzeren eenpersoonsbed. Haar handen en voeten waren met boeien vastgeklonken aan de spijlen van het hoofd- en voeteinde. Ze was versuft door de kalmeringsmiddelen die ze toegediend had gekregen, waardoor ze amper hoorde dat er iemand de kamer binnenkwam. Mad Max kwam op de rand van het bed zitten en liet zijn hand over haar borsten glijden. Hij had gewacht tot Liabadia vertrokken was.
'Ben je wakker?'
Hij schudde haar ruw bij de schouder. Toen ze niet reageerde liep hij de kamer uit, vulde een emmer met water en goot die over haar uit. Ze begon te kokhalzen en wilde zich losrukken maar de boeien hielden haar tegen.

'Sorry, meid', grijnsde Mad Max. 'Maar we hebben niet veel tijd meer.'
Saskia draaide haar hoofd in zijn richting. Ze hadden haar de voorbije vierentwintig uur met geen vinger aangeraakt en ze was gaan hopen dat het zo zou blijven. De blik in zijn ogen sloeg die hoop de bodem in. Weerstand bieden had geen zin. Zelfs zonder boeien maakte ze geen schijn van kans tegen hem.
'Wat bedoel je met niet veel tijd?'
Mad Max had geen ervaring met assertieve vrouwen. Hij was gewoon op zijn wenken bediend te worden. De kordate vraag bracht hem een beetje uit zijn lood.
'Een paar uur', antwoordde hij wantrouwig. 'Waarom vraag je dat?'
Saskia probeerde te glimlachen terwijl ze nadacht over wat hij daarmee bedoelde. Het enige wat ze kon bedenken was dat ze losgeld hadden gevraagd en de transactie over een paar uur zou plaatsvinden.
'Omdat ik dan nog tijd heb om me een beetje op te knappen. Ik ben verdorie kletsnat en mijn haar ziet er niet uit.'
'Ik hoef niet naar je kop te kijken om te genieten, meid.'
Mad Max legde zijn hand op haar linkerborst en kneep in haar tepel tot ze het uitgilde van de pijn.

Jan parkeerde de Audi om vijf over tien in een zijstraat op amper twee minuten lopen van de villa van Beernaert. Van In had hem zijn plan haarfijn uitgelegd en hem verzekerd dat het niet kon mislukken als ze het goed aanpakten. Jan had er geen vertrouwen in, omdat hij niet geloofde dat ze Beernaert zover zouden krijgen dat hij hun de plek zou aanwijzen waar Saskia werd vastgehouden. Hij geloofde evenmin dat ze haar zouden vrijlaten als de ruil met mevrouw Kivilu doorging.

'En nu maar hopen dat hij thuis is', zei Van In.

Hij haalde een bivakmuts uit zijn binnenzak, trok die over zijn hoofd en liep haastig de oprit op. Jan deed hetzelfde. Het was gelukkig een residentiële buurt. De kans was klein dat iemand hen had gezien. Van In had eerst overwogen Beernaert te bellen, maar dat was te riskant gezien de omstandigheden. De stafhouder was een sluwe vos. Hij zou onmiddellijk het verband gelegd hebben tussen het telefoontje van Beekman en het aangekondigde bezoek van de politie. Daarom had hij op het laatste moment beslist het op deze manier te doen.

'Ga je niet aanbellen?' vroeg Jan.

Van In schudde zijn hoofd en gaf hem met een hoofdbeweging te kennen dat hij hem moest volgen. Ze liepen achter om de villa naar de deur van de veranda. Het was niet de eerste keer dat Van In op een illegale manier een woning binnendrong. Hij haalde een schroevendraaier uit zijn binnenzak en stak hem ter hoogte van het slot tussen de sponning en de deurlijst. Eén ruk was voldoende om het slot te forceren.

'Kom mee.'

Van In schoof de deur open, glipte naar binnen en spitste zijn oren. Zijn hart bonsde en zijn keel was kurkdroog van de zenuwen. Het was bangelijk stil, wat niet veel goeds voorspelde. Beernaert was niet thuis of hij had hen de oprit zien opsluipen en zich verstopt. Erger nog, hij had hen gezien en belde nu de politie.

'Wat doen we nu?' fluisterde Jan wanhopig.

'Excuseert u mij, meneer', kreunde Saskia.

Hij had haar tepel eindelijk losgelaten. De pijn was niet te harden. Ze kon zich beter onderdanig opstellen, hoewel ze niet geloofde dat het zou helpen. De man was een sadist,

maar ze mocht het niet opgeven.
'Je leert snel bij, meid.'
Mad Max keek op zijn horloge. Liabadia was twintig minuten geleden vertrokken. Als alles volgens plan verliep, zou de ruil over een uur en veertig minuten plaatsvinden en dan had hij nog minstens een uur de tijd. Hij had in zijn leven al menige keer een weerloze vrouw verkracht en hij was de laatste om te beweren dat een man daar geen genoegen aan kon beleven, maar de beste seks had je met een slavin.
'Ik wilde je niet beledigen.'
Saskia probeerde zich haar eerste keer met Jan voor de geest te halen. Als het onvermijdelijke straks toch gebeurde, zou ze alleen aan hem denken. Mad Max bekeek haar ongegeneerd. In de andere kamer stond een tweepersoonsbed en er zat een stevig slot op de deur. Waarom ook niet, dacht hij. We hebben toch tijd zat.

Van In schoof zijn bivakmuts naar boven om beter te kunnen horen. Hij ving het melodietje op van een liedje van Jacques Brel. De muziek klonk ver weg, maar ze kwam niet van buitenaf. Hij was thuis. Hij trok zijn bivakmuts weer naar beneden en gaf Jan een teken dat hij hem moest volgen. Een tweede schuifdeur met dubbele beglazing scheidde de veranda van de rest van de villa. De muziek klonk luider toen Van In de deur openschoof. Hij probeerde te bepalen waar de muziek vandaan kwam.
'Hij is boven in zijn kantoor.'
Ze slopen op de toppen van hun tenen naar de hal. Van In drukte op de liftknop. Bij zijn vorige bezoek had hij ook de lift genomen. Het duurde eindeloos lang voor die er was. Jan wierp een blik op zijn horloge. Het was kwart over tien. Hij probeerde aan iets anders te denken.
'Blijf hier tot ik je roep.'

Waarschijnlijk maakte Beernaert alleen gebruik van de lift om zich naar zijn werkkamer en het aangrenzende terras te begeven, maar er was nooit een lift zonder een trap. Van In wilde koste wat het kost vermijden dat hij langs die weg ontsnapte. Hij stapte in en zei 'tweede verdieping'. De lift zoefde soepel naar boven. De deur van het kantoor stond open.

'Goedemorgen Beernaert.'

De stafhouder draaide zich met een ruk om. Collega's hadden hem al talloze keren gewaarschuwd voor dievenbendes die het op alleenstaande villa's hadden gemunt, hij had er zich niets van aangetrokken en nu kregen ze gelijk. Of niet? Welke dief sprak zijn slachtoffer aan met zijn naam?

'Wie bent u?'

'Het doet er niet toe wie ik ben.'

Van In probeerde zijn stem wat lager te doen klinken en deed moeite algemeen Nederlands te spreken om zijn accent te maskeren.

'Geld zult u hier in ieder geval niet vinden, juwelen evenmin.'

De oude vos liet zich niet imponeren. Van In besefte dat hij voor een aartsmoeilijke opdracht stond. En de tijd begon te dringen.

'Geld interesseert me niet. Ik wil alleen dat u me vertelt waar u Saskia gevangenhoudt.'

'Saskia', herhaalde Beernaert met een spottend glimlachje. 'Who the fuck is Saskia en wat heb ik met haar te maken?'

'Jij hebt misschien niets met haar te maken', zei Van In. 'Maar beneden staat iemand die daar een andere mening op na houdt.'

Hij ging in de deuropening staan en schreeuwde: We hebben hem. Ze hadden op voorhand afgesproken dat Jan zijn gang kon gaan en alles mocht doen wat nodig was om

Saskia te redden. Beernaert leek niet onder de indruk. Hij bleef roerloos staan.

Saskia wist dat ze niet langer tijd kon winnen. Mad Max had haar een halfuur de tijd gegeven om te douchen en zichzelf toonbaar te maken. Ze keek rond in de badkamer op zoek naar een uitweg. Boven de wastafel stond een spuitbus met deodorant die ze eventueel kon gebruiken om hem te verblinden, wat niet onmogelijk was, maar dan moest ze er nog in slagen hem de sleutel van de kamer te ontfutselen die in zijn broekzak zat. Ze kon ook een kraan proberen los te schroeven en die als wapen tegen hem gebruiken. Of een kortsluiting veroorzaken. Het ene idee was nog waardelozer dan het andere. Ze kleedde zich langzaam uit en ging onder de douche staan. Een halfuur was een halfuur.

Jan Bonte liet geen tijd verloren gaan. Hij ging voor Beernaert staan en gaf hem een knietje zonder één woord te zeggen. De stafhouder schreeuwde gesmoord en greep met zijn twee handen naar zijn ballen. Van In ging bij het raam staan en stak een sigaret op. Het was niet goed wat ze deden, erger nog, het druiste in tegen al zijn principes om iemand te mishandelen, maar er was geen alternatief.
 'Waar is ze?'
 Van In hoorde Beernaert kreunen. Hij keek op zijn horloge. Het was halfelf. Ze hadden nog tachtig minuten om Saskia terug te vinden.

Versavel had een beetje medelijden met mevrouw Kivilu, die naast hem op de passagiersstoel zat. Het mens was zich van geen kwaad bewust. Ze wist niet dat Van In beslist had de ruil toch te laten doorgaan als zijn plan mislukte.
 'We wisten niet dat u meneer Beernaert van vroeger ken-

de', zei hij om de tijd te doden.

De vrouw richtte haar hoofd op. De blanken mochten haar familie uitgemoord hebben, ze had haar waardigheid en haar trots behouden. Meneer Beernaert was een crapuul en een zwakkeling, zoals de meeste bleekscheten. Ze keek met een ongeïnteresseerde blik naar buiten.

'Waarom moeten we eigenlijk naar een andere stad?' vroeg ze schijnbaar terloops.

Van In had haar wijsgemaakt dat de persoon die haar dossier behandelde in Ieper woonde.

Versavel keek in zijn achteruitkijkspiegel naar Hannelore die op de achterbank zat. Ze voelden zich allebei niet gelukkig met de manier waarop Van In de zaak had aangepakt. Mevrouw Kivilu had in haar leven al genoeg ellende gekend.

'Het is een administratieve kwestie', zei Hannelore om de boel te redden. 'Vergelijk het een beetje met wat u in Congo hebt meegemaakt. Zonder papieren kom je nergens.'

Mevrouw Kivilu zweeg een poosje, tot ze een bord zag met het logo van een benzinemerk en de aanduiding 2 km. Ze vroeg of ze even naar het toilet mocht.

'Ik ga er geen doekjes meer om winden', siste Jan Bonte. 'We weten dat jij achter de moord op Jean-Pierre Vandamme zit, dat je onrechtstreeks verantwoordelijk bent voor de dood van je nicht en dat je destijds Marijke Verdoodt vermoord hebt.'

De naam Marijke Verdoodt deed Beernaert opkijken. Als de politie had kunnen bewijzen dat hij achter de dood van Vandamme zat, hadden ze hem allang opgepakt en voor de moord op Marijke hoefde hij niets te vrezen. Die was verjaard. Hij richtte zijn hoofd op en keek Jan recht in de ogen.

'Sukkelaar.'

Van In schrok toen zijn mobieltje overging. Hij liep de

kamer uit en nam op in de gang. Het was Versavel met de mededeling dat ze mevrouw Kivilu kwijt waren. Hannelore was met haar meegegaan naar de cafetaria van het benzinestation omdat ze naar het toilet moest. Toen mevrouw Kivilu na tien minuten niet was komen opdagen, hadden ze de toiletten gecontroleerd en geconstateerd dat ze langs een zijuitgang was ontkomen.

'Godverdomme.'

'Sorry, Pieter. Wat moeten we doen?'

'De politiekorpsen in de omgeving alarmeren en een klopjacht inzetten natuurlijk. Wat anders?'

Saskia keek naar de waakvlam in de ouderwetse geiser en naar de spuitbus deodorant op de plank boven de wastafel. Haar halfuur zat er bijna op en hij had al twee keer geroepen waar ze bleef. Ze scheurde een reeks velletjes toiletpapier af, maakte er een stevig rolletje van en stak het in brand. Mad Max zat op het bed toen ze binnenkwam. Hij draaide zich om, maar voor hij de kans kreeg om te reageren hield ze het brandende rolletje toiletpapier voor de verstuiver van de spuitbus en drukte op de knop. Hij veerde op van het bed. Te laat. Een steekvlam trof hem midden in zijn gezicht. Hij liet zich huilend op de grond vallen en wentelde zich als een varken in het slijk. Saskia ging op haar knieën bij hem zitten en stak haar hand in zijn broekzak, waar hij de sleutel van de deur bewaarde. De geur van verbrand vlees sneed haar de adem af, zijn gekrijs ging door merg en been. Het duurde een paar seconden voor haar vingertoppen het metaal van de sleutel raakten. Ze was bijna vrij. Ze pakte de sleutel, maar voor ze kon opstaan en wegrennen haalde hij uit met zijn vuist en trof haar op haar linkerslaap. Ze probeerde nog om hem van zich af te duwen. Het lukte niet. Toen werd het haar zwart voor de ogen.

Ze werd wakker op het ijzeren bed. Geboeid. Mad Max stond aan het voeteinde. Hij zag er vreselijk uit. Zijn linkeroog was bedekt met een gaasverband en zijn gezicht zat onder de brandblaren.

'Ik heb gewacht tot je wakker was', zei hij met een schorre stem.

Hij kwam naast haar staan en sneed langzaam de kleren van haar lichaam. Saskia huiverde, maar ze nam zich voor niet te schreeuwen. Hij liet de punt van het mes over haar buik glijden, maakte rondjes om haar borsten. Ze kneep haar ogen dicht, maar hij beval haar ruw haar ogen te openen.

'Als je ze nog een keer dichtdoet, haal ik ze eruit. Begrepen.'

Hij ging weer aan het voeteinde van het bed staan en trok langzaam zijn kleren uit. Geen van beiden besteedde aandacht aan het doffe geronk dat steeds dichterbij kwam. Het was pas toen de helikopter boven het huis hing en aanstalten maakte om te landen dat Mad Max zich realiseerde wat er aan de hand was. Hij keek woedend naar Saskia en trok vloekend zijn kleren weer aan.

Nog geen vijf minuten later werd hij door twee leden van het Cobrateam geboeid naar een politiewagen geleid. Jan ontfermde zich ondertussen over Saskia, terwijl Van In aan de voordeur een sigaret stond te roken. Het was twintig voor twaalf. In Loker arresteerde een speciaal interventieteam Carlo Liabadia en Hannelore had net gebeld met het goede nieuws dat mevrouw Kivilu weer terecht was. Het was uiteindelijk allemaal goed afgelopen, hoewel Van In moeilijk kon geloven dat hij dit keer ongestraft zou wegkomen. De stafhouder van de balie een paar rake schoppen verkopen was één ding, de loop van een pistool in zijn mond steken en ermee dreigen de trekker over te halen als hij weigerde te zeggen waar ze Saskia gevangenhielden, iets totaal anders. Gelukkig stond Beekman bij hem in het krijt en wogen de beschuldigingen tegen Beernaert bijzonder zwaar door. Het ergste wat hem kon overkomen was dat ze hem een tijdje schorsten, maar daar trok hij zich bitter weinig van aan. Het belangrijkste was dat Saskia ongedeerd was.

PS

Een grondig onderzoek van de brandkast bracht aan het licht dat Vandamme het beton tussen de stalen bekleding van de wanden en de deur had laten verwijderen en het goud in die ruimtes had verborgen. Het verhaal van de gesloten kamer klopte. Het goud had de brandkast nooit verlaten. Een speciale commissie besliste het goud ter beschikking te stellen van een niet-gouvernementele organisatie die voornamelijk in Congo actief was en herstelde met die beslissing een groot onrecht uit het verleden. Mevrouw Kivilu kreeg een klein deel van de schat toegewezen en keerde terug naar haar vaderland. Van In ontsnapte aan een sanctie omdat Beekman en Beernaert het op een akkoordje gooiden. Beernaert beloofde zijn mond te houden en in ruil voor zijn stilzwijgen bracht Beekman de aanklacht terug van medeplichtigheid aan moord tot het verlenen van hulp aan een ontsnapte gevangene. Mad Max en Liabadia kregen elk vijfentwintig jaar. De rechters noch de jury hechtten enig geloof aan het verhaal dat Beernaert hen had ingehuurd om Vandamme te vermoorden.

Van Pieter Aspe
zijn bij dezelfde uitgever verschenen:

Het vierkant van de wraak
De Midasmoorden
De kinderen van Chronos
De vierde gestalte
Het Dreyse-incident
Blauw bloed
Dood tij
Zoenoffer
Vagevuur
De vijfde macht
Onder valse vlag
Pandora
13
Tango
Onvoltooid verleden
Casino
Ontmaskerd
Zonder spijt
Alibi
Rebus
Op drift
De zevende kamer
Bankroet
Misleid
De cel
De vijand
Erewoord

Grof wild
De Japanse tuin

Het vierkant van de wraak

Van In heeft bedenkingen bij een mysterieuze inbraak in een juwelierszaak. Er wordt niets gestolen. De inbrekers laten alleen een raadselachtige handtekening achter...

'Een klein meesterwerkje.' – Brabants Dagblad

'Een schot in de roos.' – Het Nieuwsblad

De Midasmoorden

Paniek en chaos wanneer Brugge door een reeks misdaden wordt opgeschrikt. Een geheimzinnige foto, een kneedbom... Een aartsmoeilijke opdracht voor adjunct-commissaris Van In.

'De tweede van Aspe bevestigt al het goede van het debuut.' – Humo

De kinderen van Chronos

Een lijk wordt ontdekt in de tuin van De Love, een gerestaureerde boerderij in de omgeving van Brugge. Commissaris Van In komt erachter dat De Love destijds als lustoord fungeerde voor tal van prominente figuren.

'Een wervelende thriller die nauw aansluit bij de Belgische politieke en criminele actualiteit.' – Het Laatste Nieuws

DE VIERDE GESTALTE

In een sloot bij een flatgebouw wordt het lijk gevonden van de jonge kalligrafe Trui Andries. Ze werd vergiftigd met een uiterst zeldzaam product. De moord leidt naar een zekere Venex, de incarnatie van Satan op aarde.

'Een misdaadmeesterwerk van formaat.' – P-Magazine

HET DREYSE-INCIDENT

Patrick Claes, een rijke beursmakelaar, wordt in zijn eigen huis neergeslagen. Een gewone diefstal of een kluwen van misdaden? Wat is waarheid en wat is leugen?

'...stond al in de toptien terwijl de boekhandelaars nog bezig waren het boek in de rekken te zetten.'
– De Morgen

BLAUW BLOED

Onderzoeksrechter Hannelore Martens, de vriendin van commissaris Van In, wordt door een jeugdvriendje benaderd. Opnieuw volgt een spannend verhaal met een dramatische ontknoping.

'De vaste hoofdpersonages worden intrigerender en aantrekkelijker.' – Het Nieuwsblad

Dood tij

Een verkrachting, een moord op het strand, perikelen op het ministerie van Justitie. Deze ingrediënten zijn slechts enkele elementen van deze wervelende thriller...

'Een Aspe van een goed jaar.' – Het Laatste Nieuws

'Om in één ruk uit te lezen.' – Het Volk

Zoenoffer

Terwijl Brugge zich opmaakt voor een prestigieuze tentoonstelling, wordt Van In geconfronteerd met een bizarre afrekening in het Minnewaterpark. Er wordt ook een kunstdiefstal gepleegd. Van In komt echter op een ander spoor.

'Veel humor en fantasie, maar ook veel spanning in de nieuwe Aspe.' – De Morgen

Vagevuur

Bij een inbraak worden foto's aangetroffen van Chileense folterkamers. In de buurt van het Concertgebouw wordt een potloodventer gesignaleerd. Een manege gaat in vlammen op. De puzzel valt stukje voor stukje in elkaar.

'Zwoel, erotisch, hitsig, intrigerend. En vol dubbele bodems. Een Aspe pur sang.' – De Morgen

De vijfde macht

Tijdens een huwelijksfeest op een kasteel wordt de bruidegom vermoord. Hij is de zoon van de manager van een groot visbedrijf. Van In, die een van de genodigden was op het feest, wordt beschuldigd van verkrachting en komt in de gevangenis terecht.

'Een spitant en spannend verhaal.' – Knack

Onder valse vlag

In een villa aan de Damse Vaart heeft Wilfried Traen, directeur van een belangrijk bedrijf dat computers recycleert, zijn gezin uitgemoord en zelfmoord gepleegd. Op het terras van een penthouse in Blankenberge wordt een luxecallgirl vermoord aangetroffen.

'Wellicht de beste politieroman die hij totnogtoe publiceerde.' – De Standaard

Pandora

Een oud dossier wordt heropend. Twintig jaar geleden werden in Brugge een legerofficier, een geestelijke en een gemeenteraadslid op dezelfde manier vermoord. Bij de lijken werd telkens ook een tarotkaart gevonden. De misdaden werden nooit opgelost.

'Aspe blijft een ongelooflijk natuurtalent die zowel slapstick als ironie en kolder kan mengen met sérieux en sarcasme.' – Knack

'Vakwerk van een tedere anarchist.' – Gazet van Antwerpen

13

In 13 hebben Hannelore Martens en Pieter Van In het plan opgevat om in het huwelijksbootje te stappen. Een rustige voorbereiding van het huwelijksfeest is hun echter niet gegund. In een Brugs hotel wordt Wim Raes vermoord aangetroffen.

'Meer dan ooit voert Aspe zijn personages op als mensen van vlees en bloed, met goede maar ook met bijzonder kleine kantjes. Pas wanneer je het boek hebt weggelegd, besef je hoezeer je aan Pieter, Hannelore en Guido gehecht bent geraakt.' – Gazet van Antwerpen

Tango

Een vrouw meldt zich op het politiebureau. Haar vriend is spoorloos verdwenen. Op het eerste gezicht lijkt het om een gewone huiselijke twist te gaan, waarna de man met de noorderzon is vertrokken. Als duidelijk wordt dat ook de in Brugge in de hotelsector opererende maffia bij de zaak betrokken is, wordt de toestand zeer ernstig.

'*Tango* is, mede door zijn aangehouden tempo en strakke suspense, Aspes spannendste boek in jaren geworden.'
– Gazet van Antwerpen

Onvoltooid verleden

Op een zomerse ochtend vindt de exploitant van de Oesterput, een restaurant in Blankenberge, het lijk van een jonge vrouw. Het slachtoffer en haar man zijn lid van een vereniging van neonazi's. Als twee dagen later ook de vermoedelijke minnaar van het slachtoffer wordt vermoord, komt Van In in contact met een mysterieuze groep die zich commando Mannaz noemt.

'Een stevige plot en flitsende actie.' – Het Belang van Limburg

'Aspe bewijst met *Onvoltooid verleden* dat hij de vervoegingen van de thrillertaal uitstekend onder de knie heeft.' – Gazet van Antwerpen

Casino

Faites vos jeux. Hubert Blontrock, een notoir gokker, krijgt een decadent voorstel dat elke verbeelding tart. Een paar uur later wordt hij opgepakt wegens openbare dronkenschap. In zijn roes laat hij iets los over een roulettespel waarbij doden zullen vallen.

'*Casino* is het 16de verhaal dat Pieter Aspe uit zijn pen tovert. Die pen raakt duidelijk niet moe.' – Dag Allemaal

'Pieter Aspe zoals we hem kennen: sterk.' – Metro

Ontmaskerd

De jonge Joris Mareel zit in zijn eentje in een Blankenbergs café te kijken naar het vrolijke carnavalsgedruis rondom hem. Hij neemt niet actief deel aan het gejoel en de feestvreugde, want eigenlijk heeft hij geen vrienden. Hij droomt wel van mooie meisjes, maar hij heeft nog nooit ook maar een schijn van kans gehad bij het andere geslacht.

'Dit boek opzijleggen is moeilijk.' – Libelle

'Het was meteen het miljoenste Aspe-boek dat over de toonbank ging, een unicum voor Vlaanderen.' – Gazet van Antwerpen

'Een miljoen boeken verkopen in amper 10 jaar tijd: het is in Vlaanderen niet eerder vertoond.' – Het Laatste Nieuws

Zonder spijt

Jens Vermeire, journalist bij de linkse krant *Gazet*, maakt zich zorgen over een collega die al een paar dagen niet meer is komen opdagen. Hij stapt naar de politie. Van In dringt de flat van de vermiste journalist binnen en treft zijn levenloze lichaam aan. Hij verneemt dat de man op het punt stond ophefmakende details over de Bende van Nijvel aan het licht te brengen.

'Weer een Aspe om in één ruk uit te lezen!' – Libelle

'Pieter Aspe op zijn best.' – De Morgen

Alibi

In Brugge wordt met man en macht gewerkt aan de opnames van een nieuwe politieserie. De realiteit overtreft de fictie wanneer op het parkeerterrein bij de filmset de wagen van hoofdrolspeler Tack in vlammen opgaat. De brandweer doet een uiterst macabere ontdekking: in het uitgebrande wrak bevindt zich een verkoold lijk dat met handboeien aan het stuur werd vastgeketend. Vanaf dan verplaatst het werkterrein van Van In en Versavel zich naar de Scheldestad.

'Veel humor, degelijk speurwerk en romantisch vuurwerk tussen Pieter en Hannelore enerzijds en Guido en Luk anderzijds.' – Gazet van Antwerpen

Rebus

Een oude man krijgt een hartinfarct in de kerk van het Brugse Begijnhof terwijl hij een non bedreigt met een pistool. Enkele dagen later treft de eigenaar van de Lucifernum, een diabolische bar in de Brugse binnenstad, een vreselijk verminkt lijk aan in de toiletten. Het spoor leidt al vlug naar een geheimzinnig genootschap dat zich de Gezellen van de Brugse Beer noemt.

'Twintig misdaadromans in twaalf jaar [...]. Je zou verwachten dat er stilaan sleet op de formule komt. Aspe is echter een vakman.' – Het Laatste Nieuws

Op drift

In het eenentwintigste avontuur van Pieter Van In, Hannelore Martens en Guido Versavel is er weer een mooie rol weggelegd voor de charmante badstad Blankenberge. Het onschuldige toeristische vertier wordt er opgeschrikt door een niets of niemand ontziende drugsbende.

'Volgens het beproefde recept geschreven policier met veel dialogen, humor, sympathieke en overtuigende hoofdpersonen.' – NDB Biblion

'Aspe is intussen uitgegroeid tot een sterk merk.'
– De Morgen

De zevende kamer

Louis Vandervelde, ex-minister van Justitie en toekomstig premier, wordt vermoord aangetroffen in de buurt van de Villa Papillon, een luxebordeel in de buurt van Brugge. Van In legt meteen een verband tussen de locatie waar Vandervelde werd vermoord en de Villa. Uiteraard wordt hem deze toch voor de hand liggende conclusie niet in dank afgenomen.

'Pieter Aspe trekt in *De zevende kamer* alvast alle registers open. *De zevende kamer* is een vintage Aspe, met een Van In in uitstekende doen.' – Gazet van Antwerpen

BANKROET

Tijdens een romantisch weekend in Venetië raken Van In en Hannelore toevallig betrokken bij het onderzoek naar de moord op Filip Vandecasteele, een Oostendse reder en tevens eigenaar van een visverwerkend bedrijf. Als blijkt dat het slachtoffer een paar uur voor zijn dood werd gebeld door een Vlaming, leidt het spoor naar Oostende, waar Van In en Versavel kennismaken met het ruige vissersmilieu, The Brothers of Harley (een bizarre motorclub), een cynische Nederlandse zakenman en de artistieke scene.

'[...] hij weet na 23 romans perfect hoe hij zijn publiek moet bedienen. Bankroet is een degelijke Aspe.' – DE STANDAARD

'Reden genoeg om deze titel van onze Belgische trots tot absolute mustread te bombarderen.' – STEPS

MISLEID

Wanneer Frederik Bombé, organisator van Miss Flanders, zich meldt op het politiebureau omdat een van de finalistes het slachtoffer is geworden van een 'gewelddadige aanslag', is Van In genoodzaakt zich te verdiepen in de wereld van de missverkiezingen. Van In, Guido Versavel en Hannelore Martens hebben in Misleid niet alleen de handen vol aan de glitter en glamour van de missen, ook de keiharde zakenwereld van containertransporten vanuit China naar de haven van Zeebrugge eist hen op. En dan is er natuurlijk ook nog Hannelores zwangerschap. Zal alles wel goed verlopen?

'Een volbloed Aspe.' – DE MORGEN

'Een perfecte melange van humor, ironie, soap, spanning, verontwaardiging, tederheid.' – KNACK

'Misleid leunt aan bij zijn beste werk. De humor is zwart, de seks stomend en de dialogen pittig.' – GAZET VAN ANTWERPEN

DE CEL

DE 25STE VAN IN!

Tegen een aanlegsteiger vlak bij een woonboot wordt het lijk gevonden van een stewardess die in Brugge woont en op de Dominicaanse Republiek vloog. Een drugskoerier, de zoon van een invloedrijk politicus, wordt opgepakt en pleegt zelfmoord in de politiecel. Het kost de speurders de grootste moeite om te achterhalen wat er precies gebeurd is. Van In wordt het slachtoffer van zijn tomeloze inzet en krijgt het zwaar te verduren.

'Aspe heeft een van zijn beste romans geleverd voor dit jubileum' – CERBERUS

'Ook in 2009 bleef Aspe met voorsprong Vlaanderens populairste schrijver.' – HET NIEUWSBLAD

'Aspe verovert Europa.' – HET LAATSTE NIEUWS

DE VIJAND

Als haar broer spoorloos verdwijnt, doet Kitty Dewinter een beroep op haar jeugdvriend Pieter Van In. Die gaat met enige tegenzin op haar verzoek in, tot hij en Versavel in contact komen met Albert Devroom, directeur bij de ESSE (de Europese geheime dienst). De zoektocht leidt naar Parijs, waar ze op het spoor komen van Azzedine, een moslimextremist die banden heeft met een terroristische organisatie die zich de 'Martelaren voor Allah' noemt. Vanaf dan worden ze meegesleurd in een stroom van avonturen en intriges die hen ten slotte terugbrengt naar Brugge, waar Azzedine een aanslag plant op het Jan Breydelstadion.

'Liefhebbers van Pieter Aspe en zijn saga rond commissaris Pieter Van In zullen even verrast zijn bij het lezen van De vijand.' – KNACK

'Aspe weet lezend Vlaanderen nog steeds te vinden. Hij is zonder twijfel een vakman die weet wat de liefhebber van zijn boeken wil.' – MISDAADAUTEURS.BE

EREWOORD

Céline Dubois, een jonge vrouw, wordt dood aangetroffen bij haar thuis op de sofa. Hoewel er geen sporen zijn van een misdaad, heeft de huisarts die het overlijden vaststelt zijn twijfels. Wanneer het vermoeden rijst dat de doodsoorzaak vergiftiging is met het extract van de bessen van de Taxus baccata, ligt de conclusie zelfmoord voor de hand.

'Ook deze keer weet auteur Pieter Aspe een geslaagde thriller neer te pennen. Aspe weet als geen ander hoe hij zijn lezerspubliek aangenaam kan onderhouden.'
– LIBELLE.BE

'Pieter Aspe is een merk dat niet stuk kan.'
– HET NIEUWSBLAD

Grof wild

Om hun zilveren huwelijksjubileum te vieren besluit Eva haar echtgenoot Victor te verrassen met een korte vakantie in een afgelegen chalet in de Ardennen. Wat een gezellig weekje uit zou moeten worden, ontaardt al vlug in een nachtmerrie zonder weerga.

'Een tussendoortje van Pieter Aspe.' – Het Nieuwsblad

De Japanse tuin

Hasselt. In het water van de Kom aan de Kolenkaai, vlak bij een discotheek, steekt het hoofd van het lijk van een jonge man boven het dunne ijslaagje uit. Een zestienjarige discotheekbezoekster doet de lugubere ontdekking. Op het lichaam van het slachtoffer wordt een lidkaart van de bibliotheek gevonden, de enige verwijzing naar zijn mogelijke identiteit.

'Commissaris Van In is niet van de partij, de charmante hoofdinspecteur Lies Rutten en haar collega Rudi Nelissen worden belast met het onderzoek.' – Het Belang van Limburg